Christos Markogiannakis

Mord unter griechischer Sonne

Kriminalroman

*Aus dem Englischen
von Sepp Leeb*

Oktopus

Die griechische Originalausgabe erschien 2021 unter dem Titel
Μυθιστόρημα με κλειδί im Verlag Minoas Editions, Athen.
Der Autor hat eine englischsprachige Übersetzung verfasst,
die der deutschsprachigen Übersetzung zugrunde liegt.

Für den Blick hinter die Verlagskulissen:
www.kampaverlag.ch/newsletter

Ein Oktopus Buch bei Kampa

Dieses Werk wurde vermittelt durch die Agentur Editio Dialog,
Dr. Michael Wenzel (www.editio-dialog.com).
Für die deutschsprachige Ausgabe

www.kampaverlag.ch
www.oktopusverlag.ch
Lektorat: Nora Petroll
Satz: Tristan Walkhoefer, Leipzig
Gesetzt aus der Stempel Garamond / 220160
Druck und Bindung: Friedrich Pustet, Regensburg
Auch als E-Book erhältlich
ISBN 978 3 311 30034 2

Hinweis des Autors

Die Insel Nissos ist fiktiv (ein Produkt meiner Phantasie), ein wirklichkeitsgetreues Amalgam der griechischen Inseln, die ich im Lauf meiner Besuche kennen und lieben gelernt habe. Sie steht für alle griechischen Inseln, die Jahr für Jahr von Millionen Touristen besucht und ins Herz geschlossen werden. Deshalb können Sie die in diesem Buch beschriebenen Strände, Gassen, Bilder, Klänge und Gerüche gern auf ihr Lieblingsurlaubsziel in der Ägäis projizieren.

Nicht anders als Nissos sind auch die Menschen mit all ihren Charakterzügen, Verhaltensweisen und Vorgeschichten fiktiv: ein Produkt meiner Phantasie, zum Leben erweckt, um die Handlung voranzutreiben – oder auch nicht …

Sollten Sie sich selbst oder einen Ihrer Freunde in diesem von heftigen Auguststürmen vom Festland abgeschnittenen Paradies wiedererkennen, berücksichtigen Sie etwas, das mir einer meiner Lieblingsautoren einmal gesagt hat: »Wenn Sie aus mir einen fiktiven Charakter machen wollen, dann bitte einen Bösewicht. Das sind immer die interessantesten.«

Bon voyage …

Alles ist voller Blut

Auf der Terrasse im ersten Stock des Hauses von Mariama Milandi, Chora, Nissos

Gehen die denn nie?, dachte Sophie.

Stirnrunzelnd schaute das zehnjährige Mädchen zu den Gästen auf der Terrasse und seufzte. Die wenigen, die noch geblieben waren, standen in kleinen Gruppen zusammen und machten keine Anstalten aufzubrechen.

Genau in dem Moment, als sie gähnen musste, drehte ihre Mutter den Kopf in ihre Richtung und ertappte sie mit offenem Mund. Immer wenn Sophie etwas falsch machte, merkte es ihre Mutter instinktiv, und als sie jetzt ihre missbilligend hochgezogenen Augenbrauen sah, hielt sie noch rasch die Hand vor den Mund, obwohl es eigentlich schon zu spät war.

Als sich Mariama Milandi mit einem zufriedenen Nicken wieder ihrer Gesprächsrunde zuwandte, wanderte Sophies Blick über ihre Mutter und die Gäste hinweg zum Gipfel des Hügels. Obwohl die Glocke des Klosters nach Sonnenuntergang nicht mehr schlug, wusste sie, dass es weit über ihre gewohnte Schlafenszeit hinaus war. In Genf ging sie immer um neun Uhr ins Bett, aber auf Nissos, wenn sie Gäste hatten oder bei Freunden eingeladen waren, durfte sie bis elf oder gar halb zwölf aufbleiben.

Bis zum Ende der Partys ihrer Mutter hatte sie bisher allerdings nie durchgehalten, sondern sich jedes Mal bei den ersten Anzeichen von Müdigkeit in ihr Zimmer im Erdgeschoss verzogen.

Aber an diesem Abend, der letzten Soiree vor ihrer Rückkehr in die Schweiz, hatte sie sich fest vorgenommen, so lange wach zu bleiben, bis der letzte Gast ging. Sie wollte ihrer Mutter beweisen, dass sie auf sie zählen konnte und dass sie eine perfekte Gastgeberin war.

Eine Stunde lang hatte sie gelangweilt auf der gemauerten Bank mit den bunten Kissen in der Ecke der Terrasse herumgesessen, wo ab und zu eine Bougainvillea-Blüte auf ihr Gesicht herabgeschwebt war, als wollte sie sie mit ihrer zarten Berührung wachkitzeln.

Früher war alles viel spannender, dachte Sophie und kämpfte mühsam gegen den Schlaf an.

Zu Beginn der Party stand sie neben ihrer Mutter an der Steintreppe, die zur Terrasse im Obergeschoss hinaufführte, und begrüßte die Gäste. Sie bedachte alle mit einem Lächeln, küsste sie auf die Wangen und stellte sich den wenigen, die sie nicht kannten, mit »Sophie, Mariamas Tochter« vor.

Sie freute sich über die Komplimente für ihr gutes Benehmen und beantwortete bereitwillig Fragen: In welche Klasse ging sie, was war ihr Lieblingsfach, gefiel es ihr auf der Insel, hatte sie hier Freundinnen?

Erwachsene haben echt keine Phantasie, dachte sie jedes Mal, wenn sie die immer gleichen Fragen gestellt bekam.

Diejenigen, die sie von früheren Sommern auf der Insel kannten, bemerkten anerkennend, wie groß und hübsch sie geworden war. »Eine richtige junge Dame bist du inzwischen«, fanden alle. Und sie war tatsächlich schon sehr reif für ihr Alter, wie ihre Mutter immer sagte. Mit ihren zehn Jahren war das auch ihr zehnter Sommer in dem Haus, das ihr Großvater vor vielen, vielen Jahren gekauft hatte: das geräumige weiße Haus mit den rotbraunen Türen und Fenstern und den Terrassen mit den Töpfen voll bunt blühender

Pflanzen und Kräuter. Er rühmte sich immer, die Insel schon lange, bevor sie in war, entdeckt zu haben. Sophie verstand nicht recht, was »in« bedeutete. Aber sie vermutete, dass es mit all den Leuten zu tun hatte, die inzwischen jede Ritze von Nissos' Hauptstadt Chora und den Hafen bevölkerten, jeden Quadratzentimeter der kleinen Strände besetzten und für Selfies posierten, die sie dann auf Instagram posteten.

»Nur Opi fehlt dieses Jahr«, seufzte sie.

Wegen seines Alters wurde das Reisen immer beschwerlicher für ihn, weshalb er dieses Jahr zum ersten Mal nicht auf die Insel mitgekommen war.

»Es ist eine anstrengende Reise«, hatte ihre Mutter gesagt.

»Zwei Flüge und die Überfahrt mit der Fähre«, hatte Sophie protestiert. »Was ist daran so wild?« Trotzdem, es war das erste Mal, dass ihr Großvater nicht dabei war. Aber auch ohne ihn war das Haus immer voller Leute.

Seit der Scheidung von Papa ist Mama nicht gern allein, dachte Sophie.

Tatsächlich hatten sie die letzten eineinhalb Monate nicht einen Abend ohne Gesellschaft verbracht. Immer gab es irgendein Essen, eine Party bei ihnen oder anderen, einen Bummel auf der Platia, dem Hauptplatz von Chora, und anschließend einen Café- oder Restaurantbesuch. Sophie trank dann immer eine Gazoza, die traditionelle griechische Limonade.

Angesichts dieser endlosen Aktivitäten fragte sie sich, ob ihre Mutter überhaupt ein wenig ausspannen konnte. Vor der Abreise aus Genf hatte sie erklärt, sie wolle nur auf der Chaiselongue liegen und einen Monat lang nichts tun. Abgesehen von ein paar gemeinsamen Stunden am Kalami Beach, schienen die Pläne ihrer Mutter jedoch nicht gefruchtet zu haben. Ihre Klagen am Telefon mit Sophies Großvater über »die ständigen gesellschaftlichen Verpflichtungen« klangen jedenfalls nicht nach Ruhe und Erholung.

Das an diesem Abend war die neunte Party, die Mariama Milandi seit ihrer Ankunft auf der Insel gab. Aber egal, ob es sich um ein Essen mit zehn Leuten oder ein rauschendes Fest mit fünfzig handelte, ihre Mutter erwies sich immer als perfekte Gastgeberin. Das war schließlich ihr Beruf. *Hochzeiten, Empfänge und Social Events* stand auf ihrer Visitenkarte.

Sophie senkte den Blick vom Kloster oben auf dem Hügel wieder auf die Gäste.

Alle schienen sich blendend zu amüsieren. Sie standen mit einem Glas oder einer Zigarette in der Hand auf der Terrasse, unterhielten sich und schauten auf den kleinen idyllischen Hafen hinab; andere bewegten sich inmitten zahlloser bunter Lampions und der Tontöpfe voll Blumen und Kräuter zum Rhythmus der Musik.

Wie bei den meisten Häusern auf Nissos befand sich die Hauptterrasse im Obergeschoss. Die im Haus ihres Großvaters war die größte von allen Häusern, in denen Sophie gewesen war. »Auf unserer haben locker fünfzig, sechzig Leute Platz«, hatte ihre Mutter einmal gesagt. Sogar achtzig, wenn man die zweite Terrasse dazunahm, die über eine Holztreppe zu erreichen war.

Aber an diesem Abend waren es weder sechzig noch achtzig. Es war eine Abschiedsparty »im engsten Kreis«. Sophie hatte zwanzig Gäste gezählt, aber wegen des ständigen Kommens und Gehens hatte sie vielleicht ein paar übersehen. Die meisten kannte sie von früheren Sommern, und nur wenige der Anwesenden sah sie an diesem Abend zum ersten Mal oder hatte sie erst in den letzten eineinhalb Monaten kennengelernt.

Sophie war offen für neue Bekanntschaften, im Gegensatz zu ihrer Mutter, die sich Freunden gegenüber immer wieder darüber beklagte. Alle fanden, dass zu viele Leute auf die Insel kamen und dass das Leben nicht mehr so war wie früher. Dass der Massentourismus ihr Paradies zugrunde richtete.

An diesem Abend wurden jedoch keine Klagen laut. Alle schienen sich zu amüsieren – bis auf einen.

Der Mann, der neben dem Jasmin sitzt, hat sich schon Stunden nicht mehr von der Stelle bewegt, dachte Sophie, als ihr Blick auf ihn fiel.

Er war zusammen mit Mike, dem DJ, früh gekommen und hatte sich nach einer kurzen Begrüßung allein auf die Bank gesetzt und sie seitdem nicht verlassen. Einige Gäste versuchten, mit ihm ins Gespräch zu kommen, doch gelang es keinem. Deshalb wurde er schließlich, reglos und still, wie er war, allein gelassen mit seinem Glas, das nie leer zu werden schien.

Sein Körper bewegte sich nicht, aber sein Blick flog wie ein gieriger Moskito von Gesicht zu Gesicht. Ihre Mutter hatte ihr erzählt, dass der fremde Mann Mikes Cousin war, ein Polizist aus Athen, der auf Nissos Urlaub machte.

Sophie beobachtete ihn mit skeptisch hochgezogenen Augenbrauen. Eigentlich konnte sie sich nicht vorstellen, dass er Polizist war. Er trug ja nicht mal eine Uniform. Andererseits machte er Urlaub, und Uniformen, vermutete sie, waren für den Winter und die Arbeit, genau wie Schuluniformen.

Und überhaupt, dachte sie. Griechische Polizisten sind wahrscheinlich anders als die in der Schweiz.

In diesem Moment drehte der griechische Polizist den Kopf, und sein Blick traf ihren. Trotz seines freundlichen Lächelns senkte sie den Kopf, als wäre sie bei etwas Verbotenem ertappt worden. Nach ein paar Sekunden beschloss sie, wieder hochzuschauen und sein Lächeln zu erwidern, aber er hatte sich bereits abgewandt.

Ein leises Miauen zog ihre Aufmerksamkeit auf sich. Die Nachbarskatze hatte sich auf die Terrasse geschlichen und strich ihr um die Füße. Sophie hob sie hoch und drückte sie fest an sich. Ihr weiches Fell wärmte sie gegen den frischen Wind, der inzwischen aufgekommen war.

Mit einer abrupten Bewegung befreite sich die Katze aus ihrer Umarmung und kuschelte sich in ihren Schoß. Sophie kraulte sie zwischen den Ohren, was sie sehr zu genießen schien, denn sie schloss die Augen und begann, genüsslich zu schnurren. Eigentlich sollte sie keine Katzen anfassen, aber Plato gehörte nicht zu den unzähligen Streunern auf der Insel. Sie hatte einen Namen, sie war geimpft, und sie hatte ein Zuhause und einen Besitzer. Auf dem silbernen Herz, das an einem roten Band um ihren Hals hing, stand *Plato*. Als Sophie behutsam die Hand auf den falben Rücken der Katze legte, dachte sie, dass es selbst in Griechenland unüblich war, dass weibliche Katzen Männernamen hatten.

Verrückt, dachte sie.

Eine Frau stellte ihr Glas auf die steinerne Bank, und von der Bewegung erschreckt sprang Plato aus Sophies Schoß und schlängelte sich zwischen den Beinen der Gäste hindurch zu der Steintreppe, die in den kleinen Hof hinabführte.

Sophie stand auf und lief Plato nach, als sie die Treppe hinunterhuschte. Mit einem Sprung von der vierten Stufe landete die Katze auf den Pflastersteinen vor den Schlafzimmern. Die große Holztür rechts von der Treppe, die in eine verlassene Gasse hinausführte, stand weit offen.

Es war schon spät, und alle geladenen Gäste waren da, dachte Sophie beim Anblick der offenen Tür. »Wird langsam Zeit, dass sie wieder gehen«, seufzte sie.

Die vier in hellem Rotbraun gestrichenen Türen auf der linken Seite des kleinen Innenhofs waren zu. Drei von ihnen führten in Schlafzimmer – ihres, das ihrer Mutter und das ihres Großvaters, das dieses Jahr als Gästezimmer benutzt wurde.

Hinter der vierten Tür befand sich die ehemalige Waschküche. Seit sie in der Küche eine Waschmaschine hatten, diente der Raum jedoch als Abstellkammer, in der sich im Lauf der Zeit ein wildes Sammelsurium an Gegenständen angehäuft hatte: kaputte Töpfe, die ihre Mutter aus unerfindlichen Gründen nicht wegwerfen wollte, Werkzeug, Gartengerätschaften, alte Möbel, Stoffreste, Dekorationsstücke.

Sophie blickte sich um. Plato war nirgendwo zu sehen. Wie in Griechenland üblich, lockte sie flüsternd »psi-psi-psi« – schließlich war Plato eine griechische Katze! – und schaute hinter jeden der großen Tonkrüge mit den Oliven- und Zitronenbäumchen. Dann öffnete sie eine Schlafzimmertüre nach der nächsten. Vielleicht war Plato ja durch ein Fenster oder einen Spalt unter der Tür geschlüpft. Nichts!

Als Letztes schaute sie in die Abstellkammer. Sie drückte den rostigen Griff der Tür neben dem offenen Fenster herunter und betrat den dunklen Raum. Plötzlich stand sie bis zu den Knöcheln in Wasser. Jemand hatte den Hahn neben der Tür nicht abgedreht, und der ganze Boden war überschwemmt.

O je, meine Sandalen!, war ihr erster Gedanke.

Als sie sich auf die Zehenspitzen stellte, um ihre weißen Wildlederschuhe noch halbwegs zu retten, sah sie im Halbdunkel Platos silbernes Herz aufblitzen. Auch die Augen der Katze leuchteten kurz auf, als sie von dem niedrigen Tischchen, auf dem sie stand, kurz zu Sophie schaute. Doch sie senkte sofort wieder den Kopf, um mit gerecktem Hals etwas auf dem Boden der Kammer zu beschnuppern.

Bloß nicht wieder einer dieser ekligen Tausendfüßler! Sophie musste an die widerlichen Kreaturen denken, die kürzlich in ihrem Bett herumgekrochen waren. Und schon gar keine Maus oder Schlange!

In der Hoffnung, Plato würde sie vor jedem Insekt, Reptil oder Nagetier beschützen, machte sie Licht – und stürmte im nächsten Moment panisch die Treppe zur Terrasse hinauf, wo sie, ihren Leopardenkaftan hinter sich herziehend, völlig atemlos auf ihre Mutter zustürzte.

»Sophie, wie oft soll ich dir noch sagen …«, begann Mariama. Doch das blasse Gesicht und die weit aufgerissenen Augen ihrer Tochter ließen sie abrupt verstummen.

»Was ist denn?«

Zuerst brachte das Mädchen kein Wort heraus, dann holte sie tief Luft und stieß wegen der lauten Musik kaum hörbar hervor: »Eine Frau. In der Abstellkammer … Alles ist voller Blut.«

Zwangsurlaub

Der Duft des Jasmins mischte sich mit den Parfums und dem Schweiß der Gäste, dem Rauch ihrer Zigaretten und dem beißenden Geruch der grünen Moskitospiralen, die in allen Ecken der Terrasse vor sich hin glommen. Im Wettstreit der Aromen siegten eindeutig letztere. Christophoros Markou erinnerte sich, irgendwo gelesen zu haben, dass der Rauch einer einzigen Moskitospirale die Lunge ähnlich stark schädigte wie hundert Zigaretten. Und das Schlimmste daran war, dass sie völlig umsonst vor sich hin qualmten. Die Moskitos waren offenbar längst immun gegen den erstickenden Geruch und stachen ihn unablässig, seit er die Terrasse betreten hatte.

Auf der Suche nach etwas frischer Luft drehte er den Kopf in die andere Richtung. Die Brise, die seine Nase klärte, war ein erster Vorgeschmack auf den angekündigten Sturm. Seine Wetter-App hatte ihn bereits gewarnt, dass die windstille Zeit auf der Insel vorbei war. Für die kommenden Tage, beginnend mit diesem Abend, wurden Windstärken zwischen neun und zehn erwartet.

Das machte Markou eigentlich nichts. Bestimmt würde er eine geschützte einsame Bucht finden, in der er schwimmen gehen und endlich einmal entspannen konnte. Sein Cousin Michalis – Mike, für die Fremden – war auf Nissos aufgewachsen und kannte jeden Winkel der felsigen, sonnenversengten Insel.

Sowohl Nissos als auch der Besuch bei Mike waren die Idee seiner Mutter gewesen. Die ersten vier Tage seines Zwangsurlaubs von der Athener Polizei, die Markou im Haus seiner Familie oben im Norden verbracht hatte, waren von unbehaglichem Schweigen und Small Talk geprägt.

Weitere zehn Tage hätten es meine Eltern garantiert nicht mit mir ausgehalten, dachte er.

Da er sich die meiste Zeit in seinem alten Kinderzimmer verkroch, wo er Krimis las, die Callas hörte und mindestens ein Jahr Schlafmangel nachzuholen versuchte, war er alles andere als eine gute Gesellschaft. Und wenn er seine Höhle doch einmal verließ, um in der Küche mit seiner Familie zu essen oder im Wohnzimmer mit ihnen zusammenzusitzen, machte er klar, dass er nicht über seine Mordfälle sprechen würde – deren zuverlässige Lösung ihm den Spitznamen »Mr Hundertprozent« eingetragen hatte. Damit waren die Themen auf den üblichen Familienklatsch beschränkt: Wer hatte vor Kurzem geheiratet, wie viele Kinder hatten seine Cousins und Cousinen oder Klassenkameraden und dergleichen mehr.

Das alles brachte seine Mutter zu dem unausweichlichen Schluss, dass »er dringend eine Frau an seiner Seite brauchte, wenn er nicht als einsamer und verbitterter alter Mann enden wollte«.

Sein Vater sagte zwar nichts dazu, nickte aber immer wieder zustimmend. Und je häufiger diese gezielten Anspielungen auf sein Privatleben wurden, umso mehr zog sich Christophoros Markou in sich zurück und schwieg. Er hatte zu dem Thema ja auch nichts zu sagen.

Er war ungebunden und wollte das auch bleiben, Punkt. Ein kleines Abenteuer mit einer Kollegin – was für eine ausgemachte Dummheit! – hatte schon zwei Wochen, nachdem es begonnen hatte, wieder geendet. Ein paar Tage vor Antritt des von seinem Chef angeordneten August-Urlaubs hatte er Schluss mit ihr gemacht. Sie hatte es locker genommen und keine Szene gemacht. Sie hatte ihn nicht einmal gefragt, warum.

Doch selbst dieses unspektakuläre Ende einer unspektakulären Affäre hatte ihm zugesetzt. Und die ständigen Sticheleien seiner Mutter wegen seiner wenig einnehmenden »altjüngferlichen« Art machten es nicht gerade besser. Deshalb hatten ihn seine Eltern auch nicht umzustimmen versucht, als er beiläufig fallen ließ, dass er überlegte, auf eine Insel zu fahren, um sich etwas zu erholen. Im Gegenteil. Obwohl sich seine Eltern am Telefon ständig beklagten, dass sie so wenig von ihm zu sehen bekamen, seit er nach Athen gezogen war, konnten sie es bereits am vierten Tag nach seiner Ankunft kaum erwarten, ihn loszuwerden. Seine Mutter war es auch, die ihm vorschlug, nach Nissos zu fahren, wo er bei Michalis unterkommen konnte, dem einzigen seiner Cousins, der mit achtunddreißig, zwei Jahre älter als er, immer noch unverheiratet war.

Markou schaute zu Michalis/Mike, der sich gerade einen riesigen Kopfhörer ans Ohr hielt und über seinen nächsten Mix nachdachte. Wenige Sekunden später dröhnte nach einem astreinen Übergang »Final Countdown« von Europe aus den Speakern. Der Text des Songs ließ Markou unwillkürlich auf die Uhr schauen. Fast zwei Uhr.

Er hatte seit seiner Ankunft stumm in der Ecke gesessen und war sämtlichen Annäherungsversuchen ausgewichen. Einige Partygäste wollten nämlich durchaus mit ihm ins Gespräch kommen, als sie erfuhren, dass er, wie Mike der Gastgeberin erzählt hatte, Hauptkommissar und stellvertretender Leiter der Mordkommission von Attika war. »Was war der seltsamste Mordfall, den Sie gelöst haben?« »Gibt es in Griechenland Serienmörder?« »Gibt es so etwas wie ein perfektes Verbrechen?« Das waren nur einige der Fragen.

Auf höfliche, aber bestimmte Art hatte Markou immer die

gleiche Antwort gegeben: »Ich darf leider nicht über meine Arbeit sprechen.«

Nach mehreren solchen Abfuhren ließen ihn die übrigen Gäste in Ruhe.

Und seitdem hatte er neben ein paar anerkennenden Gesten zum Musikgeschmack seines Cousins und dem einen oder anderen freundlichen Blickkontakt mit der Gastgeberin die Zeit – fünfeinhalb Stunden, um genau zu sein – damit herumgebracht, auf sein Handy zu schauen und die Partygäste zu beobachten. Hin und wieder hatte er sogar versucht, einzelne Wortfetzen, die an seine Ohren drangen, zu ganzen Sätzen zusammenzufügen, eine Art Spiel, um die Langeweile zu vertreiben.

Ich hätte mir was zu lesen mitnehmen sollen, dachte er.

Natürlich wusste er, dass das unhöflich gewesen wäre. Und vor allem hätte er sich wegen der vielen Leute und der lauten Musik nicht auf seine Lektüre konzentrieren können.

Die einzige Person, die seine Meinung zu teilen schien, dass die Party langsam zu Ende gehen sollte, war die Tochter der Gastgeberin. Ihr Gähnen und ihre schweren Lider ließen keinen Zweifel an ihrer Müdigkeit.

Er lächelte dem Mädchen freundlich zu, als sich ihre Blicke trafen, und sie senkte verlegen den Kopf.

Markou richtete seine Aufmerksamkeit wieder auf seinen Cousin. Eigentlich wollte er ins Bett, aber er hatte ihm versprochen, beim Abbau der Anlage zu helfen.

Was soll schon so schlimm daran sein, mal länger aufzubleiben?, redete er sich gut zu. Zum Glück hatte er bis zu seiner Rückkehr nach Athen noch eine Woche Zeit, um zu relaxen, das heimische Essen zu genießen, am Strand zu liegen, zu lesen und früh schlafen zu gehen.

Ruhe und Erholung pur, dachte er lächelnd, als er sah, wie das kleine Mädchen von seinem Sitz aufsprang und hinter der Katze die Treppe hinunterrannte.

Die Leiche in der Abstellkammer

Zuerst war es die panische Hektik des Mädchens, die seine Aufmerksamkeit erregte, als sie mehrere Stufen auf einmal nehmend die Treppe wieder heraufgerannt kam. Dann waren es ihre schreckgeweiteten Augen, die aus ihren Höhlen zu treten drohten, und die gespenstische Blässe ihres Gesichts, noch verstärkt durch ihr korallenrotes Kleid.

Und schließlich die Art, wie sie mit aller Kraft am Kleid ihrer Mutter zog. Da sie ihm dabei den Rücken zugekehrt hatte, konnte er nicht verstehen, was sie sagte. Doch der Gesichtsausdruck der Gastgeberin, zuerst skeptisch, dann bestürzt, war deutlich zu erkennen.

Markou sah, wie Mariama Milandi dem Mann, mit dem sie sich gerade unterhalten hatte, ihr Glas in die Hand drückte und ihre Tochter am Arm in Richtung Treppe zog.

Als Mutter und Tochter hinabstiegen, stand der Kommissar auf und folgte ihnen. Auf den hellen Steinstufen fielen ihm sofort die kleinen feuchten Fußabdrücke auf, die jedoch bereits trockneten und nur noch ansatzweise sichtbar waren.

Unten angekommen, ließ die Mutter den Arm der Tochter los und ging auf die Stelle zu, auf die das Mädchens zeigte: eine weit offen stehende Tür, durch die grelles Licht in den schwach beleuchteten Innenhof fiel.

Vielleicht aus einem Instinkt heraus oder auch aus Erfahrung schloss Markou als Erstes die Tür zu der Gasse, die zur Platia führte.

Ein Geräusch, als schnappte jemand erschrocken nach Luft, gefolgt von einem gellenden Schrei, drang an sein Ohr. Die Gastgeberin, die jetzt direkt vor der offenen Tür stand, riss entsetzt eine Hand an ihren Mund und hielt die andere vor die Augen ihrer Tochter. Ihr Busen wölbte sich, als sich ihre Lunge mit Luft füllte, um einen weiteren Schrei auszustoßen. Im selben Moment drehte sie den Kopf und sah ihn neben sich stehen. Sie brauchte ein paar Sekunden, um zu erkennen, dass der Mann neben ihr nicht nur ein Partygast war. Sondern Mikes Cousin, der Polizist aus Athen.

Ohne einen Schrei oder auch nur ein Wort packte Mariama Milandi den Kommissar am T-Shirt und zog ihn vor sich. Mit der anderen verdeckte sie weiter die Augen ihrer Tochter. Das Mädchen versuchte, die Finger ihrer Mutter auseinanderzuziehen, um einen Blick ins Innere der Abstellkammer zu erhaschen, wo sich Markou jetzt umblickte.

Dort lag neben alten Teppichen, allen möglichen Möbelstücken, Körben und Keramikbehältnissen eine Frauenleiche auf dem etwa zehn Zentimeter unter Wasser stehenden Boden. Die Tote trug ein hellblaues Kleid, an ihrer linken Hüfte hing ein kleiner gehäkelter Beutel, und sie lag mit dem Gesicht nach unten im Wasser, das ihr bis zu den Ohren reichte. Markous Blick wanderte zu ihren langen blonden Locken, die sich im Rhythmus des Wassers bewegten, das aus dem Schlauch neben ihr sprudelte. Dabei bemerkte er mehrere rotbraune Flecken auf ihren Haaren.

Ende des Urlaubs

Markou schob Mutter und Tochter von der Tür der Kammer fort und forderte sie auf Englisch auf, nichts anzufassen. Dann bat er die Hausherrin, wieder nach oben zu gehen, die Musik auszumachen und den Gäste zu sagen, dass sie bis auf Weiteres das Haus nicht verlassen dürften. Alle sollten bleiben, bis ihre Personalien aufgenommen waren.

Wenige Sekunden später, Markou fühlte der im Wasser liegenden Frau gerade den Puls, verstummte »Live is Life« abrupt. Nur noch die Worte der Gastgeberin drangen durch die plötzliche Stille und wurden bald von aufgeregtem Flüstern abgelöst, das sich zu fassungslosem Gestammel und bestürzten Ausrufen steigerte.

Der Kommissar beendete gerade das Telefonat mit dem Kadetten in der Wache von Chora und hoffte, er würde auftauchen, bevor die Partygäste die Treppe herunterkamen, um zu schauen, was passiert war. Menschliche Sensationsgier im Angesicht eines Todesfalls – je spektakulärer und brutaler, desto besser – war bekanntlich nichts Neues. Oft genug musste die Polizei an Tatorten Gaffer fernhalten, die es auf einen blutrünstigen Schnappschuss abgesehen hatten.

Vorsichtig machte sich Markou daran, mit dem Zipfel seines T-Shirts den Wasserhahn zuzudrehen, der neben der Tür aus der Wand ragte. Der grüne Schlauch, der zusammengerollt auf dem Boden lag, zuckte wie eine sterbende Schlange, als der Strahl versiegte.

Die Enge des Raums, das laufende Wasser und die Verletzungen am Kopf der Frau, die auch in dieser Position deutlich zu sehen waren, das alles deutete nicht auf einen gewöhnlichen Unfall hin.

»Ein Unfall – vielleicht auch Mord«, hatte der Kommissar dem jungen Kadetten am Telefon gesagt. Dessen Überraschung war nicht zu überhören gewesen.

»Mord? Hier? Auf Nissos?« Und ohne Markous Antwort abzuwarten, fügte er hinzu: »In fünf Minuten bin ich da!«

Die Ortsangabe »Mariama Milandis Haus« genügte dem jungen Polizeianwärter vollauf. Mit Ausnahme der Hauptstraße zum Hafen hatte keine der Gassen auf der Insel einen Namen. In Chora orientierte man sich an der Platia, am Kloster, an ein paar Kapellen und an den Namen der Hausbesitzer. Auch die mit schwarzer Farbe an die steinernen Türrahmen gepinselten Hausnummern waren überflüssig.

Mit der Krankenstation von Nissos erwies sich die Verständigung als wesentlich schwieriger. Die einzige Ärztin auf der Insel bestand darauf, dass die »verletzte Partei« zu ihr gebracht wurde.

»Ich habe zwei Leute hier, die nach einem Rollerunfall genäht werden müssen. Ich kann nicht alles stehen und liegen lassen, um zu Ihnen zu kommen. Ich bin ganz allein hier!«

Als ihr Markou die Situation schilderte, war die Reaktion der Ärztin entwaffnend: »Die Frau ist tot, sagen Sie? Was soll ich dann noch für sie tun? Lassen Sie mich erst die beiden hier verarzten. Dann komme ich, so schnell ich kann.« Sprach's und legte auf.

Dieses Telefonat holte Markou wieder in die Realität zurück. Er hatte auf Nissos keinerlei Befugnisse. Er war nicht im Dienst und befand sich außerhalb seines Zuständigkeitsbereichs. Hier war er nur ein stinknormaler Tourist. Deshalb beschloss er, auf den örtlichen Polizeichef zu warten und anschließend sofort ins Bett zu gehen. Schließlich war er nur hier, weil er den ausdrücklichen Befehl erhalten hatte, sich zu erholen. Auch wenn er das jetzt wohl vergessen konnte …

Er richtete den Blick wieder auf den Boden. Seit das Wasser abgedreht war, bewegte sich das Haar der Toten nicht mehr.

»Lucy. Lucy Davis. Aus London«, hatte ihm die Gastgeberin gesagt und fassungslos den Kopf geschüttelt, als Markou sie fragte, ob sie wüsste, was die Tote in ihrer Abstellkammer gewollt haben könnte.

»Sie war auf der Party«, sagte sie. »Aber ich dachte, sie wäre längst gegangen.«

Markou nahm die direkte Umgebung der Leiche genauer unter die Lupe. Er inspizierte die spitzen Ecken und Kanten verschiedener Möbelstücke, die an einer Wand gestapelten Stühle, deren Beine wie riesige Dornen in die Höhe ragten, herumliegendes Werkzeug und zerbrochene Tontöpfe. Auf der Suche nach einem Hinweis, dass es ein Unfall gewesen sein könnte, dass sie vielleicht ausgerutscht war, das Gleichgewicht verloren, sich den Kopf an einer Ecke angeschlagen und das Bewusstsein verloren hatte und dann verblutet oder ertrunken war.

Doch keiner der Gegenstände in der Kammer war blutverschmiert. Und schon wegen der Tiefe der Kopfverletzungen war nicht auszuschließen, dass sie der Frau absichtlich beigebracht worden waren.

Der Kommissar bückte sich und leuchtete mit der Taschenlampe seines Handys den Boden der Abstellkammer ab. Er lag etwa zehn bis fünfzehn Zentimeter tiefer als der Innenhof. Die blechüberzogene Türschwelle, die verhindern sollte, dass Wasser von draußen hereinfloss, verhinderte zugleich, dass das Wasser aus der Kammer abfließen konnte.

Markou richtete sich auf, trat zwei Schritte zurück und sah zu der geschlossenen Holztür, die auf die Gasse hinausführte. Er hoffte, der junge Polizist und die Ärztin kämen bald.

Bei diesem Gedanken hörte er jemanden seinen Namen rufen.

»Christophoros?«

Sein Cousin Mike stand auf der Treppe und sah ihn besorgt an.

»Was ist passiert?«

»Was passiert ist?«, antwortete Markou achselzuckend und fügte seufzend hinzu: »Mein Urlaub hat gerade eine neue Wendung genommen.«

Unorthodoxe Methoden

Mit dem Rücken zur Abstellkammer wartete Markou auf die Ärztin. Der Wind hatte bereits merklich aufgefrischt und wirbelte die rosa Blüten, die zu Boden gefallen waren, in einem wilden Tanz durch den kleinen Innenhof. Kein Wunder, dass die Bougainvillea auch als Messie unter den Bäumen bezeichnet wurde, dachte er. Egal, wie oft man fegte, hatte sie Höfe und Terrassen schnell wieder mit den Relikten ihrer Schönheit übersät. Damit die wirbelnden Blüten nicht in den Tatort wehten, schloss er die Tür der Abstellkammer.

Seit einer ganzen Weile war er nicht mehr angesprochen worden. Zuletzt hatte Mariama Milandi all ihren Mut aufgebracht und ihn gefragt, ob er etwas trinken wollte.

Und jetzt beobachtete Markou mit einem Frappé in der Hand, wie die Gäste einer nach dem anderen die Treppe herunterkamen und dem jungen Kadetten, Valantis Maroulas, ihre Beobachtungen schilderten. Ihre Blicke wanderten von der geschlossenen Tür der Abstellkammer zu Markou und dann erst zu der Kamera, die der Kadett mitgebracht hatte. Als einige der Partygäste wegen der Fotos zaghaften Protest einlegten, antwortete der junge Mann nur knapp: »Vorschrift«. Was natürlich nicht stimmte. Die Fotos waren seine Idee gewesen, und Markou hatte sie abgesegnet.

Aber nicht alle zeigten sich kooperationsbereit. Ein italienisches Ehepaar wollte unter keinen Umständen fotografiert werden und drohte, »sich bei der Botschaft zu beschweren, wenn die Polizei sie belästigte«. Trotz ihrer Proteste hielt Maroulas ihre Konterfeis auf der Speicherkarte fest, bevor er sie entließ, woraufhin sie heftig gestikulierend und in ihrer Muttersprache schimpfend von dannen zogen.

Markou fragte sich, ob die Fotos dieses Theater wert waren. Wenn es sich hier, wie er vermutete, tatsächlich um ein Verbrechen handelte und der Täter einer der Partygäste war, wäre er wohl kaum noch hier. Trotzdem hatte er dem Kadetten nicht widersprochen. Kleinvieh macht auch Mist, dachte er.

Er betrachtete den jungen Mann, dessen schmales, sonnengebräuntes Gesicht von kurzem schwarzen Haar eingerahmt war. Jedes Mal, wenn er ein Foto machte, schob sich der Ärmel seines hellblauen Uniformhemds ein Stück hoch, sodass seine deutlich blasseren Arme zum Vorschein kamen. Diese »Bauarbeiterbräune« war im Sommer auch unter den Streifenpolizisten verbreitet. Maroulas war fünfzehn Minuten nach Markous Anruf am Haus der Milandis eingetroffen. Nachdem er Markou förmlich begrüßt hatte, fügte er mit einem herzlichen Händedruck hinzu: »Es ist mir eine Ehre, Kommissar. Ich habe schon viel von Ihnen gehört!«

Markou vergeudete keine Zeit damit, auf das Kompliment einzugehen. Er informierte den Kadetten über seine bisherigen Erkenntnisse und bat ihn, Namen, Adressen und Telefonnummern aller Anwesenden aufzunehmen und sie zu fragen, ob sie das Opfer, eine Engländerin namens Lucy Davis, gekannt hatten.

Bei dem Namen leuchteten die Augen des jungen Polizeianwärters auf. Neugierig den Hals reckend fragte er Markou, ob er einen Blick in die Abstellkammer werfen dürfte. Er beugte sich über die Schwelle, schaute nach drinnen und bückte sich, um das ins Wasser getauchte Gesicht der Toten besser sehen zu können. Dann richtete er sich wieder auf, nickte und sagte: »Ihr Name ist mir gleich bekannt vorgekommen. Ich bin sicher, sie ist es! Sie ist vor einer Weile auf die Wache gekommen. Eine Journalistin, oder?«

»Keine Ahnung«, antwortete Markou.

»Doch, Journalistin und Schriftstellerin. Hat sie zumindest gesagt. Sie wollte einen Artikel über die Polizei auf den griechischen Inseln schreiben – vielleicht war es auch ein Buch – und hat sich deshalb nach unseren Arbeitsbedingungen erkundigt, nach Personalstärke, Kriminalitätsstatistiken, Unfällen und so weiter.«

Markou nickte nur und erinnerte den jungen Mann noch einmal an seine Aufgaben, worauf dieser sich daranmachte, in einem seltsam anmutenden Buch mit bunt geblümtem Einband die Personalien der Gäste zu notieren. Maroulas hatte zwar die Kamera und einen Packen Vernehmungsformulare mitgebracht, aber keinen Notizblock, und da das kleine schwarze Büchlein, das Markou in Athen immer dabeihatte, in seinem Koffer in Mikes Haus lag, hatte sich der Kadett Sophies buntes Skizzenbuch geliehen.

Jedes Mal, wenn die Kamera blitzte, musterte Markou das Mienenspiel des Fotografierten. Die Gesichter der Partygäste verrieten alles mögliche, von Fassungslosigkeit über Neugier und Besorgnis bis zu tiefer Bestürzung. Hinter einem fünfunddreißigjährigen bärtigen Mann, der sich die Augen rieb, kam ein älterer Mann mühsam die Treppe herab und hielt sich dabei am Arm einer großen, imposanten Frau fest. Der dunkelgrüne Paschmina über ihrem roten Bodysuit betonte ihre kräftigen Schultern. Ihr Blick war auf die Füße des alten Mannes geheftet, der mit langsamen, zögernden Bewegungen einen Schritt nach dem anderen tat. Obwohl er noch sehr rüstig wirkte, zitterte er am ganzen Körper. Am Fuß der Treppe angelangt, wurde die Verzweiflung in seinem Gesicht in einem Foto festgehalten. Bevor er in die enge Gasse hinaustrat, lehnte er sich, wie um Kräfte zu sammeln, kurz an den Türrahmen und drehte noch einmal den Kopf zu dem jungen Kadetten.

»Das ist Arnaud Cadena«, sagte Mariama Milandi an Markou gerichtet. »Er hat Lucy vor vier Jahren nach Nissos mitgebracht. Er ist … Sie war … wie eine Tochter für ihn.«

Markou betrachtete die hellen blauen Augen des alten Mannes, seine Hakennase und den kleinen Mund, und dann, als er sich abwandte, sein dichtes weißes Haar. Von dort sprang Markous Blick zu dem runden Gesicht der Frau, die in dem Moment in den kleinen Innenhof kam. Bevor der Kommissar die Tasche in der Hand der Frau bemerkte, verkündete die Gastgeberin: »Da kommt die Ärztin.«

Die Ärztin

Stella Kastelaki, die der einzige Arzt auf Nissos war, zog sich Plastikbeutel über die Schuhe und band sie um die Schienbeine fest. Das lenkte Markous Blick auf Sophie, die an der Hand ihrer Mutter alles beobachtete. Eine blassrote Linie über ihren Fußgelenken verriet, wie tief sie beim Betreten der Abstellkammer im Wasser gestanden hatte. Ihre weißen Wildledersandalen hatten jetzt rosa Flecken. Er dachte an die Überschwemmung auf dem Boden. Außer der DNA des Opfers würden sie sicher auch die von Sophie und – wenn sie Glück hatten – die des Täters finden.

Er fragte sich, wie er hier auf der Insel ohne die nötige Ausrüstung ermitteln sollte. Doch sofort rief er sich in Erinnerung, dass das ja gar nicht seine Aufgabe war. Mit den siebzig Einwohnern, die im Winter auf der Insel lebten – eine Zahl, die sich im Sommer verzehnfachte –, hatte Nissos nur eine einzige Polizeistation. Bald würde Antonis Katzikis, ihr Leiter, das Kommando übernehmen. Er war gerade auf Kos, würde aber in Kürze zurückkehren, wie Maroulas versichert hatte.

»Selbst wenn ich früher gekommen wäre, hätte es nichts an der Sache geändert.« Die heisere Stimme der Ärztin riss Markou aus seinen Gedanken.

»Sie war schon lange tot, als Sie mich angerufen haben«, fügte sie hinzu und sah ihn an. Mit ihrer linken, in einem Gummihandschuh steckenden Hand hob sie den Kopf der

Toten ein Stück aus dem Wasser und leuchtete mit der Taschenlampe auf ihn.

»Ich bin natürlich keine Rechtsmedizinerin, aber diese Verletzungen«, der Strahl der Taschenlampe wanderte zur Stirn der Toten, »dürften tödlich gewesen sein.«

Als sie den Kopf behutsam wieder ins Wasser zurücksinken ließ, fügte sie hinzu: »Mehrere Frakturen des Stirnbeins und Verdacht auf Hirntrauma.« Sie richtete sich auf und schüttelte kleine Tropfen Blut und Wasser von ihrer Hand.

»Vielleicht täusche ich mich auch«, fuhr sie fort. »Möglicherweise hat sie infolge der Schläge nur das Bewusstsein verloren und ist dann ertrunken.« Sie zeigte mit dem Finger auf den Boden.

Und nach kurzem Umblicken gelangte sie zu dem Schluss: »Jedenfalls ist sie tot. Die genaue Ursache wird Ihnen der Rechtsmediziner verraten.«

»Ist Ihnen sonst noch etwas an ihren Kopfverletzungen aufgefallen?«, fragte Markou.

»Drei sind deutlich sichtbar, aber vielleicht sind es auch mehr. Mit Sicherheit lässt sich das auf die Schnelle nicht sagen. Beigebracht wurden sie dem Opfer wahrscheinlich mit einem stumpfen Gegenstand: einer Brechstange, einem Hammer, etwas in der Art. Ich rufe in Rhodos an, dass sie einen Hubschrauber schicken, der sie abholt. Alle weiteren Fragen werden Ihnen die Experten beantworten.«

Wieder draußen im Hof, schaute sie zu den Bougainvillea-Ranken hinauf, die sich inzwischen heftig im Wind bewegten, und sagte: »Hoffentlich schaffen sie es noch. Gut möglich, dass es schon zu spät ist.«

Markou schaute verdutzt von der Ärztin zu seinem Cousin, der auf der Treppe saß.

»Bei Windstärken über acht oder neun kommt kein Schiff oder Hubschrauber mehr auf die Insel«, bestätigte ihm Mike. »Anders ausgedrückt: Dann ist Nissos von der Welt abgeschnitten.« Er drückte seine Zigarette auf einer Steinstufe aus und fügte hinzu: »Das kommt zu dieser Jahreszeit relativ oft vor.«

»Und bei einem medizinischen Notfall?«, fragte Markou, worauf Mike und die Ärztin fast im Chor antworteten: »Die werden mit einem Boot in die Türkei gebracht. Übers Meer sind das nur ein paar Meilen.«

Markou wollte ein potentielles Mordopfer auf keinen Fall an die türkische Küste bringen. »Dann beeilen wir uns lieber«, sagte er mit einem Blick auf die Leiche.

»Der Hubschrauberlandeplatz ist gleich neben der Krankenstation«, sagte die Ärztin. »Und der Krankenwagen steht am Kreisverkehr bei den Windmühlen«, fügte sie zu Markous Überraschung hinzu.

Doch dann fiel ihm ein, dass kein Auto durch Choras enge Gassen passte, in denen nicht einmal drei Leute nebeneinander gehen konnten. Folglich musste die Leiche zum Kreisverkehr getragen werden. Er war zwar nicht weit von Mariama Milandis Haus entfernt, höchstens zweihundertfünfzig Meter den Hügel hinunter, aber ihm bereitete etwas ganz anderes Sorgen.

Diese kleinen praktischen Probleme, über die er sich sonst nie Gedanken machen musste, erschienen ihm jetzt fast unlösbar: Wie sollten sie die Leiche aus ihrem nassen Grab heben? Wie sollten sie sie wegbringen, ohne wichtige Beweise unbrauchbar zu machen oder ganz zu zerstören? Wie sollten sie die Tote zum Krankenwagen tragen?

Auf Markous Frage, ob sie einen Leichensack mitgebracht hätte, antwortete die Ärztin: »So etwas haben wir in der Krankenstation nicht.« Und ohne auf seine Antwort zu warten, fügte sie hinzu: »Wir haben nicht mal genügend Verbandmaterial oder Tetanusimpfstoff. Und der Krankenwagen wurde uns erst vor zwei Jahren gespendet, von einer von der Insel stammenden Reederfamilie.«

Aber die Ärztin ließ sich von Markous besorgter Miene nicht entmutigen. »Irgendwie kriegen wir das schon hin«, erklärte sie zuversichtlich.

Dann fragte sie die Gastgeberin auf Englisch mit starkem griechischen Akzent, ob sie ein paar Müllsäcke im Haus hätte.

»Das müsste gehen«, sagte Markou, als Mariama Milandi die Treppe zur Küche hochging. Die kleinen Plastiktüten, mit denen sie kurz darauf zurückkam, machten jedoch seine Hoffnungen wieder zunichte.

Mit den abfalleimergroßen Mülltüten in der Hand kehrte Mariama an die Seite ihrer Tochter zurück. Statt Müdigkeit und Langeweile lag jetzt Neugier in Sophies Gesicht. Mit großen Augen sog das Mädchen wie ein Schwamm alles um sich herum auf.

Ihre Mutter hatte sie zwar schon dreimal ins Bett geschickt, aber sie war immer wieder zurückgekommen, zuerst noch auf Zehenspitzen, doch das letzte Mal ganz unverhohlen.

»Ich kann nicht schlafen«, sagte sie. »Ich will bei dir bleiben.«

Nach ein paar Sekunden des Schweigens zog Sophie ihre Mutter plötzlich ein Stück beiseite. Sie flüsterte ihr etwas ins Ohr und deutete auf eine der Schlafzimmertüren.

Zuerst sah Mariama ihre Tochter skeptisch an, doch dann nickte sie zustimmend und wandte sich der Ärztin und Markou zu.

»Sophie hat eine Idee.«

Valentino

Eine halbe Stunde später lag Lucy Davis' Leiche in einem zwei Meter langen und achtzig Zentimeter breiten cremefarbenen Plastiksack mit Reißverschluss in der Mitte. Hätte auf seiner Rückseite nicht in riesigen roten Buchstaben *VALENTINO* gestanden, hätte sich die für Kleider gedachte Hülle kaum von einem richtigen Leichensack unterschieden.

»Wie passend«, hatte die Gastgeberin mehr zu sich selbst gemurmelt. Auf Sophies Vorschlag hin stellte sie Markou die Hülle ihres Hochzeitskleids zur Verfügung, das seit ihrer Heirat im Rathaus von Nissos vor elf Jahren im Schrank hing.

Markou vermutete, dass ihr »Wie passend« damit zusammenhing, dass ihre Ehe genau wie Lucy Davis »tot« war. Mike hatte ihm erzählt, dass sich Milandi vor zwei Jahren von ihrem Mann hatte scheiden lassen.

Ein Problem war also gelöst, doch ihre Improvisationskünste waren weiterhin gefragt. An einem Tatort sollten keine Spuren vernichtet werden. Angesichts der besonderen Umstände in diesem Fall mussten sie jedoch Kompromisse eingehen und vielmehr versuchen, so wenige wie möglich zu vernichten. Wind hin oder her, das Team der Mordermittlung aus Athen würde es auf keinen Fall rechtzeitig nach Nissos schaffen. Deshalb brauchte Markou mehr praktische Lösungen im Valentino-Stil.

Er trug dem jungen Kadetten auf, mit einer leeren Plastikflasche so viel Flüssigkeit wie möglich aus der Abstellkammer zu schöpfen und sie durch ein Küchensieb in die Plastikeimer zu leeren, die ihm Mariama Milandi gerade brachte. Wenig später klopfte Maroulas alles, was sich im Sieb gefangen hatte, in sterilisierte Plastiktüten, die ihnen die Ärztin zur Verfügung stellte.

Durch diese unorthodoxen Methoden riskierten sie nicht nur, ihre Funde zu verfälschen, sondern auch, genetisches Material zu vermengen und den Tatort aktiv zu kontaminieren.

Aber wie heißt es so schön? Not macht erfinderisch. Und unter den gegebenen Umständen hatten sie keine andere Wahl. Das Wasser sickerte bereits langsam, aber unaufhaltsam durch Ritzen im alten Steinfußboden in den Untergrund. Bei diesem Tempo und der zu erwartenden morgendlichen Hitze würde der Boden rasch trocknen.

Es wäre zum Schießen, dachte Markou, wenn es nicht so schrecklich wäre. Die Ärztin, die neben dem Valentino-Sack stand, sagte seufzend: »Wir haben noch ein Problem.«

»Das ist ja ganz was Neues«, bemerkte Markou. Doch seine Ironie traf keinen Nerv.

»Wo sollen wir die Leiche lagern, bis sie nach Rhodos gebracht werden kann? In der Krankenstation haben wir nur eine Kühlkammer, und die ist bereits belegt«, erklärte sie Mike. »Von Antigone, der Stammlerin. Sie wird morgen früh beerdigt. Aber bis dahin haben wir keine Möglichkeit, die Leiche zu kühlen. Und selbst wenn es der Hubschrauber in den nächsten Stunden auf die Insel schafft, können wir sie bei dieser Hitze nicht einfach offen herumliegen lassen.«

Mike, der immer noch auf der Treppe hockte, sprang auf und sah seinen Cousin fragend an. »Bei Mitsenas vielleicht?«

Bevor Markou fragen konnte »Wer zum Teufel ist Mitsenas?«, nickte die Ärztin bereits. »Gute Idee.«

Dann erklärte sie dem Kommissar aus Athen, dass Mitsenas der Metzger im Ort war. »Er hat einen Kühltransporter«, fügte sie hinzu und überließ es Markou zu entscheiden, ob das ein Witz sein sollte oder nicht.

Die Folgen des Winds

Der Wind geißelte Nissos' Küste seit den frühen Morgenstunden ohne Erbarmen. Jedes Mal, wenn Markou aus dem Schutz der engen gepflasterten Gassen trat, blies er ihm mit solcher Wucht um die Ohren, dass er sich ihm mit aller Kraft entgegenstemmen musste.

Die Vorhersage der Ärztin hatte sich bestätigt: Wegen des Wetters hatte der Hubschrauber nicht fliegen können. Die Fähren, die im Sommer viermal die Woche in Nissos anlegten, saßen in den benachbarten Häfen fest und überließen die kleine Insel der Gnade Aiolos', des alten griechischen Gottes der Winde.

Für Markou hatte der Wind ganz andere Konsequenzen als für gewöhnliche Touristen. Seine Sorge war jetzt nicht mehr, einen einsamen Strand oder ein geschütztes Restaurant zu finden, und er machte sich auch keine Gedanken darüber, dass seine Reisepläne womöglich über den Haufen geworfen wurden. Stattdessen sorgte der heulende Wind für eine Reihe von praktischen Problemen in Zusammenhang mit dem Mordfall: Zum einen musste Lucy Davis' Leiche für die Dauer des Sturms auf der Insel bleiben. Die Ärztin hatte ihnen gerade mitgeteilt, dass das Opfer in die einzige Kühlkammer der Krankenstation gebracht worden war. Antigone, die Stammlerin, die 92-jährige Witwe eines Fischers, die eines natürlichen Todes gestorben und am Morgen beerdigt worden war, hatte Platz für Lucy Davis gemacht, die

34-jährige englische Journalistin, deren Leiche bis vor einer Stunde im Kühltransporter des Metzgers gelagert hatte.

Markous Gedanken flogen mit dem Wind von Antigones letzter Ruhestätte, dem Friedhof der Insel, zum Leichenschauhaus in Rhodos, wohin die Tote bei normalen Wetterverhältnissen längst gebracht worden wäre. Doch solange der Sturm tobte, musste die Obduktion warten, weshalb sie sich bis auf Weiteres mit den vorläufigen Befunden der Ärztin begnügen mussten.

Abgesehen von den vermutlich drei Kopfverletzungen, hatte die Ärztin weder weitere Wunden noch Zeichen eines Kampfes oder sexuellen Missbrauchs gefunden. Aus dem Zustand des Schädels sowie der Stelle und der Tiefe der Verletzungen hatte Markou den von der Ärztin bestätigten Schluss gezogen, dass angesichts der Menge an Blut und ausgetretener Gehirnmasse Spuren davon auf Gesicht, Hände und Kleider des Täters geraten sein mussten.

Daher hielt er es für ausgeschlossen, dass der Mörder nach der Tat auf der Party geblieben war. Wer auch immer Lucy Davis getötet hatte, hatte sich nach der Tat aller Wahrscheinlichkeit nach aus dem Staub gemacht.

Auf der Polizeiwache wartete bereits eine Liste mit den Namen der Partygäste auf Markou. Er wollte sich bei seinen Ermittlungen auf diejenigen konzentrieren, die vor der Entdeckung der Leiche gegangen waren.

Bei *unseren* Ermittlungen, korrigierte er sich auf dem Weg zur Polizeiwache. Gleichzeitig dachte er an eine weitere Folge des Sturms: Der Leiter der Polizei von Nissos, Antonis Katzikis, saß auf Kos fest.

Bei einem kurzen Telefonat hatte Katzikis dem Kommissar versichert, dass er alles versuchen würde, um so bald wie möglich nach Nissos zurückzukehren. »So Gott will und das Wetter es zulässt«, schob er hinterher, was nicht unbedingt ermutigend war.

»Bis zu meiner Rückkehr wären Ihre Unterstützung und Erfahrung äußerst förderlich – ja, unerlässlich«, sagte Katzikis und sicherte Markou jede erdenkliche Hilfe zu.

»Jede erdenkliche Hilfe« beschränkte sich jedoch auf einen Streifenwagen, ein Motorrad und den jungen Kadetten, dessen Vorzüge der Polizeichef nicht genügend herausstreichen konnte: »Er ist auf der Insel geboren und aufgewachsen und bestens mit den Verhältnissen hier vertraut; dazu kommt, dass er ehrgeizig, klug und hoch motiviert ist und etliche Fremdsprachen beherrscht.«

Dass aus seinem ruhigen und erholsamen Urlaub wegen des Mordes an der Engländerin wohl nichts würde, wurde Markou zusätzlich kurz vor seinem Telefonat mit Katzikis durch einen offiziellen Befehl eben der Person bestätigt, die ihn noch vor Kurzem gezwungen hatte, sich eine Weile frei zu nehmen: von seinem Vorgesetzten Michalis Rovis, dem Leiter der Mordkommission Attika.

»Der Erfolg zehrt Körper, Geist und Seele aus.« Die Worte seines Chefs wollten Markou nicht mehr aus dem Kopf, als er die Uferpromenade entlangging.

Wie genau sie zutrafen, wurde auch durch Markous persönliche Verwicklung in einige seiner jüngsten Fälle bestätigt. Er hatte gehofft, dass ihm seine psychische und körperliche Erschöpfung nicht anzumerken wäre, doch Rovis kannte ihn zu gut, um sich etwas vormachen zu lassen. Dennoch hatte ihm derselbe Vorgesetzte, der ihn eben noch zu einer Auszeit verdonnert hatte, an diesem Morgen Anweisung erteilt, sich an den Ermittlungen zu beteiligen.

Ganz unabhängig von Katzikis' Abwesenheit, hatte Rovis betont, sei Markous Erfahrung für diesen Fall, der in den griechischen Medien bereits für Aufsehen sorgte, dringend erforderlich. Es war nur eine Frage der Zeit, bis die internationalen Medien mit aufsprangen, schließlich war die ehemalige Fischerinsel äußerst beliebt. Ein ungelöster Mord konnte negative Auswirkungen auf den Tourismus haben, der Nissos' einzige Einnahmequelle war.

Mord unter der griechischen Sonne. Markou sah die Schlagzeile bereits vor sich, obwohl sie unter Berücksichtigung der Tatzeit eigentlich *Mord unter dem griechischen Mond* lauten müsste.

Er wandte sich nach links, in Richtung Polizeiwache, und ging an der Büste eines griechischen Freiheitskämpfers vorbei, der den Blick starr auf die tobenden Wellen gerichtet hielt.

Das Meer war über fünf Meter entfernt, und trotzdem klatschte der Wind Markou salzige Tropfen ins Gesicht.

Das Meerwasser auf seiner Haut erinnerte ihn an die dritte Auswirkung des Sturms: Nicht nur das Opfer saß auf der Insel fest. Sondern auch der Mörder.

Mit zerzaustem Haar und Ohrensausen betrat Markou kurz darauf die Polizeiwache. Ein im italienischen Stil errichtetes Haus aus den dreißiger Jahren, an dessen Fassade im ersten Stock das Wappen der griechischen Polizei hing, das trotz der Morgensonne immer noch künstlich angestrahlt wurde. Neben dem Postamt im Erdgeschoss führte eine Treppe hinauf.

Oben angekommen, die Hand bereits am Türgriff, drehte Markou sich noch einmal zum sturmgepeitschten Meer um. Der Anblick, der im grellen Tageslicht etwas von einem impressionistischen Gemälde hatte, erinnerte ihn an eine Textstelle, die er einmal gelesen hatte: *Ich hasse es, am Meer zu stehen und es wie ein wildes Tier in seinem Bau brüllen und toben zu hören. Es erinnert mich an die unablässigen Anstrengungen des menschlichen Geists, der, selbst wenn er sich noch so sehr bemüht, sich zu befreien, immer wieder dorthin zurückgeworfen wird, wo er angefangen hat.*

»Geist und Körper werden immer dorthin zurückgeworfen, wo sie angefangen haben. Staub zu Staub«, flüsterte Markou und öffnete die Tür.

Die Polizeiwache

Der Raum, den er betrat, sah mehr wie ein in den Achtzigern stecken gebliebenes Wohnzimmer aus als wie eine moderne Polizeistation. Unter den niedrigen, staubbedeckten Tischen, den wenigen Stühlen, einem Sofa und den übergossenen Zimmerpflanzen erinnerte ihn nur ein Metallschreibtisch unter einem der Fenster daran, wo er war. Das Meer dahinter sah dadurch erst recht wie ein gerahmtes Gemälde aus.

Er richtete den Blick auf den Schreibtisch. Die blaue Resopalplatte war übersät mit Ordnern, und dazwischen lag eine Art Logbuch, in dem, seinem zerfledderten Zustand nach zu schließen, wahrscheinlich alle Straftaten enthalten waren, die sich in den letzten Jahrzehnten auf Nissos ereignet hatten. Neben einem blauen Stempelkissen, einem trockenen Fingerbefeuchter und einem leeren metallenen Stempelhalter, der aussah wie ein kahler Mini-Weihnachtsbaum, sah Markou auch einen dreieckigen Plastikanstecker mit dem Namen des Kadetten. Aber Maroulas war nicht da.

Die Stimme des jungen Mannes kam durch die Tür gegenüber vom Eingang. Hinter der Milchglasscheibe, auf der *Polizeichef* stand, hörte er Maroulas am Telefon jemandem zackig mit »Jawohl«, »Selbstverständlich«, »Verstehe« antworten.

Bevor er auf die Tür zuging, nahm Markou kurz die drei anderen Personen im Raum in Augenschein. Die zwei, die auf dem Sofa saßen, beobachteten ihn unverhohlen. Keiner von ihnen sprach ein Wort. Zu hören war nur ihr Atem, aufeinander abgestimmt wie ein Orchester aus Blasinstrumenten. Sie wussten, wer er war, denn alle drei waren auf Milandis Party gewesen.

Als Markous Blick auf den Gesichtern der zwei Männer auf dem grauen Sofa neben dem Eingang zu ruhen kam, verzogen sich ihre Lippen zu einem gehetzten Lächeln. Er erinnerte sich zwar an sie, war ihnen aber auf der Party nicht vorgestellt worden.

Beide waren etwa 1,75 groß und hatten eine ähnliche Frisur, aber unterschiedliche Haarfarben: dunkelgrau und hellblond. Die gleiche pompöse Sonnenbrille, die der grauhaarige Mann auf seinen Kopf geschoben hatte, hing vom T-Shirtkragen des Blonden. Beide trugen blaue Bermudashorts, ein weißes T-Shirt und Ledersandalen. Sie hätten von phantasielosen Eltern eingekleidete Brüder sein können.

Vom Kleidungsstil abgesehen ließ ihr Äußeres jedoch keinen Zweifel, dass sie nicht verwandt waren. Der grauhaarige Mann, er war um die fünfzig, hatte eine kleine Nase, durchdringende dunkelbraune Augen und einen Mund, der viel zu schmal für sein breites, kantiges Kinn wirkte. Der deutlich jüngere blonde Mann hatte ein langes schmales Gesicht, volle Lippen und hellblaue gelassene Augen.

Diese Gelassenheit teilte die in einem alten Ledersessel gegenüber dem Eingang sitzende Frau nicht. Ihr rechtes Bein wippte so stark, als wollte sie mit ihrer beigen Espadrille ein Loch in den Mosaikfußboden bohren. Sie hatte ihre Arme, deren Bräune durch ihr hellgelbes Leinenkleid noch besser zur Geltung kam, über ihrer schmalen Taille verschränkt.

Anders als die zwei Männer wich sie dem Blick des Kommissars aus. Ihre großen braunen Augen – sie hatten die gleiche Farbe wie ihr gewelltes Haar – waren unverwandt auf die gegenüberliegende Wand gerichtet. Nur zweimal sah Markou sie auf ihr Handy schauen – als ob sie auf einen Anruf wartete, der aber nicht kam. Schließlich schob sie das Telefon unter ihren linken Oberschenkel.

Die Tür des Büros ging auf, und der junge Kadett kam ins Wartezimmer. Er war sichtlich gestresst, und die Schweißflecken unter seinen Achseln rührten nicht von der Hitze allein. Seine Augen leuchteten erleichtert auf, als er Markou sah.

»Gut, dass Sie gekommen sind, Kommissar«, begrüßte er Markou. »Sie wollen uns also bei den Ermittlungen helfen?«, fügte er mit einem fragenden Blick hinzu und lächelte, als Markou nickte.

Dann wandte er sich den anderen Anwesenden zu.

»Frau Milandi ist noch nicht hier. Sie hat mir versichert ...« Er wurde vom Geräusch der aufgehenden Tür unterbrochen. Als hätte sie darauf gewartet, dass der junge Polizeianwärter ihre Ankunft ankündigte, stürmte Mariama Milandi, ihre zehnjährige Tochter hinter sich herziehend, in das Vorzimmer.

»Entschuldigen Sie die Verspätung«, stieß sie atemlos hervor, »aber ...«

Sie verstummte, als sie merkte, dass sie nicht allein waren. Sie wandte sich jedem der Anwesenden kurz zu und deutete mit der Hand einen Gruß an.

Ganz offensichtlich wollte sie in ihrem Beisein nichts sagen. Markou bat sie in das Büro.

Mariama eilte auf die Tür zu, gefolgt von ihrer Tochter, die sich neugierig umsah.

»Ich hoffe, das wird nicht allzu lange dauern, Herr Kommissar«, rief der grauhaarige Mann. »Wir haben nämlich nicht den ganzen Tag Zeit; wir haben auch noch anderes zu tun.«

Sein Griechisch war fließend, aber der leichte ausländische Akzent, der sich in seinen Rs und den gedehnten Vokalen bemerkbar machte, entging Markou nicht. Sein missbilligender Blick schien an dem Mann einfach abzuprallen. Dieser stand auf und zog seine Bermudas gerade, als wollte er dem Kommissar zu verstehen geben, er solle sich besser beeilen.

Ohne weiteren Kommentar schloss Markou die Bürotür hinter sich und setzte sich auf den Stuhl des Chefs – darauf bestand Maroulas, der sich neben ihn stellte.

Milandi plumpste auf den einzigen Stuhl vor dem Schreibtisch. Ihre Tochter sah sich sichtlich enttäuscht um. Weder das Vorzimmer noch das Büro mit den Karten von Nissos und Griechenland an der Wand, einem Metallschreibtisch und einem Garderobenständer hatte etwas mit einer Polizeistation in den Krimiserien gemein, die Sophie so gern sah.

»Entschuldigen Sie die Verspätung«, wiederholte Mariama Milandi, »aber …« Eine Pause legte zusätzliche Betonung auf ihre nächsten Worte. »… aber ich glaube, ich habe die Mordwaffe gefunden!«

Die Mordwaffe

Markou sprang von seinem Stuhl hoch.

»Wo ist sie?«, fragte er und beugte sich über den großen Weidenkorb in Milandis Schoß.

Instinktiv zog sie ihn zurück und packte seine Ledergriffe fester.

»Nein, nein, ich habe sie nicht dabei«, antwortete sie hastig. »Ich meinte auch nicht, dass ich sie irgendwo gefunden habe. Ich habe nur *heraus*gefunden, was die Mordwaffe war!«

Wegen der sprachlichen Verwechslung flüsterte Maroulas dem Kommissar auf Griechisch zu: »Soll sie lieber Französisch sprechen? Das ist ihre Muttersprache. Ich könnte für Sie übersetzen.«

Markou schüttelte den Kopf. »Nein, Englisch.« Mit einem Nicken forderte er Milandi auf fortzufahren.

»Es war auch nicht ich, die darauf gekommen ist, sondern Jannis, der Nachbarssohn. Er kümmert sich im Haus um alles. Er füllt den Wassertank auf, erledigt kleine Reparaturen, versprüht Insektenschutz, gießt die Pflanzen, kümmert sich um den Garten, lüftet im Winter, wenn wir nicht da sind – Dinge in der Art. Und als er heute Morgen gekommen ist, um zu sehen, ob wir etwas brauchen – er wusste natürlich, was gestern passiert ist –, hat er mich gebeten, einen Blick in die Abstellkammer werfen zu dürfen.«

Bevor Markou etwas sagen konnte, fügte Milandi hinzu: »Ich weiß, die Kammer ist ein Tatort, und niemand sollte sie betreten, aber seien Sie versichert, wir haben weder die Tür geöffnet, noch ist Jannis hineingegangen. Er hat nur durchs Fenster geschaut. Ich hatte gehofft, ihm könnte etwas auffallen. Er kennt die Kammer wie seine eigene Westentasche, denn er bewahrt dort alles auf, was er braucht, wenn es im Haus etwas zu richten gibt. Und tatsächlich hat er sofort gesehen, dass etwas fehlt. Wie Sie sich vielleicht erinnern, steht auf der rechten Seite eine alte hölzerne Kühlkiste – neben dem roten Flickenteppich«, fügte sie hinzu, um das Gedächtnis des stirnrunzelnden Kommissars aufzufrischen.

Markou machte die Kamera an und klickte sich durch die Fotos vom Tatort. Und tatsächlich, rechts vom Opfer, keinen halben Meter von der Leiche entfernt, stand eine dieser alten Kühlkisten, die noch mit Eis gekühlt wurden. An ihrem hölzernen Sockel war ein kleiner Hahn angebracht.

»Der Deckel des Fachs, wo man früher den Eisblock reingelegt hat, ist immer offen«, fuhr Milandi fort.

Der Kommissar schaute wieder auf das Display und nickte.

»Dort bewahrt Jannis sein Werkzeug auf«, fügte sie hinzu. »Sägen, Zangen, Schraubenzieher, was man eben so braucht. Und dieses ganze Zeug ist so sperrig, dass sich der Deckel nicht schließen lässt.«

»Und was fehlt?«, fragte Markou und zoomte die Öffnung heran, in der sich das Werkzeug befand.

»Ein Hammer«, antwortete Milandi und bewegte zweimal ihre Faust auf und ab, als schlüge sie mit einem imaginären Werkzeug auf den Schreibtisch.

Der Hammer

Etwa ein halbes Kilo, verstehe.« Maroulas notierte sich alles. Mit dem Handy in der linken, einem Stift in der rechten Hand lehnte er am Schreibtisch und schrieb mit großen runden Buchstaben alles auf, was ihm Jannis sagte.

Wie sich herausstellte, war der handwerklich begabte Nachbar, der für Mariama Milandi kleinere Reparaturen im Haus vornahm, Ioannis Sozos, ein entfernter Cousin des jungen Polizeianwärters. Um möglichst viel über die tödliche Waffe in Erfahrung zu bringen, telefonierte er zunächst nur mit ihm. Für eine beeidete Aussage wollte er ihn später vorladen.

Zimmermannshammer, gummiüberzogener Metallstiel, las Markou in Maroulas' Notizen. *Ca. 25 Zentimeter lang, gängiges Werkzeug, ein halbes Kilo schwer.*

»Und du bist ganz sicher, hundert Prozent, dass du ihn dort aufbewahrt hast?«, fragte Maroulas zum zweiten Mal.

Ioannis'/Jannis' melodische Stimme wurde eine Spur lauter, da man ihn durchs Telefon nicht zu verstehen schien.

»Ja! Ich habe erst gestern ein paar Haken in die Pergola eingeschlagen. Wegen der Party wollte Mariama Lampions aufhängen. Danach habe ich ihn wieder zurückgelegt – in den alten Eisbehälter und ganz oben, weil ich ihn heute noch mal gebraucht hätte, um mit der Klaue die Haken wieder rauszuziehen.«

Markou fuhr mit dem Zeigefinger ein paarmal dicht vor

seinen Augen hin und her, um Maroulas zu verstehen zu geben, was er seinen Vetter als Letztes fragen sollte.

»Würdest du ihn denn erkennen, wenn du ihn sehen würdest?«, fragte der Kadett in der Hoffnung, die Zeichensprache des Kommissars richtig verstanden zu haben.

»Aber klar, natürlich. Aber ob es auch der ist, der Mariama gehört, könnte ich nicht mit Sicherheit sagen. Es ist ein gängiges Modell. Ich habe auch so einen. Wahrscheinlich haben fast alle auf Nissos so einen. Da es auf der Insel nur eine Eisenwarenhandlung gibt, ist die Auswahl ziemlich begrenzt.«

Während die zwei Cousins noch kurz weiter miteinander sprachen, um einen Termin für eine offizielle Aussage zu vereinbaren, schaute Markou unverwandt auf den Zettel.

Die Beschreibung des Werkzeugs passte zu den Verletzungen. Da sie inzwischen wussten, wonach sie Ausschau halten mussten, würden sie die Umgebung des Tatorts noch einmal gründlicher absuchen. Allerdings war sehr unwahrscheinlich, dass der Täter den Hammer dort zurückgelassen hatte. Selbst wenn er die Tat nicht geplant hatte, dürfte er hinterher kaum etwas dem Zufall überlassen haben. Der aufgedrehte Wasserhahn hatte nicht nur viele Spuren am Tatort zerstört, sondern auch dafür gesorgt, dass seine Tat garantiert einen tödlichen Ausgang nahm. Unabhängig davon, ob Lucy Davis nun an den Schlägen gestorben oder bewusstlos ertrunken war, hatte sie keine Chance gehabt, den Angriff zu überleben.

»Er hat ihn weder am Tatort zurückgelassen noch irgendwo im Innenhof versteckt«, dachte Markou laut nach. »Was könnte er dann damit gemacht haben?«

Ein fünfundzwanzig Zentimeter langes und fünfhundert Gramm schweres Werkzeug ließ sich problemlos vom Tatort mitnehmen. Der Kommissar sah seinen Verdacht bestätigt: Der Täter dürfte in seiner blutbespritzten Kleidung und mit einem Hammer in der Hand kaum auf der Party geblieben sein. Wahrscheinlich war er aus dem verlassenen Innenhof einfach in die Gasse hinausgeschlüpft und hatte sich unbemerkt aus dem Staub gemacht.

Für den unwahrscheinlichen Fall, dass sich der Mörder zu Beginn seiner Flucht der Tatwaffe entledigt hatte, mussten er und Maroulas noch einmal die Umgebung von Milandis Haus absuchen.

Auf jeden Fall hatten sie schon einmal die Antwort auf eine der wichtigsten Fragen, die sich bei allen Mordermittlungen stellte: die Frage nach dem Wie. Was die wichtigste von allen anging, tappten sie jedoch immer noch im Dunkeln: Warum?

Markou schaute von seinem Notizblock auf und Sophie an, die auf dem Boden saß und auf dem Handy ihrer Mutter daddelte. Als Erstes würde er das Mädchen befragen, das die Leiche entdeckt hatte.

Sie war nett

Ich würde ihr gern ein paar Fragen stellen«, sagte Markou zu Mariama Milandi und deutete auf ihre Tochter.

Bevor ihre Mutter antworten konnte, stand Sophie auf, legte das Handy auf den Schreibtisch und nahm fast militärisch Habachtstellung ein. Ganz im Gegensatz zur besorgten Miene ihrer Mutter leuchteten ihre unverwandt auf den Kommissar gerichteten Augen vor Begeisterung.

In ihrem Alter, in dem die Übergänge zwischen Realität und Phantasie noch fließend waren, stellte der Tod für die zehnjährige Sophie beinahe eine Art filmische Erfahrung dar. Ein Ferienabenteuer, über das sie ihren Klassenkameradinnen ausgiebig berichten konnte, wenn sie in wenigen Tagen wieder in die Schule musste.

Der Umstand, dass Kinder im Fernsehen und in Videospielen ständig den unterschiedlichsten Formen von Gewalt ausgesetzt sind, trägt möglicherweise mit zu ihrer Gleichgültigkeit gegenüber dem Tod eines Menschen bei, der ihnen nicht nahesteht. Wie zutreffend diese Theorie war, die Markou in seiner Masterarbeit in Kriminologie aufgestellt hatte, musste sich erst noch zeigen. Außer Zweifel stand jedoch, dass es das Mädchen kaum erwarten konnte, seine Fragen zu beantworten.

»Bist du sicher, Schatz, dass du …«, murmelte die Mutter, bevor ihr die nachdrückliche Antwort der Tochter das Wort abschnitt.

»Mach dir mal keine Sorgen, Mami. Ich bin nicht traumatisiert oder so was.« Sophies kindliche Stimme stand in krassem Gegensatz zu ihrer ernsten Erwiderung.

Sie ließ sich von ihrer Mutter auf den Schoß ziehen und an sich drücken. Es war, als versuchte Mariama Milandi, ihre Tochter vor ihren eigenen Worten zu beschützen.

Milandi nickte dem Kommissar zu, worauf dieser um den Schreibtisch herum kam, sich auf ihn setzte und die Beine in der Luft baumeln ließ – eine Haltung, die ihm etwas Lockeres und Zugewandtes verleihen sollte. Mit einem freundlichen Lächeln und einer Stimme, die trotz seines starken griechischen Akzents samtener klang als sonst, begann er: »Dann erzähl doch einfach mal, wie du …«

Er hielt mitten im Satz inne. Waren die Wörter »Leiche« oder »die Tote« einem Kind wirklich zuzumuten?

Er musste jedoch nicht lange über die richtige Wortwahl nachdenken, denn bevor er seine Frage zu Ende stellen konnte, holte das Mädchen tief Luft und schon sprudelte alles aus ihm heraus. Sophie sprach ohne Punkt und Komma, ohne Pause, ohne das geringste Anzeichen von Scheu.

»Plato, die Nachbarskatze, war bei mir auf der Terrasse, aber dann hat sie plötzlich wegen irgendwas Angst bekommen und ist aus meinem Schoß gesprungen und die Treppe runtergerannt. Ich bin ihr nach unten gefolgt und habe mich zuerst im Hof umgeschaut. Dann habe ich in die Schlafzimmer geguckt, bis nur noch die Abstellkammer übrig war. Ich bin reingegangen und hab das Licht angemacht, und da hab ich alles gesehen. Mir war natürlich sofort klar, dass was Schlimmes passiert ist. Deshalb bin ich gleich nach oben gelaufen und hab meiner Mutter alles erzählt.«

Am Ende ihrer Schilderung holte sie erneut tief Luft und sah ihre Mutter an. Deren Lächeln bestätigte ihr, dass es an ihrer Darstellung nichts auszusetzen gab.

»Kanntest du Lucy gut?«, fragte der Kommissar.

Sophie nickte mehrere Male. »Ja. Sie kannte Mama und war oft zu Besuch bei uns.« Und nach kurzem Überlegen fügte sie hinzu: »Sie war nett. Sie hat mir immer was Kleines mitgebracht, wenn sie zu Besuch kam: ein Eis, eine Zeitschrift, einen Anhänger oder ein Armkettchen. Und sie hat mir immer zugehört, wenn ich ihr was erzählt habe.«

»Worüber hast du denn mit ihr gesprochen?«

»Ach, über alles Mögliche. Über die Schule, über Bücher, über eine Serie, die wir beide mochten, was ich mal werden will, wenn ich groß bin, und …« Sie zögerte.

Mit noch freundlicherer Stimme fragte Markou: »Willst du mir das vielleicht lieber ins Ohr flüstern?«

Ohne die Überraschung, die sich in ihrer Miene zeigte, in Worte zu fassen, begann Mariama Milandi das Haar ihrer Tochter zu streicheln. Mit ruhiger, eine Spur ernsterer Stimme sagte sie: »Du kannst dem Herrn Kommissar alles erzählen, was du willst, Schatz. Zwischen uns gibt es keine Geheimnisse.«

Das Mädchen nickte wieder.

»Also, Lucy hat mich immer nach Mama und Papa gefragt, und nach Opa und Mamas Freunden hier auf der Insel. Sie wollte wissen, ob ich sie nett oder unsympathisch finde, und manchmal haben wir über ihre Kleider gesprochen und was sie gesagt haben, und ob ich sie über Lucy oder andere reden gehört habe. Wir haben uns wie zwei Erwachsene unterhalten. Das war unser Geheimnis«, schloss Sophie und wischte dabei, ohne einen der Erwachsenen anzusehen, ein unsichtbares Stäubchen von ihrem Knie.

Aus Mariama Milandis Miene ging deutlich hervor, dass sie zum ersten Mal von den Gesprächen zwischen Lucy Davis und ihrer Tochter hörte. Ohne ihr jedoch Gelegenheit zu geben, es zu kommentieren, fuhr Markou an Sophie gewandt fort: »Und gestern Abend auf der Party, habt ihr da über etwas Bestimmtes gesprochen?«

»Eigentlich nicht. Erwachsene unterhalten sich immer lieber untereinander, wenn viele von ihnen da sind«, antwortete sie mit erstaunlicher Reife. »Nur ganz am Anfang, als sie gerade gekommen ist, wollte sie wissen, ob es mir gut geht und ob ich am Morgen schwimmen war. Danach hat sie sich nur noch mit ihren Freunden unterhalten.«

»Mit welchen Freunden?«

»Alessandra und Fausto.«

»Alessandra und Fausto Ardolini. Ein italienisches Paar. Sie haben das Haus hinter dem Rathaus gemietet«, ergänzte Mariama Milandi die Angaben ihrer Tochter.

Markou vergewisserte sich, dass Maroulas alles mitschrieb.

»Hat sie sich auch mit anderen Leuten unterhalten? Weißt du das noch?«

Das Mädchen zuckte mit den Achseln und kommentierte diese komische Frage mit einem Seufzen, bevor sie antwortete. »Mit einer Menge Leute. Sie hat immer mit einer Menge Leute geredet.«

Dann drehte sie das Gesicht zu ihrer Mutter und flüsterte: »Ja, Lucy war nett. Wirklich schade, dass …«

Sie seufzte noch einmal und schmiegte sich an ihre Mutter, die sie noch fester an die Brust drückte.

Der Jetset von Nissos

Es war Lucys viertes Jahr auf Nissos«, begann Mariama Milandi, als sie an der Reihe war, befragt zu werden.

Sophie saß im Schneidersitz auf dem Boden, war wieder in ihr Handyspiel vertieft und schaute hin und wieder zu ihrer Mutter hoch.

»Ich habe sie in ihrem ersten Sommer auf der Insel bei einem Essen in Henrietta Banks' Haus kennengelernt. Sie war sympathisch, geistreich, witzig. Ich mochte sie sofort, und wir haben regelmäßig etwas miteinander unternommen. Nur hier auf Nissos natürlich. Im Winter haben wir uns nie gesehen, denn ich lebe in Genf und sie in London. Das ist aber ganz normal bei denen, die hier ein Haus haben und im Sommer regelmäßig herkommen. Wenn wir hier sind, verbringen wir viel Zeit miteinander; die Kinder gehen an denselben Stränden schwimmen; abends treffen wir uns bei denselben Dinners und Partys; ab und zu organisieren wir Bootsausflüge zu den kleinen unbewohnten Inseln rund um Nissos, um dort zu schnorcheln oder zu schwimmen. Aber dann haben wir bis zum nächsten Sommer nichts mehr miteinander zu tun.«

»Kannten Sie Lucy Davis gut? Damit meine ich, waren Sie richtig miteinander befreundet?«, hakte Markou nach.

»Ich würde uns schon als Freundinnen bezeichnen«, antwortete Milandi, fügte aber rasch hinzu: »Aber keine sehr engen.«

Mit einem Blick auf ihre Tochter sagte sie flüsternd: »Über meine Scheidung oder andere sehr persönliche Dinge haben wir zum Beispiel nie gesprochen.«

»Über die hat sie mit *mir* gesprochen«, sagte Sophie ebenfalls flüsternd, ohne von ihrem Handy aufzublicken.

Frustration verfinsterte die Miene ihrer Mutter.

»Sie kennen Nissos sehr gut«, fuhr Markou fort. Das war mehr eine Feststellung als eine Frage.

»Ja, ich verbringe schon seit meiner Geburt 1967 jeden Sommer hier in unserem Haus. Mein Vater hat die Insel 1963 entdeckt, als er mit einer Freundin hier Urlaub machte. Im darauffolgenden Sommer ist er wieder hergekommen und hat mit seinen Ersparnissen ein altes verfallenes Haus gekauft. Im selben Winter hat er in der Schweiz meine Mutter kennengelernt und sie vor ihrer Heirat 1965 ebenfalls für die Insel begeistert. Gemeinsam haben sie dann aus dieser Ruine das Haus gemacht, das Sie jetzt sehen, und seitdem sind wir jeden Sommer hier.«

Markous Gedanken wanderten zu Mariama Milandis schönem von Lampions beleuchtetem Haus mit den vielen Blumentöpfen und Gästen. Es hatte absolut nichts mehr mit der Bruchbude zu tun, die er auf einem großen Schwarz-Weiß-Foto in Mariama Milandis Schlafzimmer gesehen hatte, als er nach dem Valentino-Kleidersack suchte. Ihm wurde klar, dass der kleine, gebräunte Mann mit dem dicht gelockten Haar und dem breiten Grinsen, der vor dem halb verfallenen Haus stand, ihr Vater war.

»Das ist das erste Jahr, in dem mein Vater nicht mitgekommen ist. Seit dem Tod meiner Mutter vor fünf Jahren hat sich sein Gesundheitszustand kontinuierlich verschlechtert. Inzwischen kann er kaum mehr gehen.«

Und nach einer wehmütigen Pause fügte sie hinzu: »Er war der erste Fremde, der hier ein Haus kaufen konnte. Es war extrem *compliqué*. Er musste es einen Griechen auf dessen

Namen kaufen lassen; damals war Griechenland noch nicht in der EU, und Fremden war es grundsätzlich nicht erlaubt, ein Haus oder Grund und Boden zu kaufen. Und es gab erst einmal jahrelang keinen Strom und kein fließendes Wasser – und auch keine Touristen, mal abgesehen von ein paar Italienern, die schon seit damals herkamen, als Nissos noch italienisch war, und ein paar Franzosen und Deutschen, die darin eher ein einmaliges Abenteuer sahen. Aber mein Vater mochte die wilde Schönheit der Insel sehr und beschloss, sie zu seinem Sommerdomizil zu machen.

Deshalb ja, ich kenne die Insel sehr gut. Und ich kenne auch alle gut, die hier ein Haus haben und regelmäßig herkommen, und auch alle, die lange hergekommen sind und dann plötzlich nicht mehr.«

Bevor Markou dazu kam, die nächste Frage zu stellen, fügte sie hinzu: »Dazu müssen Sie wissen, Nissos hat eine ganz spezielle Dynamik. Entweder man liebt es, oder man hasst es. Aber es sind nicht *Sie*, der diese Entscheidung trifft. Es ist die Insel, die entscheidet, ob sie Sie aufnimmt oder zurückweist.«

Der Kommissar verzichtete darauf, sich zu Mariama Milandis esoterischen Ansichten zu äußern. Er glaubte nicht an irgendwelche Energien und unsichtbare Welten. Er glaubte an Menschen, die handelten, an Menschen, die gute oder schlechte Taten begingen. Und so war es auch in diesem Fall.

»Sie sind also bestens mit der Insel und ihren Bewohnern vertraut. Fällt Ihnen jemand ein, der Lucy Davis etwas Böses gewollt haben könnte?«

»Nein«, antwortete Mariama Milandi mit Nachdruck. »In unserem kleinen Kreis haben sie alle gemocht. Sie hat schon im ersten Jahr, vom ersten Moment an, mühelos Zugang zum exklusiven Zirkel der Sommergäste hier gefunden, ohne dass sie jemand unter sein Patronat nehmen und einführen musste.«

»Unter jemandes Patronat?«, hakte Markou nach, der fürchtete, nicht richtig gehört oder verstanden zu haben.

»Ja, wir haben hier ein *système de parrainage*«, erklärte sie, doch Markou sprach kein Französisch. »Diejenigen von uns, die ein Haus auf der Insel haben oder schon seit Jahren regelmäßig herkommen, werfen nach wie vor ein scharfes Auge auf die … Neuankömmlinge.«

Aus ihren letzten Worten war ein gewisser Argwohn herauszuhören.

Auf das Stirnrunzeln des Kommissars hin fügte Mariama Milandi hastig hinzu: »Das heißt nicht, dass wir jeden, der auf die Insel kommt, einer Gesichtskontrolle unterziehen, aber damit jemand zu unseren Partys eingeladen wird, muss er schon *parrainé* sein – oder anders ausgedrückt, jemand, der bereits dazugehört, muss sich für ihn verbürgen oder einsetzen oder wie Sie es sonst nennen wollen.«

Diese Erklärung vertrieb weder die Runzeln von Markous Stirn, noch schwächte sie die Überheblichkeit ihrer Äußerung ab.

»Verstehen Sie mich nicht falsch«, fuhr sie angesichts der offenkundigen Missbilligung des Kommissars fort, »aber stellen Sie sich vor, jeder x-beliebige Fremde würde plötzlich in unseren Häusern verkehren …«

Bei dem Gedanken an die Tote in ihrer Abstellkammer und der Tatsache, dass trotz dieses strengen Auswahlverfahrens das denkbar Schlimmste passiert war, verstummte sie abrupt.

Doch Markou hakte nach: »Demnach war also jeder Ihrer gestrigen Gäste jemand, den Sie gut kennen, oder für den sich jemand aus Ihrem Zirkel verbürgt hat. Und trotzdem …«

Seufzend stimmte ihm Mariama Milandi zu. »Da haben Sie natürlich völlig recht.« Und flüsternd fügte sie hinzu: »Aber es könnte auch jemand gewesen sein, der zufällig gerade vorbeikam …«

Allerdings führte sie diesen Gedanken nicht weiter aus,

denn ihr war klar, dass die Tat höchst unwahrscheinlich von einem Außenstehenden begangen worden war.

Sie holte tief Luft, bevor sie ihren Gedanken weiterspann. »Ob es Ihnen gefällt oder nicht, so läuft es hier nun mal. Wie übrigens auch sonst überall. Wir können nicht mit allen befreundet sein. Wir können nicht einfach jedem Touristen, der auf die Insel kommt, weil er einen Artikel in einer Zeitschrift oder im Internet gelesen hat, unsere Häuser und Herzen öffnen.«

Und ohne den Kommissar anzusehen und ihm eine Chance zu geben, seiner Missbilligung Ausdruck zu verleihen, fuhr sie fort: »Aber egal, für Lucy hat diese Regel nicht gegolten. Sie wurde ganz selbstverständlich in unseren Kreis aufgenommen, ohne jemandes *parrainage*. Herr Cadena, der sie hier bei sich aufgenommen hat, hat sich jedenfalls nicht für sie verbürgt und wäre wahrscheinlich auch nie auf die Idee gekommen. Er hat all die Jahre, die er jetzt schon nach Nissos kommt, nie am gesellschaftlichen Leben der Insel teilgenommen.

Das hat sich erst diesen Sommer geändert. Auf Lucys Drängen hin hat er sie seit Juli zu mehreren Einladungen begleitet – und zur gestrigen Party. Lucy hat … das heißt, hatte ein besonderes Talent, andere Menschen aus ihrem Schneckenhaus zu locken und dazu zu bringen, sich zu öffnen.«

»Cadena ist der alte Mann, den Sie mir gestern gezeigt haben?«, fragte Markou.

»Ja. Sie haben ja selbst gesehen, wie tief ihn ihr Tod getroffen hat. Er ist am Boden zerstört! Er ist der, der mir am meisten leidtut. Ich hoffe nur, Betty – die große Brasilianerin, die ihm die Treppe runtergeholfen hat – nutzt ihn nicht aus. Sie hat ihn erst gestern kennengelernt, aber sie hat eine Vorliebe für reiche alte Männer, und bei solchen Frauen weiß man nie …« Sie sah ihn vielsagend an.

Ohne sich weiter über die Brasilianerin auszulassen, fuhr

sie fort: »Cadenas Haus, wo Lucy ursprünglich gewohnt hat, ist nur dreißig Meter von meinem entfernt. Es liegt, wenn man vom Hauptplatz kommt, direkt vor der Kreuzung, neben der Ainilaou-Kapelle.«

»Die Kapelle Aghios Nikolaos«, erklärte Maroulas, ohne von dem Block aufzublicken, auf dem er alles mitschrieb.

»Kennen Sie das Haus?«, fragte ihn Markou.

Als der Kadett bejahte, bat ihn Markou: »Rufen Sie Cadena an und bitten Sie ihn, auf die Wache zu kommen. Sollte ihm das zu schwer fallen, gehe ich zu ihm, sobald wir hier fertig sind.«

Ein slawisches Püppchen

»Nadine, meine Liebe, wir haben uns seit deiner Ankunft noch kein einziges Mal getroffen«, brach der grauhaarige Mann das Schweigen im Wartezimmer. »Nicht einmal auf einen Kaffee oder einen Drink«, fügte er lächelnd hinzu.

Nadine Hazera-Fasteau, deren Bein immer noch nervös wippte, erwiderte mit einem trockenen Lächeln: »Nein, Pierre, haben wir nicht.«

»Offensichtlich hält dich dein kleiner Patrick ganz schön auf Trab«, setzte er nach.

Jacques Moreno, der neben ihm saß, blickte auf.

»Ja«, antwortete Hazera-Fasteau, deren Ton bei der Erwähnung ihres vierjährigen Sohns geringfügig freundlicher wurde. Aber sie schaute sofort wieder auf ihr Handy. Sie ließ den Kleinen nicht gern allein, wobei »allein« relativ war. Das Kindermädchen ließ ihn keine Sekunde aus den Augen, aber trotzdem …

»Ein richtig süßes Kerlchen«, fügte Pierre de Saintsimon hinzu.

Zum ersten Mal seit Beginn ihrer Unterhaltung würdigte ihn Nadine Hazera eines Blickes. »Danke.«

Sie fragte sich, ob sie sein Kompliment erwidern sollte, wo ihm doch so selten eines über die Lippen kam. Aber wozu? De Saintsimon und Moreno hatten keine Kinder. Jemand hatte ihr mal erzählt, dass Jacques sich nach einer Leihmutter umgesehen hatte; aber Pierre hatte es immer hinausgeschoben, bis er vor ein, zwei Jahren zu der Ansicht gelangte, zu alt zu sein, um ein Kind großzuziehen. Pierre de Saintsimon war fünfundfünfzig, aber sein Partner Jacques – nach belgischem Recht sein Ehemann – war erst neununddreißig. Jedenfalls war es de Saintsimon, der sich in dieser Frage durchsetzte. Und Nadine Hazera-Fasteau wusste, dass es nicht das erste – und auch nicht einzige – Mal war.

»Sein Vater muss sehr stolz auf ihn sein«, fuhr de Saintsimon fort. Nur Jacques Moreno entging die leichte Veränderung, der Anflug von Ironie in seinem Ton nicht. Mit einem lauten und langen Seufzer versuchte er, sein Missfallen daran zum Ausdruck zu bringen, was jetzt vermutlich gleich kommen würde. Aber vergeblich.

Ohne den Seufzer und den Rippenstoß seines Partners zu beachten, fuhr de Saintsimon unbeeindruckt fort: »Ja, ein richtig hübscher kleiner Kerl. Von wem er das wohl hat?«

Nadine Hazera-Fasteaus Lächeln verflog abrupt.

»Versteh mich bitte nicht falsch, auch du bist hübsch«, setzte de Saintsimon nach, »aber deine Hautfarbe hat dein Sohn nicht. Und die von Olivier auch nicht. Mit seinen blonden Haaren und den blauen Augen sieht Patrick aus wie ein slawisches Püppchen.«

»Genau wie mein Vater«, konterte Hazera-Fasteau schroff und wandte den Blick von seinem Gesicht ab.

Sie stand auf und flüsterte, das Handy an ihr Ohr gedrückt: »Entschuldigung.« Damit verließ sie den Raum und knallte die Tür hinter sich zu.

Und Jacques Moreno quittierte de Saintsimons boshaftes Lächeln mit einem missbilligenden Kopfschütteln.

Sternchen und Häkchen

Von Milandis Beziehung zu Lucy Davis und deren Aufnahme in den exklusiven Zirkel von Nissos gingen sie zur Mordnacht über. Milandi nahm die Gästeliste, die sie den beiden Polizisten bereits ausgehändigt hatte, fügte ihr zwei Namen hinzu und machte ein Sternchen neben einen davon. Diese Glyphe hinter acht der fünfzehn Namen bedeutete, dass die fragliche Person noch auf der Party gewesen war, als die Leiche entdeckt wurde.

Als Markou den Zettel zu sich heranzog, sah er, dass auf der ganzen Liste nur vier griechische Namen standen.

Nissos' Schickeria akzeptiert nicht allzu viele Einheimische in ihren Kreisen, dachte er.

Neben seinem Namen und dem seines Cousins Mike standen dort noch die Namen Timos Karas – kein Sternchen dahinter – und Gerasimos Tsokas mit Sternchen. Letzterer war der Organisator eines Filmfestivals, mit dem Lucy Davis laut Milandi in der Mordnacht zum ersten Mal gesprochen hatte.

»Karas und Lucy waren befreundet«, fügte Milandi hinzu. Hinter die Namen der Personen, die das Mordopfer gut gekannt hatten, setzte Markou ein Häkchen.

Bei elf der insgesamt fünfzehn Gäste ging die Bekanntschaft über ein kurzes »Hallo« hinaus. Davon waren sechs gegangen, bevor Sophie die Leiche entdeckt hatte, womit auf der Party noch fünf Personen waren, die Lucy Davis gut gekannt hatten. Seinen Cousin Mike schloss Markou aus dem

Kreis der Verdächtigen aus – nicht, weil er mit ihm verwandt war, sondern weil er den ganzen Abend seinen Platz hinter den zwei Plattenspielern nicht verlassen hatte.

Mit seiner Standardfrage an Mariama Milandi, ob ihr irgendetwas aufgefallen sei, kamen sie wieder auf die Party zu sprechen. »Gab es irgendwelche Spannungen zwischen Davis und einem der Gäste? Irgendeine auffällige Reaktion oder sonst etwas Ungewöhnliches?«

Sie überlegte kurz, bevor sie verneinte.

»Allerdings müssen Sie bedenken, dass ich als Gastgeberin gleichzeitig überall und nirgends war«, fügte sie hinzu. »Ich habe mich mit jedem Gast ein bisschen unterhalten, war aber auch ständig zwischen Küche und Terrasse unterwegs, wenn irgendetwas gebraucht wurde, und …«

Sie verstummte mitten im Satz, deutete mit dem Finger auf die Liste und fügte hinzu: »Ich habe Mrs Vayia vergessen einzutragen. Sie war in der Küche.«

»Vayia …« Markou sah Milandi an und wartete auf einen Familiennamen. Ihr Stocken verriet, dass sie ihn entweder nicht wusste oder Mühe hatte, ihn auszusprechen. Maroulas kam ihr zu Hilfe.

»Vayia. Das ist die Kurzform von Evangelia – Miliaronikolakaki.«

»Ja, genau, so heißt sie!«, bestätigte Milandi.

Die fünfundsechzigjährige Haushaltshilfe erhielt ihren Platz auf der Liste – ohne Sternchen, weil sie kurz nach Mitternacht gegangen war.

»Ich bin oft in die Küche gegangen, um ihr zu sagen, was zu tun ist«, fuhr Milandi fort. »Außerdem habe ich darauf geachtet, dass jeder ein Glas in der Hand, etwas zu essen und auch sonst alles hat, um sich gut zu amüsieren.

Mit Lucy habe ich gestern Abend nur kurz gesprochen, als die meisten Gäste schon eingetroffen waren und ich auf der Terrasse nach dem Rechten gesehen habe. Sie ist allein gekommen, gegen halb zehn, und ging wie üblich von Gruppe zu Gruppe. Ich hatte gerade mit Herrn Cadena gesprochen, und sie stand nur ein, zwei Meter weiter und unterhielt sich mit Tsokas und ein paar anderen – möglicherweise war auch Timos Karas dabei, aber sicher bin ich nicht. Da sich ihre Unterhaltung um ein ernstes Thema zu drehen schien, fragte ich nur, ob jemand etwas zu trinken wollte, und wandte mich der nächsten Gruppe zu.«

»Inwiefern ernst?«

»Na ja, irgendwas Philosophisches. Die Bedeutung der Wahrheit, irgendetwas in der Richtung. Kein sonderlich sommerliches Thema«, fügte sie mit einer wegwerfenden Handbewegung hinzu.

Markou notierte sich die Namen, die sie erwähnt hatte, auf seinem Block und fuhr mit der Vernehmung fort.

»Sind Sie auch mal nach unten gegangen?«

»Ja.«

»Wann? Und warum? Ist Ihnen in der Abstellkammer irgendetwas Ungewöhnliches aufgefallen?«

»Ich war zweimal unten, schon früh am Abend, aber an die genaue Uhrzeit erinnere ich mich nicht mehr.«

Ihre Stimme nahm plötzlich einen nachdrücklicheren Ton an. »Aber beide Male vor Mitternacht. Da es kühler wurde, bin ich nach unten gegangen, um mir aus meinem Schlafzimmer ein Tuch zu holen. Und nein, in der Abstellkammer ist mir nichts Ungewöhnliches aufgefallen.«

Und dann fügte sie weniger forsch hinzu: »Außerdem war die Tür zu und das Licht aus. Wie hätte ich also …«

Und mit frischer Entschlossenheit fuhr sie fort: »Jedenfalls bin ich sicher, dass Lucy noch auf der Terrasse war, als ich wieder nach oben gekommen bin.«

»Und der Gartenschlauch?«, fragte Markou, der wissen wollte, ob das laufende Wasser womöglich zum Plan des Täters gehört hatte. »Liegt der immer in der Kammer?«

»Nein. Der Wasserhahn ist gleich neben der Tür an der Außenwand, und normalerweise hängt der Schlauch zusammengerollt daran. Ob er auch gestern Abend dort hing, weiß ich nicht mehr. Manchmal verheddert er sich auf dem Boden, und es wäre möglich, dass er durch den Spalt zwischen Tür und Boden in die Abstellkammer gerutscht ist. Aber aufgefallen ist es mir zumindest nicht.«

»Und Sie sind sicher, dass Lucy Davis noch am Leben war, als sie wieder nach oben gingen?«

»Ja, ganz sicher«, antwortete Milandi deutlich lauter. »Ich glaube, sie hat mir zum Abschied zugewinkt, bevor sie gegangen ist. Aber wegen der vielen Leute und weil ich ständig mit irgendetwas beschäftigt war – die Gastgeberin hat bekanntlich nie etwas von ihrer Party –, kann ich das nicht mit Sicherheit sagen.«

»Sind viele Leute mit der Verteilung der Zimmer in ihrem Haus vertraut? Dass zum Beispiel diese Tür in die Abstellkammer führt? Wusste Lucy Davis das?«

Milandi dachte eine Weile schweigend nach. »Keine Ahnung. Es kommen uns zwar viele Leute besuchen, aber normalerweise empfangen wir sie immer auf der Terrasse oder oben im Wohnzimmer. Die meisten dürften zwar wissen, dass die Schlafzimmer im Erdgeschoss sind, aber nur wenige waren mal dort unten. Und wie viele und welche Personen genau wissen, dass die Tür neben den Schlafzimmern in die Abstellkammer führt … das kann ich Ihnen leider wirklich nicht beantworten.« Sie presste die Lippen aufeinander.

»Mehmet weiß es auf jeden Fall …«, sagte Sophie, ohne von ihrem Handy aufzublicken. Und während ihre Finger geschickt über das Display huschten, fügte sie hinzu: »Ich habe ihn nämlich rauskommen sehen.«

Mehmet Ersen

»Gestern Abend?«, fuhr Markou Sophie an.

Überrascht von seinem strengen Ton, schaute das Mädchen mit weit aufgerissenen Augen auf und antwortete: »Nein … schon vor längerer Zeit.« Dann wandte sie sich hilfesuchend ihrer Mutter zu und sagte: »Bei deiner Geburtstagsfeier.«

»Die war vor etwa drei Wochen«, erklärte Mariama Milandi. »Ich habe für etwa vierzig Leute eine Party gegeben, darunter auch Mehmet Ersen. Er ist ein türkischer Modedesigner aus Istanbul. Er kommt jetzt schon sechs Jahre mit seinem Boot nach Nissos.« Sie legte ihren Zeigefinger auf die Liste. Ein Häkchen hinter seinem Namen verriet, dass Ersen Lucy Davis gekannt hatte. Dem Fehlen eines Sternchens zufolge hatte er die Party schon vor der Entdeckung der Leiche verlassen.

Markou wandte sich wieder dem Mädchen zu, das sein Handy auf den Boden legte.

»Du hast ihn also aus der Abstellkammer kommen sehen.« Markous Stimme hatte wieder diesen aufgesetzten freundlichen Ton angenommen.

»Ja, es war schon spät. Ich war in meinem Zimmer. Weil ich den ganzen Tag am Strand gewesen bin, war ich ziemlich kaputt und wollte nicht noch länger bei meiner Mutter und ihren Freunden bleiben. Ich war gerade auf Instagram, als ich draußen im Hof ein Geräusch hörte. Also hab ich die

Tür einen Spaltbreit aufgemacht, und da ist Mehmet aus der Abstellkammer gekommen.«

»Allein?«

»Sonst habe ich jedenfalls niemanden gesehen.«

»Hast du gesehen, was er dort drinnen gemacht hat?«, hakte Markou nach.

»Nicht wirklich. Er hat kein Licht gemacht … Aber ich glaube, dass er mit einer kleinen Tasche rausgekommen ist. Sah aus wie eine Handtasche.«

Nadine Hazera-Fasteau

Während Markou Mariama Milandi und ihre Tochter zum Ausgang begleitete, versuchte Maroulas, Mehmet Ersen telefonisch zu erreichen.

Bevor sich der Kommissar von Mutter und Tochter verabschiedete, schärfte er ihnen noch einmal ein, am Tatort nichts anzufassen und niemanden in seine Nähe zu lassen. Um Neugierige fernzuhalten, bestand er außerdem darauf, dass sie die Tür zum Innenhof – entgegen ihrer Gewohnheit – selbst dann abschlossen, wenn sie zu Hause waren. Inzwischen wusste bestimmt ganz Nissos von dem Mord.

Als er schließlich die Tür gegen den heulenden Wind aufdrückte, bat er sie zum zigsten Mal, ihn anzurufen, wenn ihnen noch etwas ein- oder auffiel. Dabei sah er auch das Mädchen an, die als Antwort den Daumen reckte.

Als Markou ins Wartezimmer zurückkehrte, erhoben sich alle, die ihre Aussage zu Protokoll geben sollten. Ohne dazu aufgefordert zu werden, gingen die zwei Männer auf die Tür des Büros zu. Die Stimme der Frau ließ sie jedoch abrupt stehen bleiben.

»Könnten Sie mich bitte als Erste drannehmen, Kommissar. Mein vierjähriger Sohn ist allein zu Hause.«

Ihre Bitte wurde von einem scheuen Lächeln auf ihren schmalen Lippen begleitet.

»Selbstverständlich«, sagte Markou und deutete mit einer schwungvollen Handbewegung in Richtung Büro.

Als er mit Nadine Hazera-Fasteau an dem grauhaarigen Mann vorbeiging, brachte dieser mit einem geräuschvollen Schnauben seinen Unmut zum Ausdruck. Wäre er ein Drache gewesen, hätte er Feuer gespien. Markou zeigte sich unbeeindruckt.

Wenig später notierte sich Maroulas die Personalien aus dem Pass der Frau.

Nadine Hazera-Fasteau, Staatsangehörigkeit französisch, geboren in Bordeaux, achtunddreißig Jahre, schrieb der Kadett unter dem wachsamen Blick des Kommissars. Nachdem er den Namen ihres Ehemanns, Olivier Fasteau, und ihre Adresse im 16. Pariser Arrondissement eingetragen hatte, vermerkte er am Rand: *Mit ihrem Sohn und einer Kinderfrau vorübergehend wohnhaft im Haus von Vardekou im Trimartyris-Viertel von Chora. Ihr Ehemann wird in den nächsten Tagen erwartet.*

Sobald diese letzten Details zu Papier gebracht waren, bedankte sich Hazera bei Markou auf Englisch, dass er sie als Erste drannahm.

»Ich 'abe nicht viel zu sagen. Eigentlich 'abe ich gar nichts zu sagen. Ich werde Sie also nicht lange auf'alten«, fügte sie mit ihrem starken französischen Akzent hinzu. Ihr ständiges Zögern und die langen »eeeeehs« vor jedem Satz, als müsste sie selbst für die simpelsten Aussagen nach den richtigen Worten suchen, waren für den Fortgang der Vernehmung nicht gerade förderlich. Deshalb schlug Markou vor, dass sie das Gespräch auf Französisch führten und Maroulas ihre Aussagen übersetzte.

Das schien sie zu beruhigen, denn das nervöse Wippen ihres Beins ließ nach.

»Merci!«

In ihrer Muttersprache klang ihre Stimme angenehmer.

»Vermutlich wissen Sie, was passiert ist«, begann Markou.

»Ja. Madame Maro hat es mir heute Morgen erzählt.«

Das übersetzte Maroulas und erklärte, dass Maro die einzige Bäckerei in Chora führte.

»Einfach schrecklich, dass hier so etwas passiert«, fuhr Hazera fort. »Unvorstellbar.«

»Kannten Sie Lucy Davis?«

»Ja. Das heißt, nein, jedenfalls nicht gut. Ich wusste, wer sie war, ich wusste, dass sie Journalistin war, ich bin ihr gelegentlich bei gemeinsamen Bekannten begegnet. Bis auf ein kurzes Hallo und Auf Wiedersehen haben wir allerdings kaum ein Wort miteinander gewechselt.«

»Dann wissen Sie also nicht, was sie für ein Mensch war oder ob ihr jemand etwas Böses wollte?«, fuhr Markou fort.

»Nein«, antwortete Hazera-Fasteau knapp.

»Haben Sie sie gestern auf Mariama Milandis Party gesehen?«

»Ja. Wir haben uns gegrüßt, aber das war alles. Außerdem bin ich nicht lange geblieben – wegen meines kleinen Sohns, wie Sie sicher verstehen werden. Ich lasse ihn nicht gern längere Zeit allein.«

»Wann sind Sie gekommen, und wann sind Sie wieder gegangen?«

»Angekommen bin ich gegen halb neun, nachdem mein Sohn eingeschlafen war. Wieder zu Hause war ich Punkt elf Uhr neununddreißig. Ich habe in dem Moment, in dem ich die Tür aufgeschlossen habe, auf die Uhr geschaut.«

»Und Ihr Sohn hat bereits geschlafen, sagen Sie.«

Das bestätigte Hazera-Fasteau, worauf Markou fortfuhr: »Weshalb hatten Sie es dann so eilig, nach Hause zu kommen?«

Sie schien die Frage nicht zu verstehen und brauchte eine Weile, um darauf zu antworten. »Er war natürlich nicht allein zu Hause. Wir haben ein Kindermädchen. Aber in letzter Zeit ist er oft aufgewacht und hat nach mir gefragt. Deshalb wollte ich zu Hause sein, falls das wieder passiert.

Allerdings wäre ich auch unabhängig von meinem Sohn früh gegangen. Ich bin nicht sehr gesellig. Ich komme nicht besonders gut zurecht mit anderen Menschen, vor allem …« Sie verstummte abrupt.

»Vor allem?«, hakte Markou nach.

»Vor allem nicht mit Frauen«, fügte sie hinzu. »Da besteht immer eine gewisse Konkurrenz, die ich weder provoziere noch verstehe. Selbst Mariama, die wirklich sehr nett ist, würde ich nicht als meine Freundin im eigentlichen Sinn bezeichnen. Wie auch sonst niemanden auf der Insel. Wenn Olivier, mein Mann, nicht darauf bestünde und wenn wir das Boot für unsere täglichen Ausflüge nicht hätten, weiß ich nicht, ob ich auf Nissos Urlaub machen würde.«

Der Kadett übersetzte und erklärte auf Griechisch – damit Hazera es nicht verstand –, dass diese Abneigung vermutlich auf den Umstand zurückzuführen war, dass Nadine Hazera vor sechs Jahren Olivier Fasteau geheiratet hatte, einen extrem reichen Mann, der wesentlich älter war als sie.

»Sie wissen ja, wie Frauen manchmal sind«, bemerkte Maroulas mit einem kurzen Blick in das ausdruckslose Gesicht des Kommissars.

»Sonst kann ich Ihnen nichts sagen«, erklärte Hazera, als Maroulas geendet hatte. »Und ich bin sicher, dass Lucy noch am Leben war, als ich gegangen bin. Ich erinnere mich, dass sie mit dem griechischen Galeristen geredet hat.«

»Timos Karas«, sagte der Kadett.

»Waren Sie jemals im Erdgeschoss von Mariama Milandis Haus?«

»Nein. Haben Sie sie dort gefunden?«

Markou nickte.

»Wussten Sie, wo die Abstellkammer ist?«

»Nein«, antwortete sie.

Doch ein paar Sekunden später fügte sie hinzu: »Wissen Sie, jedes Haus auf der Insel ist anders. Egal ob man zwei oder ein Dutzend besucht, man könnte trotzdem nie sagen, was sich in jedem Winkel, in den Innenhöfen und auf den Terrassen verbirgt. Sie sehen aus wie mit Tetris-Steinen gebaut, ein einziges Durcheinander, vollkommen planlos.«

»Sie haben schon in mehreren Häusern hier gewohnt, oder?«, fragte Maroulas, bevor er seine Frage für Markou übersetzte. »Wenn ich mich recht erinnere, haben Sie vor fünf Jahren in einem von Pierre de Saintsimons Häusern an der Platia gewohnt.«

»Ja«, antwortete sie argwöhnisch und sah den jungen Kadetten an, als wüsste sie nicht recht, was sie von ihm halten sollte.

»Im August haben Olivier und ich eins von Pierres Häusern gemietet, aber ... aber das Haus war zu klein für meinen Sohn und das Kindermädchen. Deshalb wohnen wir jetzt im Vardekos-Haus. Es ist größer, wesentlich ruhiger und ... der Besitzer ist sehr nett, ganz im Gegensatz zu ...«

Während Maroulas ihre Aussagen übersetzte, fügte Hazera flüsternd noch etwas hinzu. Markou entging das überraschte Grinsen des jungen Polizeianwärters nicht. Doch er übersetzte ihm ihre letzte Bemerkung nicht.

Damit war die Vernehmung beendet. Hazera bedankte sich und ging in etwas ruhigerer Verfassung, als sie gekommen war.

Bevor Markou die zwei im Vorzimmer wartenden Männer ins Büro bat, fragte er Maroulas, was Hazera gesagt hatte, das ihn zum Grinsen gebracht hatte.

Der junge Polizeianwärter zuckte nur mit den Achseln und antwortete so leise, dass es im Wartezimmer nicht zu hören war. »Es ging um Pierre de Saintsimon, einen der Männer, die gleich hereinkommen. Sie hat ihn als ›unangenehm‹ bezeichnet.«

Und mit einem gemeinen kleinen Grinsen fügte er hinzu: »Um genau zu sein, hat sie ihn *la méchante* genannt – einen Fiesling, aber im Femininum!«

La méchante

Wurde aber auch langsam Zeit!«, schimpfte de Saintsimon beim Betreten des Büros und setzte sich auf den freien Stuhl, sodass sein Partner stehen musste.

Jacques Moreno vergewisserte sich mit einem kurzen Blick, dass es keine andere Sitzgelegenheit gab, und nahm sein Schicksal mit einem leisen Seufzen hin.

»Soll ich einen Hocker bringen?«, fragte Maroulas den Kommissar. Auf dessen Nicken hin ging er ins Wartezimmer und kam wenige Sekunden später mit einem Metallhocker zurück, den er neben den Stuhl stellte. Moreno dankte ihm mit einem Lächeln.

»Dem Wenigen nach zu schließen, was ich gehört habe«, wandte sich Markou an Pierre de Saintsimon, »sprechen Sie fließend Griechisch.«

»Natürlich«, schnaubte de Saintsimon und verschränkte die Arme über der Brust. »Meine Mutter war Griechin. Ich bin in Belgien dreisprachig aufgewachsen: Französisch, Griechisch und Flämisch.«

Markou fragte Jacques Moreno, ob auch er Griechisch spräche, doch de Saintsimon fuhr einfach fort: »Meine Mutter war eine ganz außergewöhnliche Frau. Sie stammte von hier, und ihrer Familie gehörte halb Nissos. Von ihr habe ich meine ganzen Immobilien geerbt. Wir sind den ganzen Sommer über ausgebucht. Jacques versteht zwar alles, aber richtig Griechisch *sprechen* kann er nicht. Fremdsprachen sind nicht seine Stärke. Was will man von einem Franzosen auch anderes erwarten …«

»Ja, ich verstehe alles. Aber mit dem Sprechen hapert es ein bisschen«, bestätigte Jacques in gebrochenem Griechisch. Sein freundliches Gesicht und sein offener Blick standen in auffälligem Gegensatz zum aufgeblasenen Gehabe seines Partners.

Das Häkchen neben de Saintsimons Namen verriet, dass er die Ermordete gut gekannt hatte; und er war gegangen, bevor ihre Leiche gefunden wurde.

»Kannten Sie die Verstorbene?«, fragte Markou, um sich das noch einmal bestätigen zu lassen.

»Sehr gut sogar«, fiel de Saintsimon ihm regelrecht ins Wort. »Sie war eine sehr, sehr gute Freundin von uns. Wir sind sehr traurig.«

Nichts in seinem Ton brachte seine Trauer zum Ausdruck.

»Ja, ja, sehr traurig« bestätigte Jaques Moreno.

»Ich kann beim besten Willen nicht verstehen, wie und warum jemand Lucy so etwas antun konnte. Ausgerechnet Lucy! Sie war so ein netter Mensch!«

»Kann nicht verstehen«, fügte Jacques in holprigem Griechisch hinzu.

»Hatte sie Feinde? Jemand, der etwas gegen sie hatte?«

»Nein, absolut niemand!«, antwortete de Saintsimon und betonte dabei jede Silbe. »Sie war immer für jeden da, so ein offener Mensch, allen eine echte Freundin. Meine Mutter hat immer gesagt, die Nettesten trifft es oft besonders hart. Sie hatte recht!

Lucy und wir haben uns vom ersten Tag an super verstanden. Ich habe ihr sogar mitten in der Hochsaison ein kleines Haus vermittelt. Das ist alles andere als einfach!«

Auf Markous verblüfften Gesichtsausdruck hin erklärte de Saintsimon: »Vor etwa einer Woche, vor acht Tagen, um genau zu sein, erzählte mir Lucy, sie sei auf der Suche nach einem Haus. Da meine alle belegt waren, bot ich ihr das Häuschen über dem Pirate's Beach an, das ich eigentlich nicht vermieten wollte, weil es noch renoviert wird. Aber für Lucy habe ich ...«

»Hat sie denn nicht bei ...«, unterbrach ihn Markou mit Blick auf seine Notizen, und sagte dann gleichzeitig mit de Saintsimon: »Bei Arnaud Cadena gewohnt?«

»Ja, ursprünglich – wie bisher jeden Sommer.«

»Warum hat sie sich dann nach einer anderen Bleibe umgesehen? Haben sich die beiden überworfen?«

»Nein, natürlich nicht. Weswegen sollte es zwischen den beiden zum Streit kommen? Sie war wie eine Tochter für ihn.«

Und mit einem tiefen theatralischen Seufzen fügte er hinzu: »Der arme alte Mann! Es muss ein schrecklicher Schlag für ihn sein. Sie war seine einzige Gesellschaft auf der Insel. Er lebt sehr zurückgezogen, ein richtiger Einsiedler.«

»Warum ist sie dann bei ihm ausgezogen?«

»Soviel sie mir erzählt hat, wollte sie allein sein, um sich besser aufs Schreiben konzentrieren zu können. Sie hat an einem Buch gearbeitet.«

»Ein Buch worüber?«

»Soweit ich verstanden habe, sollte es ein Reiseführer für Nissos werden. Aber genauer hat sie sich dazu nicht geäußert.«

»Und deshalb wollte sie allein ein Haus mieten?«

»Ja. Ich habe auf der Insel etwa ein Dutzend Häuser, die ich an Freunde und Bekannte vermiete. Zum Glück, muss ich sagen, denn mit meinem belgischen Professorengehalt und dem Geld, das Jacques mit seinen Fotos verdient, kann man keine großen Sprünge machen.«

»Sie vermieten die Häuser schwarz, nehme ich mal an ...«, sagte der Kommissar.

De Saintsimons Schweigen war Antwort genug. Markou

war nicht hier, um Steuerhinterziehung aufzudecken, doch seine beißende Bemerkung verfehlte ihre Wirkung nicht, und de Saintsimon wurde im Folgenden merklich sanfter, beinahe unterwürfig.

»Sie ist also in eins Ihrer Häuser gezogen?«

»Ja. In das über dem Pirate's Beach.«

»Das möchte ich mir gern ansehen.«

»Natürlich, kein Problem. Wann immer Sie möchten. Ich kann Ihnen jederzeit aufschließen; ich habe einen Zweitschlüssel.«

Markou dachte an die Handtasche der Toten, in der nur Geld und eine Packung Kaugummi gewesen waren. Kein Hausschlüssel und kein Handy.

In seinem Kopf kristallisierte sich eine Frage heraus, und er flüsterte: »Hatte sie ihr Handy dabei?«

»Abends häufig nicht«, antwortete de Saintsimon, der dachte, die Frage wäre an ihn gerichtet. »Aber das gilt für alle. Die Insel ist so klein, da braucht man kein Telefon, um sich zu verabreden. Wir treffen uns immer an denselben Orten, bei jemandem zu Hause, im Restaurant oder abends auf dem Hauptplatz.«

»Ja, Handys nicht nötig«, bestätigte Jacques Moreno.

»Sie ist also in Ihr Haus gezogen, um ungestört schreiben zu können«, sagte Markou noch einmal.

»Ja. Zumindest hat sie das *mir* gegenüber behauptet ...«, antwortete de Saintsimon mit einem bedeutungsvollen Unterton. »Ob es noch einen anderen Grund gab? Keine Ahnung ... Tatsache ist jedenfalls, dass sie allein sein wollte ... um die Freiheit zu genießen, die sie im Haus des alten Mannes vermutlich nicht hatte ...«

»Die Freiheit, was zu tun?«, wollte Markou wissen. De Saintsimons Ton ließ keinen Zweifel daran, dass er etwas loswerden wollte.

»Woher soll ich das wissen. Jeder kann tun, was er will, ob

im Leben oder im Bett, das geht niemanden etwas an. Und schon gar nicht sagt es etwas über den menschlichen Wert von jemandem aus!«

Jacques Moreno schloss die Augen, legte die Hand an die Stirn und begann, sie mit seinen dünnen Fingern leicht zu massieren.

»In solchen Dingen will ich mir kein Urteil anmaßen. Dafür bin ich selbst viel zu oft schief angesehen worden. Selbst jetzt, wo unsere Ehe offiziell anerkannt ist, höre ich immer noch abfällige Bemerkungen über …«

»Warum wollte sie allein sein?«, unterbrach ihn Markou.

»Um Sex zu haben natürlich, reden wir doch nicht lange drum herum!«, antwortete de Saintsimon. »Das ist doch ganz normal! Sie war jung, es ist Sommer; Sinnlichkeit liegt in der Luft! In Cadenas Haus hätte sie nicht einfach tun können, wonach ihr war. Und ich vermute, ihr Lover hatte ebenfalls keine geeigneten Räumlichkeiten.«

»Ihr Lover?«

»Ja. Lucy hatte eindeutig ein Verhältnis mit jemandem. Sie hat mir zwar nichts erzählt, aber ich kannte sie doch … Allerdings habe ich keine Ahnung, wer es war. Mein Bauchgefühl – und weil sie es geheim gehalten hat – sagt mir aber, dass es wahrscheinlich ein verheirateter Mann war.«

Das wirst du bereuen!

»Warte!«

Alessandra Ardolinis Stimme hallte durch die leere Gasse, die zum Hafen hinunterführte. Doch ihr Mann Fausto ging einfach weiter.

Mit der einen Hand raffte sie ihr Leinenkleid hoch, mit der anderen nahm sie ihre Leder-Flipflops und rannte ihm nach. Jeder barfüßige Schritt auf dem Steinpflaster schmerzte, aber sie blendete es einfach aus.

Nach etwa dreißig Metern und einem halben Dutzend *»Aspetta!«*-Rufen hatte sie ihn eingeholt. Sie baute sich vor ihm auf und schlug mit den Flipflops auf seine Brust ein.

»Warum bleibst du nicht stehen? Das kannst du doch nicht machen! Dazu hast du kein Recht!« Sie schleuderte ihm ihre Worte förmlich ins Gesicht. Er wich ihrem Blick aus, als sie weiter auf ihn einschrie: »Was willst du ihnen sagen? Und warum? Begreifst du denn nicht, was das für Folgen hätte?«

»Du bist diejenige, die hier nichts begreift«, fuhr er sie an und packte ihr Handgelenk. »Es wird sowieso bald herauskommen. Deshalb erzählen wir es ihnen lieber gleich!«

»Nein! Es wird nicht herauskommen! Niemand weiß etwas!«

Er sah sie skeptisch an. »Du vergisst, wo wir sind. Auf dieser Insel gibt es keine Geheimnisse, nur Zeitbomben, die jeden Moment hochgehen können.«

»Du meinst, nur irgendwelchen Klatsch! Das ist nicht dasselbe. Begreifst du denn nicht? Sobald es irgendwo schwarz auf weiß steht …«

»Ich begreife sehr wohl!«, konterte er aufgebracht. »Mein Entschluss steht fest, und wir wissen beide, was wir zu tun haben.«

Aufgebracht riss sich Alessandra Ardolini von ihrem Mann los. Ihre Augen funkelten wütend, und ihre Stimme war ein tiefes bedrohliches Knurren, als sie hervorstieß: »Wenn du das tust, wirst du es bereuen, das schwöre ich dir!«

Sie schlug mit ihren Flipflops ein letztes Mal auf seine Brust ein, dann stieß sie ihn beiseite und stürmte in die Richtung zurück, aus der sie gekommen war.

Ein verheirateter Mann

Fast wurden Maroulas' Worte vom Sturm davongeweht, bevor sie an Markous Ohren drangen, als die beiden Männer die Polizeistation verließen. »Ja, ich kenne jeden auf der Liste. Ich bin hier geboren und aufgewachsen. Nissos ist klein, und die meisten kommen schon seit Jahren jeden Sommer auf die Insel, deshalb …«

»Und Sie sprechen auch ein Dutzend Fremdsprachen …«, fügte Markou hinzu. Es war mehr eine Feststellung als eine Frage.

Der junge Kadett erwiderte grinsend: »Na ja, ein Dutzend nicht gerade … aber drei fließend und zwei immerhin so gut, dass ich mich einigermaßen verständigen kann. Englisch natürlich, außerdem Französisch und Italienisch – seit die Insel mal unter italienischer Herrschaft war, haben viele Italiener ein Haus hier. Und Russisch und Deutsch verstehe ich halbwegs. Als Nächstes will ich Chinesisch lernen.«

»Und warum sind Sie mit einer solchen Sprachbegabung ausgerechnet Polizist geworden?«, fragte Markou halb im Scherz, als sie den Hafen hinter sich ließen und die Gasse betraten, die zu dem kleinen Parkplatz vor dem einzigen Supermarkt führte.

Achselzuckend erwiderte der junge Mann: »Ich wollte immer schon Polizist werden. Mein Vater – er ist vor einem Jahr an Krebs gestorben – war bei der Polizei, und der Stationsleiter ist mein Onkel, der Bruder meiner Mutter. Deshalb bin ich praktisch in der Wache aufgewachsen. Ist also eine Art Familientradition, aber Kriminalromane haben auch eine gewisse Rolle gespielt. Sie haben mich schon immer fasziniert«, fügte er mit einem Lächeln hinzu.

»Auf Nissos ist in Sachen Unterhaltung nicht viel los«, fuhr er fort. »Nur im Sommer wird der Schulhof zu einem Freiluftkino umfunktioniert, und dann veranstalten sie sogar ein kleines Filmfestival ... Trotzdem, jahrelang waren Bücher das einzige Fenster zur Welt für mich. Polizist zu werden, war mir quasi vorherbestimmt ... Meine DNA, mein soziales und familiäres Umfeld, die Bücher ... Das Sprachenlernen kam erst später dazu, um die endlosen Wintertage herumzubringen.«

Unwillkürlich dachte Markou, dass dieselben Faktoren, die Maroulas veranlasst hatten, Polizist zu werden – Familie, Umfeld und das Fehlen von Aufstiegsmöglichkeiten –, auch für kriminelles Verhalten verantwortlich gemacht wurden. Aber er behielt diesen Gedanken für sich. Ebenso wenig gestand er dem jungen Mann, dass auch bei seiner Berufswahl Kriminalromane eine gewisse Rolle gespielt hatten.

Er konnte Maroulas gut verstehen, wusste aber auch, dass der junge Kadett bald mit der Tatsache konfrontiert würde, dass seine Lieblingslektüre nichts mit der Realität zu tun hatte. Im richtigen Leben ereilte die Schurken weder immer ihre gerechte Strafe, noch siegte jedes Mal die Gerechtigkeit. Aber es nutzte nichts, ihm das zu sagen; er würde es im Lauf der Zeit selbst merken.

Markou klopfte ihm auf die Schulter. Dann stieg er auf den Roller, den er von seinem Cousin geborgt hatte, und setzte den am Rückspiegel hängenden Helm auf. Maroulas nahm das Polizeimotorrad.

»Dann mal los.«

Markous Blick fiel auf den ungeschützten Kopf des Kadetten.

»Keine Sorge, ich trage nie einen Helm«, sagte Maroulas, der den Blick des Kommissars richtig deutete. »Auf Nissos trägt praktisch niemand einen.«

Markous missbilligende Miene veranlasste Maroulas hinzuzufügen: »Ich weiß, dass es nicht richtig und verboten ist und dass ich allen mit gutem Beispiel vorangehen sollte, aber …« Er sprach den Satz nicht zu Ende.

Schließlich zog er wie ein Kind, das bei etwas Verbotenem ertappt wird, den Kopf ein und murmelte: »Es gibt kein *Aber* … Sie haben völlig recht. Ich sollte einen Helm tragen und den anderen ein Vorbild sein. Jeden Sommer haben wir bestimmt ein Dutzend Motorradunfälle. Letztes Jahr sogar einen tödlichen. Ich habe meinen Helm nicht dabei, aber ich werde nach Hause fahren und ihn holen.« Er trat den Kickstarter durch. »Und ihn ab jetzt immer tragen, versprochen.«

Damit fuhren die beiden Polizisten dem Wind trotzend vom Parkplatz. Der Kommissar wollte Cadena, der nicht auf die Wache kommen konnte, einen Besuch abstatten, während Maroulas nach Vrythos auf der anderen Seite der Insel weiterfahren würde, um mit Mehmet Ersen zu reden. Der türkische Modedesigner hatte nicht auf seine Anrufe reagiert, weshalb Maroulas auf dessen Boot, das im kleinen Hafen von Vrythos lag, nach ihm suchen wollte.

Kurz vor der Hauptstraße deutete Maroulas auf ein Paar, das an der engen Straße zum Hafen stand. Wegen des Winds, des Helms und des Motorenlärms musste Maroulas regelrecht schreien, damit Markou ihn verstand: »Die Italiener! Sie stehen auf der Liste.«

Markou erkannte das Ehepaar, das sich am Abend zuvor nicht hatte fotografieren lassen wollen. Der Mann hielt die Frau am Handgelenk fest. Ihr Gesicht war wutverzerrt. Der Kommissar konnte zwar nicht hören, was sie sagten, aber die gespannte Stimmung zwischen ihnen war fast greifbar.

Mit einer ruckartigen Bewegung riss sich die Frau von ihrem Mann los und kam mit dem Gesicht ganz dicht an seines heran. Ein paar wilde Worte mehr, und sie stürmte wutentbrannt davon. Ihr Mann schaute ihr mit einer Mischung aus Verzweiflung und Resignation hinterher. Wenige Sekunden später zuckte er mit den Achseln, steckte die Hände in die Hosentaschen und folgte ihr mit gesenktem Kopf.

Als Markou den Blick wieder auf die Straße richtete, fiel ihm ein, dass er den Mann am Abend zuvor auf Milandis Terrasse gesehen hatte. Er hatte mit den Händen in den Hosentaschen dagestanden und auf den Hafen hinabgeschaut, und dann hatte sich ihm von hinten eine blonde Frau genähert – Lucy Davis – und ein paar Sekunden mit den Fingerspitzen seinen Rücken gestreichelt.

Und automatisch kamen dem Kommissar de Saintsimons Worte in den Sinn: »… wahrscheinlich ein verheirateter Mann.«

Archondia

Während Maroulas nach Vrythos weiterfuhr, stellte Markou seinen Roller am Kreisverkehr ab und ging im Schatten der stillgelegten Windmühlen zum Hauptplatz von Chora hinauf, der im grellen Mittagslicht verlassen dalag. Nur die am Rand des Platzes gestapelten Tische und Stühle ließen erkennen, dass es hier in wenigen Stunden, wie jeden Abend in der Hochsaison, von Menschen wimmeln würde. Im Moment waren jedoch das Einzige, was sich zwischen dem Restaurant und den zwei Cafés bewegte, ein paar Papierservietten, eine blaue Plastiktüte und vom Wind herumgewirbelte Blätter.

Neben dem Café Stoa den Hügel rauf und dann rechts, erinnerte sich Markou an Maroulas' Wegbeschreibung. Unter dem Bogen durch, dann ist es das siebte Haus auf der linken Seite. Direkt an der Kreuzung, die zu Milandis Haus führt.

Er ging am Café vorbei und zog unter dem Bogen aus blühenden Ranken instinktiv den Kopf ein, obwohl er mit seinen eins achtzig locker hindurchpasste. Auf der anderen Seite begann er die Türen zu seiner Linken zu zählen. Über den Hügel rechts von ihm erstreckte sich ein kleiner, von einer unverputzten Steinmauer umgebener Park, und oben thronte das mittelalterliche Kloster.

Auf Höhe der dritten Tür sah er ein Stück vor sich eine korpulente Frau aus einem Haus kommen und die schmale

Gasse überqueren. Sie stellte eine große rote Plastikwanne auf den Boden und nahm eine Hose heraus, die sie ein Mal kräftig schüttelte und an eine an der Mauer befestigte Wäscheleine hängte.

Kein guter Tag, um Wäsche zu trocknen, dachte Markou, als er sich der Frau näherte. Obwohl der Wind in der engen Gasse deutlich schwächer war, konnte er sich nicht vorstellen, dass die Wäsche bleiben würde, wo sie war.

Er zählte im Gehen weiter die Türen und stellte fest, dass die Frau aus dem siebten Haus gekommen war, dem von Cadena. Sie wandte ihm ihr freundliches, rundes Gesicht zu, das von ihrem dunklen, zu einem schlampigen Knoten gebundenen Haar eingerahmt war. Markou schätzte sie auf Mitte, Ende fünfzig.

»Glauben Sie nicht, dass Ihnen der Wind die Wäsche wegwehen wird?«, sprach Markou die Frau an und deutete auf die vom Sturm heftig gebeutelten Hosen.

»Machen Sie sich da mal keine Sorgen, junger Mann«, sagte die Frau und fischte eine riesige Wäscheklammer aus ihrer Schürzentasche.

»Zwei oder drei von denen, und selbst ein Orkan könnte der Wäsche nichts anhaben. Die frechen Nachbarskinder sind viel schlimmer als der stärkste Sturm.« Sie nickte zum Haus nebenan.

Ihr melodischer Dialekt war ausgeprägter als der des Kadetten.

»Hauptkommissar Markou«, stellte er sich vor.

Die Miene der Frau verdüsterte sich.

»Sie kommen wegen Lucy. Das arme Mädchen«, seufzte sie und schlug sich wie die Heldin einer klassischen griechischen Tragödie mit der Faust auf die Brust.

»Wirklich ein Jammer, junger Mann, wirklich ein Jammer! So ein junges schönes Mädchen, und so lebendig! Finden Sie ihn, junger Mann, finden Sie den Kerl, der das getan hat. Er soll in der Hölle verrotten!« Sie wischte sich mit dem T-Shirt, das sie gerade in den Händen hielt, die Augen.

»Der Herr erwartet Sie bereits. Er ist untröstlich. Seit gestern kann er sich kaum mehr auf den Beinen halten. Er spricht nicht, er isst nicht, sein Mittagessen hat er gar nicht erst angerührt.« Die Frau schüttelte bedrückt den Kopf und wandte sich ab.

Dann warf sie das T-Shirt in die rote Wanne zurück, nahm Markou an der Hand und zog ihn zum Haus, wo sie ihn durch die Küche in einen Innenhof führte.

Unter einer mit Jasmin und weißen Bougainvilleen bewachsenen Pergola führte eine Bogentür in ein Wohnzimmer. Dort saß auf einem beigen Sofa der Mann, den Markou am Vorabend Arm in Arm mit der Brasilianerin die Treppe hatte herunterkommen sehen.

Bevor Markou zu ihm ging, drückte die Frau seine Hand und sagte: »Ich bin übrigens Archondia. Wenn Sie etwas brauchen, sagen Sie mir einfach Bescheid, ja?«

Markou nickte, und Archondia drehte sich Flüche murmelnd um und kehrte zu ihrer Wäsche zurück.

Arnaud Cadena

Cadena kämpfte sich mühsam von der Couch hoch, als er den Kommissar hereinkommen sah. Markou gab ihm zu verstehen, er solle sitzen bleiben, aber der alte Mann ließ es sich nicht nehmen, ihn stehend zu begrüßen.

Sein weißes Haar war leicht zerzaust, und sein trauriges, altersfleckiges Gesicht wirkte ausgezehrt und erschöpft. Die dunklen Ringe unter seinen Augen unterstrichen deren helles Blau. Die Spitze seiner Hakennase berührte fast seine Oberlippe, sein Mund war zu einer schmerzverzerrten Grimasse erstarrt.

Markou war nicht klar, ob der Schmerz des alten Mannes körperlicher oder psychischer Natur war. Jedenfalls war er nicht zu übersehen.

»Danke, dass Sie gekommen sind, Herr Kommissar. Mir war es leider nicht möglich …« Cadena hielt Markous Hand zwischen seinen Handflächen. Seine Stimme war fester als erwartet, fast so, als würde er von einem jüngeren Mann synchronisiert. Sein rollendes R verriet, dass er Franzose war.

»Was für ein schrecklicher Verlust. Ich kann es immer noch nicht glauben. Als wäre das alles nur ein Albtraum, aus dem ich jeden Moment aufwache.«

Ein Schluchzen entwich seiner Kehle, ohne dass er es zu unterdrücken versuchte. Er ließ die Hand des Kommissars los, überließ sich der Schwerkraft und plumpste auf die Couch zurück. Dann deutete er auf den Platz neben sich.

»Wo ist sie jetzt?«, fragte er leise. Er sah den Kommissar unverwandt an.

»In der Krankenstation. Wenn der Wind nachlässt, wird sie nach Rhodos gebracht, um die abschließenden Untersuchungen durchzuführen und vor allem die …« Er zögerte.

Es war Cadena, der es für ihn aussprach. »Die Obduktion.«

Markou nickte.

»Das hört sich alles an wie aus einem billigen Kriminalroman«, seufzte der alte Mann. »Sie müssen wissen, ich war über fünfundvierzig Jahre lang Verleger. Ich habe Lyrik, Essays, philosophische Schriften, sogar Kochbücher herausgebracht, aber nie Thriller oder Kriminalromane. Die waren mir immer zu brutal. Wenn mir damals jemand gesagt hätte, dass ich in meinem Alter noch einmal so etwas …« Er hielt mitten im Satz inne, zog ein Taschentuch aus der Brusttasche seines Hemds und rieb sich damit die Augen.

»Lucy …« Markou folgte seinem Blick zu den Bücherregalen neben der Couch. Dort, inmitten von Büchern und Objekten, stand ein Foto von Cadena und Lucy Davis, wie sie sich, beide im Profil und mit einem Strohhut auf dem Kopf, mit einem strahlenden Lächeln ansahen.

»Das war vor zwei Jahren«, bemerkte er. »Ich war es, der sie nach Nissos gebracht hat. Und seit gestern habe ich deswegen schreckliche Schuldgefühle …«

Markou schüttelte den Kopf. »Das erste Mal war sie vor vier Jahren hier, richtig?«, fragte er, als Cadena Tränen in die Augen traten.

»Ja. Wir haben uns vor fünf Jahren auf einer Buchmesse in London kennengelernt, über die sie für einen Literaturblog berichtet hat. Ich war schon im Ruhestand, habe meinen Verlag aber trotzdem am Stand unterstützt. Wir haben uns auf Anhieb verstanden. Jetzt werden Sie sicher fragen, was haben ein Mann in den Siebzigern und eine Frau Ende zwanzig miteinander gemein? Bücher natürlich! Wenn es um die Liebe zu Büchern geht, spielt das Alter keine Rolle. Zunächst haben wir uns über Literatur und Lyrik unterhalten, und dann kamen wir auch aufs Reisen zu sprechen. Ich habe ihr erzählt, dass ich in Griechenland ein Haus habe, in dem ich meine Ferien verbringe. Sie wollte, dass ich es ihr beschreibe.«

Cadenas Stimme brach unter der Last seiner Erinnerungen.

»›Das hört sich ja richtig paradiesisch an‹, meinte sie.« Nach einer kurzen Pause holte er tief Luft und fuhr fort: »Sie wollte wissen, ob Nissos ein Ort wäre, an dem man von allem Abstand bekommen und sich ganz aufs Schreiben konzentrieren kann. Das war nämlich ihr großer Traum. Mit ihrer journalistischen Arbeit verdiente sie ihren Lebensunterhalt, aber eigentlich wollte sie Schriftstellerin sein.

Auf mein entschiedenes Ja hin leuchteten ihre Augen auf, also habe ich sie für den Sommer in mein Haus eingeladen – obwohl wir uns gerade erst kennengelernt hatten.«

Ein zaghaftes Lächeln legte sich über seine traurigen Züge. »Sie hätten sie sehen sollen! Sie hat sich gefreut wie ein kleines Kind. Und so kam sie im Sommer – das ist jetzt tatsächlich schon vier Jahre her – zum ersten Mal nach Nissos, und dann wurde es für sie sozusagen zur Tradition. Jedes Jahr zwischen Ende Juli und Ende August einen Monat auf der Insel.« Sein fragiles Lächeln verflog abrupt, und er fügte hinzu: »Eine Tradition mit tödlichen Folgen.«

Neue Gewohnheiten

Archondia ließ die leere Wäschewanne auf dem Küchenboden stehen und durchquerte auf Zehenspitzen den Innenhof, um unter dem offenen Fenster niederzukauern. Weil sie unbedingt hören wollte, was die zwei Männer miteinander redeten, hatte sie die Wäsche nur notdürftig aufgehängt.

In ihrer Eile hatte sie nicht einmal die Nachbarin wegen ihrer ungezogenen Kinder zurechtgewiesen, als sie sie vom Markt zurückkommen sah. Am Morgen hatte sie nämlich eine Zitrone in der Unterwäsche ihres Herrn gefunden, und in der Wäsche vom Vortag hatte ein Hemd gefehlt.

Als sie ihm davon erzählte, jammerte er unter Tränen, es gebe Wichtigeres als Unterwäsche und Zitronen. »Belästigen Sie mich bitte nicht mit solchen Lappalien! Wissen Sie denn nicht, was passiert ist?« Da erst hatte sie von Lucy Davis' gewaltsamem Tod erfahren.

Vielleicht hat der Wind das Hemd weggeweht, aber meinetwegen kann die ganze Wäsche gern in Rhodos landen, dachte sie angesichts der Harmlosigkeit dieses Problems. Es war unvorstellbar: Jemand hatte Lucy ermordet. Hier. Auf Nissos. Von solchen Vorfällen im Fernsehen zu erfahren, war etwas völlig anderes, als wenn es im persönlichen Umfeld geschah.

Und bei dem Gedanken, wie Lucy vor acht Tagen ihre Sachen gepackt und das Haus verlassen hatte, beschloss

Archondia, nicht länger an alten Gewohnheiten festzuhalten: Mit einem Mörder auf der Insel war Schluss mit nicht abgeschlossenen oder gar offen stehenden Türen. Von jetzt an würde sie das Haus sogar dann zusperren, wenn sie bloß zum Bäcker um die Ecke ging.

Moncalme

Archondia kam mit einem Tablett mit zwei kleinen Tassen herein. Sie stellte den süßen griechischen Kaffee mit einem Schuss Zimt auf das Tischchen neben Cadena und den schwarzen vor Markou.

Das kurze Schweigen, das ihr Erscheinen verursachte, verschaffte dem Kommissar die Möglichkeit, sich in Cadenas Wohnzimmer umzusehen.

Gegenüber vom Sofa mit den bestickten Kissen und dem niedrigen quadratischen Tisch brachte ein Wandbehang etwas Farbe in den ganz in Weiß gehaltenen Raum. Im Regal daneben standen außer einer Unmenge von Büchern sowie allen möglichen Muscheln und Keramikfiguren auch vier gerahmte Fotos. Neben dem Foto mit Lucy Davis war auch eins von Cadena dabei, auf dem er eine Urkunde überreicht bekam. Zwei Schnappschüsse zeigten idyllische Inselszenen. Sonst waren keine Personen auf den Fotos. Eine Familie hatte der alte Mann anscheinend nicht.

Markous Blick wanderte zu der Wand gegenüber dem Bücherregal. Auf der alten Truhe dort standen mehrere geschnitzte Vogelfiguren sowie eine Wasserpfeife und ein vergoldetes Tablett mit kleinen Kaffeetassen aus Glas. Außerdem waren neben einer gerahmten Stickerei des Wortes *καλημέρα*, griechisch für »Guten Tag«, drei weitere Bilderrahmen an die Truhe gelehnt. Der vorderste enthielt ein Schwarz-Weiß-Foto eines griechischen Cafés, über dessen Eingang *Stoa* stand. Markou erkannte darin das Lokal, an dem er gerade vorbeigekommen war. Das Foto musste schon vor einigen Jahrzehnten aufgenommen worden sein. An einem kleinen Tisch saßen zwei schnurrbärtige Männer, und neben der Tür stand eine Frau mit einem Kopftuch und lächelte in die Kamera.

Angesichts des Nagels, der über der Truhe aus der Wand stand, vermutete Markou, dass einer dieser Bilderrahmen dort bald seinen Platz finden würde.

»Lassen Sie es mich einfach wissen, wenn Sie noch etwas brauchen«, sagte Archondia. Sie sprach Englisch mit demselben melodischen Singsang ihrer Muttersprache.

Ohne auf eine Antwort zu warten, ging sie aus dem Zimmer. Kurz zuvor hatte Markou sie unter dem Fenster entdeckt und ihren Namen gerufen. Darauf hatte sich Archondia abrupt aufgerichtet, verlegen gemurmelt, sie müsse den Boden putzen, und mit schamrotem Gesicht, weil sie beim Lauschen ertappt worden war, gefragt, ob sie Kaffee wollten.

Kaum hatte sie die Tür hinter sich geschlossen, knüpfte Cadena an der Stelle an, wo sie unterbrochen worden waren.

»Wie gesagt, sie kam nach Nissos, um hier von allem Abstand zu gewinnen, Ruhe zu finden und sich von der Insel, dieser Eremitage, inspirieren zu lassen. Denn genau das ist sie für mich: *Moncalme*. Seit dem Tag, an dem ich vor dreißig Jahren zum ersten Mal Fuß auf die Insel setzte, lebe ich hier so zurückgezogen wie ein Einsiedler. Lucy hat allerdings ein ganz anderes Nissos kennengelernt als ich. Inzwischen ist auf der Insel einiges los. Jung und begeisterungsfähig, wie sie war, hat sich Lucy rasch den Freundeskreis aufgebaut, den ich nie haben wollte.«

Mit einem gequälten Lächeln fügte er hinzu: »Ich habe zwar keine Kinder, aber auch ich war mal jung. Vermutlich war mein Lebensstil etwas zu langweilig für sie. In der Ruhe und Zurückgezogenheit, die ich hier finde, kann ich endlich einmal ausschließlich zu meinem Vergnügen lesen – keine Manuskripte, die ich beurteilen muss – und jeden Tag am Perivolos Beach gleich unter dem Haus schwimmen gehen.« Er deutete aus dem Fenster. »Und wenn ich dann nach Paris zurückkehre, sind meine Batterien wieder aufgeladen, wie man so schön sagt.«

Dann fügte er gedankenverloren hinzu: »Mein Gott, wie schnell diese dreißig Jahre verflogen sind! Inzwischen gilt Nissos als das ›neue Mykonos‹. Grauenhaft!« Er hob abrupt die Hand, als wollte er ein Insekt verscheuchen.

»Aber die jungen Leute, egal wo und wann, wollen ihr Leben in vollen Zügen genießen. Und Lucy, mit ihrem offenen, freundlichen Wesen, hat hier schnell Anschluss gefunden. Alle haben sie sofort ins Herz geschlossen.«

Cadena schürzte die Lippen und schaute noch einmal auf das Foto im Bücherregal.

»Deshalb kann ich es einfach nicht fassen. Wer könnte …? Lucy …?«

»Genau das versuchen wir herauszufinden«, sagte Markou leise und schaute mitfühlend in die traurigen blauen Augen des alten Mannes.

Schnee

Der junge Polizeianwärter ging auf Deck um die Kajüte herum und sah, dass sämtliche Vorhänge zugezogen waren. Er kehrte zur Glastür zurück und klopfte erneut. Auch den Türgriff drückte er noch einmal, diesmal fester. Vergeblich. Die im Hafen von Vrythos liegende Schnee wirkte verlassen.

Schnee. Was für ein komischer Name für ein Boot, dachte Maroulas und klopfte noch mal.

Dann holte er das Handy aus seiner Tasche, scrollte durch die letzten Anrufe und wählte noch einmal die türkische Nummer. Er legte das Ohr an die Glastür und glaubte, dahinter etwas leise summen zu hören.

»Was soll das?«, hörte er in diesem Moment hinter sich eine wütende Stimme.

Er zog den Kopf von der Tür zurück und drehte sich um. Hinter ihm stand Mehmet Ersen auf der Gangway. Er hatte einen Pappbecher in der Hand. Seine Augen waren hinter einer dunklen Sonnenbrille mit goldenem Gestell verborgen, doch die hochgezogenen schwarzen Brauen unterstrichen seinen aggressiven Tonfall.

»Wer sind Sie? Was wollen Sie hier?«, fragte er schroff. Er sprach Englisch mit einem starken türkischen Akzent.

»Ich bin Polizist«, antwortete Maroulas, obwohl das eigentlich an seiner Uniform zu erkennen war.

»Von der Polizei sind Sie?« Ersen verschluckte sich fast an

dem Wort. Maroulas entging nicht, dass alle Farbe aus seinem Gesicht wich. So stand es in noch stärkerem Kontrast zu seinem bunt geblümten T-Shirt und den Bermudashorts.

Doch Ersen fing sich rasch und setzte sich nicht weit vom Poller lächelnd auf das Süll. Seine weißen Zähne blitzten im hellen Sonnenlicht zwischen seinen dunklen Bartstoppeln hervor.

»Was kann ich für Sie tun, Wachtmeister?«, fragte Ersen, plötzlich merklich freundlicher.

»Wir haben schon den ganzen Vormittag versucht, Sie telefonisch zu erreichen.« Maroulas hob zur Verdeutlichung sein Handy hoch. »Wir möchten Sie bitten, auf die Wache zu kommen.«

»Wieso?« Obwohl Ersen versuchte, Ruhe zu bewahren, entging Maroulas nicht, dass er das Gesicht ein wenig verzog. Um sein Mienenspiel zu verbergen, hob der Türke den Kaffeebecher an die Lippen.

»Wegen der Mordermittlungen.«

Der Becher verharrte abrupt. »Welcher Mord?«

»Lucy Davis.«

Ersen riss den Kopf zurück, und ein breites Grinsen legte sich über seine Züge.

»Wollen Sie mich etwa verarschen? Geben Sie's doch zu, Sie filmen mich hier gerade, um es dann ins Internet zu stellen und einen Narren aus mir zu machen!« Er drehte den Kopf in alle Richtungen und hielt nach jemandem mit einem Handy in der Hand Ausschau.

Als er niemanden entdeckte, wandte er sich wieder dem jungen Polizisten zu. Dessen Miene ließ keinen Zweifel daran, dass er keine Scherze machte.

Die Geheimnisflüsterin

»Können Sie sich einen Grund denken, weshalb ihr jemand etwas Böses wollte?«, fragte Markou.

»Nein. Und mir fällt auch niemand ein, der ihr so etwas angetan haben könnte«, antwortete Cadena.

Wenn wir irgendwann nur das Motiv herausfinden, führt uns das zum Täter, dachte Markou.

»Ein Betrunkener vielleicht oder ein Sexualverbrecher?«, hauchte Cadena und schaute dabei über die Schulter des Kommissars. »Jemand, der ihr Avancen gemacht hat und von ihr abgewiesen wurde …?«

»Wir ziehen alle Möglichkeiten in Betracht«, sagte Markou. Er durfte Cadena nicht sagen, dass die ersten Anhaltspunkte nichts Derartiges vermuten ließen. Es gab keine Spuren, dass Lucy Davis sich zur Wehr gesetzt hatte oder genötigt worden war. Sobald sich der Sturm legte und die Leiche endlich nach Rhodos gebracht werden konnte, würde ihnen die Obduktion mehr Klarheit verschaffen.

Kopfschüttelnd, als suchte er Antworten auf seine eigenen Fragen, fuhr Cadena fort: »Sie war sehr beliebt. Wie schon gesagt hat sie jeder vom ersten Tag an ins Herz geschlossen. Was das angeht, hatte sie eine große Gabe. Aus ihr wäre eine gute PR-Agentin geworden, hätte sie sich nicht in den Kopf gesetzt, Schriftstellerin zu werden. Sie traf immer den richtigen Ton, war sehr an anderen Menschen interessiert und hat jedem aufmerksam zugehört.«

Das hatte schon die kleine Sophie dem Kommissar erzählt. Lucy war die einzige Erwachsene gewesen, die ihr zugehört hatte.

»Vielleicht lag es auch an ihrer journalistischen Ausbildung, aber wenn Sie mich fragen, war es auch ein Wesenszug von ihr. Sie hatte einfach ein Gespür dafür, wie man die richtigen Fragen stellt, und wusste, was sie tun musste, damit sich andere Menschen in ihrer Gegenwart wohlfühlten. Ja, PR hätte ihr bestimmt sehr gelegen, und eine gute Psychologin wäre sie auch gewesen. Ihr Lächeln, ihre Stimme, ihr freundliches Gesicht …«

Cadena seufzte.

»Jeder hat ihr seine Gedanken, Erlebnisse, Enttäuschungen und Hoffnungen anvertraut … Sie hatte für jeden ein offenes Ohr, erteilte Ratschläge, hörte sich Geheimnisse an. Wenn es jemand nicht schafft, mit seinen Geheimnissen zu leben, sucht er sich jemanden, dem er sie anvertrauen kann, um ihnen etwas von ihrer Last und ihrer erdrückenden Schwere zu nehmen. Ich habe Lucy immer die Geheimnisflüstererin genannt, aber sie hat dann bloß gelacht.«

Seine Miene verdüsterte sich.

Da Markou gerade auf seinen Schreibblock blickte, bemerkte er es jedoch nicht.

»Ich habe gehört, sie ist erst vor wenigen Tagen bei Ihnen ausgezogen. Hat sie Ihnen den Grund dafür genannt? Kam es zwischen Ihnen zum Streit?«

»Nein, wir hatten nie Streit. Im Gegenteil, wir waren uns näher denn je. Sie wollte lediglich allein sein, um ungestört schreiben zu können. Sie hatte bereits eine Idee und seit mehreren Jahren Material gesammelt. Wahrscheinlich hatte sie das Gefühl, dass die Zeit reif war, alles zu Papier zu bringen. Und dafür brauchte sie ihre eigenen vier Wände.«

»Einen anderen Grund gab es nicht?«

»Nicht, dass ich wüsste. Mir hat sie jedenfalls keinen genannt.«

»Hatte Lucy ein Verhältnis mit jemandem? Jemand, mit dem sie ungestört zusammen sein wollte?«

Bevor Cadena antwortete, fügte Markou hinzu: »Ein verheirateter Mann vielleicht? Mir sind Gerüchte zu Ohren gekommen ...«

Über Cadenas Züge legte sich eine Mischung aus Überraschung und Traurigkeit, als er Markou ungläubig ansah.

»Lucy hat mir nicht alles über ihr Leben erzählt, zumindest nicht über ihr Privatleben. Wir standen uns nahe, haben aber, bedingt durch den Altersunterschied, eine respektvolle Distanz gewahrt. Vielleicht weiß Archondia mehr darüber. Fragen Sie besser sie. Aber ...« Cadena zögerte, bevor er fortfuhr: »An Ihrer Stelle würde ich nicht alles, was Ihnen zu Ohren kommt, für bare Münze nehmen. Kleine Gemeinschaften wie hier auf der Insel sind besonders anfällig für Klatsch und Übertreibungen und falsche Gerüchte.«

Und nach einer längeren Pause fügte er hinzu: »Apropos Klatsch ... Ich weiß zwar nicht, ob es etwas mit dem Mord zu tun hat, aber ... ich habe Ihnen doch erzählt, dass sie ein Buch schreiben wollte. Einen Roman. Sie hat mir erzählt, dass er auf einer kleinen Insel spielt, einem beliebten Feriziel mit Besuchern aus aller Herren Länder als Protagonisten.«

Jetzt war der alte Mann ganz in seinem Element.

»Eine fiktive Geschichte, die jedoch auf real existierenden Menschen und echten Geschehnissen basiert.«

Seine müden Augen blitzten auf, als er sich an etwas erinnerte. Cadena griff nach einer der über den Tisch verstreuten Zigaretten und steckte sie mit zitternden Fingern langsam zwischen seine Lippen. Es gelang ihm nur mit Mühe, sie anzuzünden, sodass der Kommissar schon ein Feuerzeug holen wollte, um ihm behilflich zu sein. Cadena nahm einen tiefen

Zug, und zusammen mit dem Rauch kamen ein paar wohlgesetzte Worte aus seinem Mund. »Als sie mir vor einem Jahr von ihrem Plan erzählt hat, habe ich gesagt, dass ich das an ihrer Stelle nicht täte.«

Und mit einer Stimme, fester als zuvor, schloss er: »Ich habe sie gewarnt, dass es riskant wäre, ein Buch über Menschen zu schreiben, die sie von hier kennt.«

Trumancapotisierung

»Dass es riskant wäre?« Mit hochgezogenen Augenbrauen unterstrich Markou die Wörter *Buch – Klatsch – real existierende Menschen* in seinem Notizblock.

»Ja«, bestätigte ihm der alte Mann zögernd.

Und nach einigem Überlegen fügte er hinzu: »Mit riskant meinte ich allerdings nicht lebensgefährlich. Ich kann mir eigentlich nicht vorstellen, dass jemand wegen eines Buchs umgebracht wird, aber …«

Ratlosigkeit verdüsterte seine Miene. Die Möglichkeit, die er gerade ausgesprochen hatte, schien sich wie eine Schicht Staub über seine trüben Augen zu legen. Er wählte seine nächsten Worte mit großem Bedacht.

»Ich habe damals eine andere Art von Risiko gemeint. Sie beabsichtigte, einen Schlüsselroman zu schreiben, ein Buch, das auf Dingen basierte, die ihr die Leute anvertraut hatten, die sie als Freundin betrachteten.«

Markous Stirnrunzeln verriet Cadena, dass er nicht wusste, was ein Schlüsselroman war. Deshalb erklärte er es dem Kommissar. »Ein *roman à clef*, ein Schlüsselroman, ist ein literarisches Werk, das ganz direkt auf reale Ereignisse und Personen Bezug nimmt und sie nur hinter einem dünnen fiktiven Schleier verbirgt. Deshalb habe ich sie gewarnt, sie könnte … trumancapotisiert werden.«

»Wie bitte?«

»Trumancapotisiert«, wiederholte Cadena.

Als er Markous verständnisloses Gesicht sah, fügte er hinzu: »Verzeihen Sie, Kommissar, manchmal vergesse ich, dass nicht jeder Verleger oder Buchkritiker ist …« Darauf begann er dem Kommissar genauer zu erklären, was er meinte.

»Mitte der siebziger Jahre veröffentlichte Truman Capote, das Enfant terrible der New Yorker Literaturszene, in der Zeitschrift *Esquire* einen Auszug aus seinem bis dahin noch nicht erschienenen neuen Roman *Erhörte Gebete*. Der Auszug trug den Titel »La Côte Basque, 1965« und enthüllte, nur leicht verfremdet, Geheimnisse enger Freunde und Bekannter. Neben eher harmlosem Klatsch kamen Laster, Streitigkeiten, alle möglichen Formen von Verrat und Betrug und sogar Straftaten ans Licht. Seine Freunde fühlten sich hintergangen – völlig zu Recht übrigens, wenn Sie mich fragen. Sie brachen jeden Kontakt mit ihm ab, stellten ihn an den Pranger und verbannten ihn aus dem gesellschaftlichen Leben New Yorks – kurzum, sie »ermordeten« ihn gesellschaftlich. Von ihrer Reaktion überrascht und verletzt, verfiel Capote in seiner Isolation den Süchten, die wenige Jahre später zu seinem Tod führten.«

Markou nickte.

»Ich habe Lucy gewarnt, dass das auch ihr passieren könnte. Sie meinte, das wäre ihr egal. Sie machte sogar Witze darüber, dass sie selbst dann noch in völliger Einsamkeit hier Ferien machen würde, wenn niemand auf Nissos mehr mit ihr reden wollte.«

Fast glaubte der Kommissar die Rädchen in Cadenas Kopf klicken zu hören. Er vermutete, dass sie beide denselben Gedanken hatten.

Deshalb überraschte ihn die Frage des alten Mannes nicht im Geringsten.

»Glauben Sie, ihre Ermordung könnte mit diesem *roman à clef* zusammenhängen?«

Markou antwortete zwar nicht, aber er war sicher, endlich ein Motiv gefunden zu haben.

Material

»Ja, junger Mann, sie hat mir erzählt, dass sie ein Buch schreibt«, bestätigte Archondia dem Kommissar. »Sie hat mir sogar versprochen, mich namentlich darin zu erwähnen – zum Dank für die vielen Geschichten, die ich ihr über Nissos erzählt habe.«

»Was für Geschichten?«, fragte Markou, der mit einer weiteren Tasse Kaffee zwischen seinen Fingern spielte. Sie saßen auf einer Betonbank in einer Ecke des Innenhofs, windgeschützt durch die Plastikwände einer Pergola. Über ihnen thronte das Kloster. Auf der anderen Seite, im Hintergrund, glitzerte das stürmische Meer in der Mittagssonne.

»Na ja, Geschichten von früher, über Leute von hier und über Touristen: was ich über sie gehört habe oder was man sich so erzählt hat hier in Chora. Sie hat sich alles in einem Notizbuch aufgeschrieben, das sie immer bei sich hatte. Es war schwarz, wie ihres, aber kleiner. Etwa so groß.« Sie hielt ihre schwieligen Zeigefinger in einem Abstand von etwa zehn Zentimetern hoch.

»Deshalb hat sie mir versprochen, mich in ihrem Buch zu erwähnen«, sagte Archondia stolz.

Nach allem, was ihm Cadena über Truman Capote erzählt hatte, war Markou nicht sicher, ob die Erwähnung für Archondia eine Belohnung oder eine Strafe gewesen wäre.

»Was für Geschichten waren das genau?«, hakte er noch einmal nach.

»Klatsch! Sie hat – wie hat sie es gleich wieder genannt? – Material gesammelt. Ich habe ihr alles erzählt, woran ich mich erinnern konnte oder was ich mitbekommen habe. Aber nichts Besonderes; auf der Insel passiert nicht viel. Hin und wieder mal ein Streit, ein paar Leute schreien rum, aber dann kehrt schnell wieder Ruhe ein. Es gab nie Probleme, keine Diebstähle oder Einbrüche; niemand schließt hier tagsüber seine Haustür ab. Und wenn niemand zu Hause ist, legen wir den Schlüssel unter den Topf mit dem Basilikum. Wenn mir diese vermaledeiten Nachbarskinder nicht manchmal das Leben schwer machen würden, würde ich …«

Sie seufzte, beugte sich vor und fuhr in verschwörerischem Ton fort: »Ihre Mutter sollte denen endlich mal beibringen, was sich gehört. Sie stecken Früchte und Blumen in die zum Trocknen aufgehängte Wäsche des Herrn, sie verstecken meine Sachen, meine Eimer, meinen Besen und die Kehrschaufel und jetzt auch noch Kleider.«

Sie setzte sich wieder auf. »Aber das ist alles recht harmlos, nichts Ernstes … So etwas Schlimmes wie mit Lucy Davis ist hier noch nie passiert …«

Nach einer kurzen Pause fügte sie hinzu: »Jedenfalls nicht in letzter Zeit. Einmal, vor fünfzehn Jahren oder so, hat die Tante der Frau des Bürgermeisters mit seinem Gewehr auf ihren Mann geschossen, weil sie ihn mit einer Touristin erwischt hat – mit runtergelassener Hose, wenn Sie wissen, was ich meine. Er ist nach Rhodos ins Krankenhaus gekommen und hat's überlebt, aber es war ein Riesenskandal! Jetzt, wo ich mir's genauer überlege, fällt mir ein, dass sie noch früher, in den neunziger Jahren, entdeckt haben, dass …«

»Wissen Sie, ob sie etwas mit einem verheirateten Mann hatte?«, unterbrach sie der Kommissar in Anknüpfung an das Abenteuer des untreuen Ehemanns, das sie gerade erwähnt hatte. Er war nicht in der Stimmung und hatte auch nicht die Zeit, um sich den Inselklatsch der letzten fünfzig Jahre anzuhören.

»Die Tante der Bürgermeistersfrau?«, fragte Archondia.

»Nein. Lucy Davis.«

Vor Überraschung bekam Cadenas Haushälterin große Augen. »Keine Ahnung«, antwortete sie schließlich nach kurzem nachdenklichen Schweigen.

Und dann: »Glauben Sie denn, das war der Grund, weshalb sie plötzlich Hals über Kopf hier ausgezogen ist, um allein zu leben? Aber wer kann das schon sagen?«, beantwortete sie sich ihre Frage gleich selbst. »Sie war jung, single … Als ich jung war, herrschten noch andere Moralvorstellungen. Andererseits hat das damals auch niemanden daran gehindert …«

»Aber sie hat Ihnen nicht erzählt, dass sie mit jemandem ein Verhältnis hatte?«

»Nein. Auch sie hatte wahrscheinlich ihre Geheimnisse. Wer hat die nicht. Ein Mann ohne Geheimnisse ist jemand, der nicht gelebt hat«, murmelte sie und deutete auf Markous leere Tasse. »Noch einen Kaffee?«

Bevor Markou antworten konnte, kam Cadenas Stimme aus dem Wohnzimmer.

Wie von der Tarantel gestochen, sprang Archondia auf und sagte: »Ich muss gehen.«

Sie stellte die Tasse in ihre Handfläche und murmelte: »Ich weiß beim besten Willen nicht, wie der alte Herr das alles verkraften soll. Er ist regelrecht zusammengebrochen, wie ein leerer Sack einfach in sich zusammengesunken! Dabei war er noch fit wie eine Bergziege, er hat Opuntien gepflückt, ist jeden Morgen schwimmen gegangen, und jetzt kann er sich kaum mehr auf den Beinen halten … und zu rauchen hat er auch wieder angefangen. Dabei hat er, solange ich ihn kenne, keine Zigarette mehr angerührt«, fügte sie mit einem besorgten Kopfschütteln hinzu. »Sie wissen ja, wo Sie mich finden, wenn Sie was brauchen, junger Mann.« Archondia tippte dem Kommissar auf die Schulter, bevor sie sich in Richtung Wohnzimmer entfernte. Und bei jedem Schritt stieß sie einen neuen Fluch gegen den »widerwärtigen Dreckskerl« aus, der Lucy Davis ermordet hatte.

Ich weiß, wer's war!

Markou ging langsam die steile Gasse zum Kreisverkehr hinunter. Eine dicke Katze, die vor einer Tür gemächlich ihre Pfoten leckte, sah ihn argwöhnisch an, bereit, sofort die Flucht zu ergreifen, sollte er sich ihr nähern. Da Markou ihr keine Beachtung schenkte, fuhr sie mit ihrer Toilette fort. Außer Katzen begegnete er niemandem. Er wusste nicht, ob es an der Uhrzeit, am starken Wind oder am Mord lag, dass in den engen Gassen kein Mensch zu sehen war. Chora wirkte wie eine Geisterstadt.

Schon aus der Ferne sah er Maroulas am Kreisverkehr unter einer Platane warten. Der Kadett hatte sein Motorrad neben Markous Roller abgestellt und schaute in Richtung Aghia Eleousa. Er hatte sich einen Helm unter den Arm geklemmt. Sie würden gleich zum Pirate's Beach fahren, um sich in dem Haus umzusehen, das Lucy Davis gemietet hatte.

Noch vor einer Stunde hatte Markou keine Ahnung gehabt, wonach sie dort suchen sollten, abgesehen von Davis' Handy, das nicht in ihrer Handtasche gewesen war. Jetzt war ihm jedoch klar, dass sie unbedingt ihr kleines schwarzes Notizbuch und ihren Laptop finden mussten.

Zwanzig Meter vor dem Kreisverkehr hörte er hinter sich eine schrille Frauenstimme.

»Hallooooo, Herr Policeman! Herr Policeman, hallooooo!«

Er drehte sich um, doch alles, was er im blendenden Ge-

genlicht erkennen konnte, war eine rote quadratische Gestalt, die sich auf ihn zubewegte.

»Warten Sie bitte!«, schrie sie. »Bin gleich da!«

Als sie näher kam, merkte der Kommissar, dass es eine kleine Frau in rotem Kaftan war, die beide Arme in die Höhe gereckt hatte. In einer Hand hielt sie einen geflochtenen Korb, und die Ringe, die an jedem ihrer zehn Finger steckten, glänzten in der hellen Sonne wie ihr rabenschwarzer Bubikopf. Die Schnelligkeit, mit der sie sich ihm näherte, lenkte Markous Blick unwillkürlich auf ihre roten Espadrilles, denn er fürchtete, sie könnte jeden Moment das Gleichgewicht verlieren und stürzen.

Als sie ihn wohlbehalten erreichte, stahl sich ein erleichterter Seufzer über seine Lippen. Halt suchend griff sie nach seinem Arm und küsste ihn ohne Vorwarnung auf beide Wangen. Als sie ihr Gesicht wieder zurückzog, sagte ihm ihr knallroter Lippenstift, dass jetzt zwei Schmatzer auf seinen Wangen prangten.

»Ich habe nicht viel Zeit, Herr Kommissar, weil ich um vier einen Friseurtermin habe. Und anschließend muss ich zur Mani-Pedi und zur Energy-Massage. Und wenn ich zu spät komme, bringt mich Fteria um«, stieß sie atemlos hervor.

Ihr starker amerikanischer Akzent erinnerte Markou an Vivian Leighs Südstaatenidiom in *Vom Winde verweht*. Ihr schlaffes, dick mit Make-up zugekleistertes Gesicht weckte Assoziationen mit einem Ballon, dem die Luft ausgegangen war, und auch die fast bis zu ihren dünnen Augenbrauen reichenden Wimpern konnten den Zahn der Zeit nicht verbergen. Nahm man dann noch den üppigen Schmuck dazu, der jede freie Körperstelle – Ohren, Handgelenke, Hals, Finger – und sogar ihren roten Kaftan zierte, sah diese Frau wie eine Karikatur aus.

»Ich werde zu Ihnen kommen!«

Bevor der Kommissar auch nur ein Wort sagen konnte, lief

die Frau bereits weiter den Hügel hinunter Richtung Kreisverkehr. Als ein plötzlicher Windstoß kurz ihren Kaftan lüpfte, konnte Markou sehen, dass sie keine Unterwäsche trug.

Ohne sich wegen ihrer entblößten Pobacken, schrumpelig wie getrocknete Pflaumen, zu genieren, drehte sie den Kopf noch einmal zu Markou und rief ihm zu: »Ich weiß, wer's war!«

Die exzentrische Henrietta Banks

Sie ist nicht *direkt* verrückt, aber …«

Maroulas versuchte dem Kommissar zu erklären, warum er die Frau, die gerufen hatte, dass sie den Mörder kannte, nicht daran gehindert hatte, in das Taxi zu steigen, das an der Kreuzung auf sie wartete.

»Sie denkt sich gern irgendwelche Geschichten aus. Sie ist als notorische Lügnerin und durchgeknallte Spinnerin bekannt. Die Leute machen sich ständig lustig über sie, aber sie bringt reiche Leute – Freunde und Bekannte von ihr – auf die Insel, und deshalb …«, er musste lächeln, »betrachten wir sie als eine Art Touristenattraktion. Auf Mykonos haben sie Petros, den Pelikan, und Nissos hat Henrietta Banks, die *Amerikana*. Soviel ich gehört habe, kommt sie schon seit den sechziger Jahren jeden Sommer her. Zuerst in Begleitung eines griechischstämmigen Amerikaners, dessen Familie aus Nissos kam, und dann, seit sie nach seinem Tod sein ganzes Vermögen geerbt hat, mit Freunden von ihr. Jedenfalls würde ich nichts von dem, was sie sagt, Beachtung schenken.« Maroulas zuckte mit den Achseln. »Sie haben sie ja gerade selbst erlebt. Exzentrisch, gelinde gesagt.«

Er setzte demonstrativ seinen Helm auf.

Wenn man Geld hat, sagen die Leute, man ist exzentrisch. Ist man arm, gilt dasselbe Verhalten als verrückt, dachte der Kommissar.

Aber wie »exzentrisch« musste man sein, um auf offener Straße hinauszuposaunen, dass man wusste, wer einen Mord begangen hatte, und dann einfach zu verschwinden, um zur Maniküre zu gehen?

Eine Irre, dachte Markou.

Er stieg auf seinen Roller, setzte den Helm auf und signalisierte Maroulas, hinter ihm aufzusteigen.

Über dem Pirate's Beach

Das Haus lag auf einer Anhöhe über dem Pirate's Beach. Es war im inseltypischen Baustil errichtet – der, obwohl Nissos im Dodekanes lag, eher kykladisch aussah. Doch der weiße Quader mit den blauen Türen und Fenstern war eindeutig ein Neubau. Mit seinen schnurgeraden Linien und glatten Oberflächen hatte er nichts vom pittoresken Charme der jahrhundertealten Häuser von Chora.

Aber die Lage war phantastisch. Auf der einen Seite blickte man auf Chora und das Kloster. Auf der anderen Seite erstreckte sich hinter dem schmalen Strand unendliches Blau. Da im Umkreis von mehreren hundert Metern kein einziges anderes Haus stand und selbst die Zikaden ihr Zirpen eingestellt hatten, herrschte abgesehen vom Pfeifen des Windes totale Stille. Der ideale Ort, um ein Buch zu schreiben – oder einen verheirateten Geliebten zu empfangen, ohne dass es jemand mitbekam.

Markou stellte den Roller auf der betonierten Fläche vor dem Haus ab. Sie waren zuerst der Hauptstraße für einen Kilometer gefolgt und dann noch einmal etwa genauso weit einer kurvenreichen unbefestigten Straße. Maroulas wies ihn darauf hin, dass sie kaum länger gebraucht hätten, wenn sie die Gasse neben der Bäckerei in Chora genommen hätten und zu Fuß durch die schattigen, von Aspalathus-Büschen und schroffen Felsen durchsetzten Olivenhaine gegangen wären.

Nach der Durchsuchung des Hauses wollte der Kadett diesen Weg zurück in den Ort nehmen, um unterwegs nach Beweisen Ausschau zu halten, und anschließend am Kreisverkehr sein Motorrad holen und sich mit Markou auf der Wache treffen.

Sie gingen an einer Reihe mit Blumen und Kräutern bepflanzter Keramiktöpfe aller Größen und Farben vorbei zur Eingangstür. Sie war verschlossen. Auch die Fensterläden waren zu, und das Außenlicht brannte noch. Also schließt man in Nissos, dem Paradies auf Erden, wo alle ihre Türen und Fenster offen lassen, doch ab und lässt das Licht über der Tür an, wenn man so abgeschieden wohnt, dachte Markou.

Als er noch einmal die Türklinke niederdrückte und an den Schlüssel dachte, der nicht in Davis' Handtasche gewesen war, hörte er Maroulas' Stimme hinter sich. »Ich habe de Saintsimon gebeten, herzukommen und uns aufzuschließen. Er wird gleich hier sein. Sein Haus ist am Ortsrand, neben dem Friedhof, nur fünf Minuten von hier.«

Und keine zwei Minuten später, Markou hatte gerade seinen Rundgang um das Haus beendet und sich überzeugt, dass alle Fenster geschlossen waren, tauchte in der Ferne der belgische Hausbesitzer auf. Er blieb kurz neben einem Olivenbaum stehen und winkte ihnen mit einem Schlüsselbund zu, bevor er rascher weiterging.

Wenig später standen sie alle im Haus. Das Licht, das durch die offene Tür und die Ritzen in den Fensterläden fiel, vertrieb die Dunkelheit. De Saintsimon wollte schon einen der Fensterläden öffnen, doch der Kommissar hielt ihn zurück und sagte: »Sie warten hier.«

De Saintsimon machte zwei Schritte zurück, blieb im Eingang stehen und lugte von dort ins Haus.

Auch Markou sah sich um. Sein Blick wanderte von einem zweisitzigen Holzsofa und einer alten, als Couchtisch dienenden Truhe zur Theke der offenen Küche, auf der ein paar leere Weinflaschen, drei Gläser und ein halbes Dutzend leere Bierdosen standen, außerdem ein voller Aschenbecher, mehrere Bücher und ein Weidenkorb. Durch die halb offene Tür des Schlafzimmers konnte er das Fußende eines Doppelbetts sehen, von dessen Eisengestell ein weißes Handtuch hing.

Links von der Schlafzimmertür stand unter einem Fenster ein kleiner Schreibtisch. Markou vermutete, dass man von dort direkt aufs Meer sah.

Ideal zum Schreiben, dachte er.

Das Ladegerät eines Laptops, ein paar Blätter Papier und zwei Stifte, die dort neben einem in weißes Papier eingeschlagenen Päckchen mit der Aufschrift *Galerie Anemos* lagen, bestätigten seinen Eindruck.

Ein Laptop war jedoch nirgendwo zu sehen – auch nicht das Handy oder das schwarze Notizbuch, das Archondia erwähnt hatte.

Zusammen mit Maroulas schaute sich Markou weiter im Wohnzimmer um. Ihre Blicke sprangen von Ecke zu Ecke, vom spärlichen Mobiliar zu den auf dem Boden liegenden Sandalen, vom weiß gefliesten Fußboden zu einem Wandregal mit buntem Keramikgeschirr.

Mit einem Nicken forderte der Kommissar Maroulas auf, sich im Bad umzusehen, während er selbst auf die Schlafzimmertür zusteuerte. Ihm ging alles Mögliche durch den Kopf: die abgeschlossene Haustür, die Dinge, die in der Handtasche der Toten gefehlt hatten, der Klatsch, den ihre Freunde ihr erzählt hatten, und das Buch, das sie schreiben wollte. Seine Befürchtung, dass der Computer und das Notizbuch der Toten verschwunden waren, wurde mit jeder verstreichenden Sekunde und jedem vergeblich abgesuchten Quadratmeter größer.

Er drückte gegen die halb offene Tür des Schlafzimmers.

»Hier ist nichts«, hörte er Maroulas aus dem Bad rufen.

Im gleichen Moment sah Markou auf dem Nachttisch einen Laptop liegen, und ein Lächeln legte sich über sein Gesicht.

Die Königin von Nissos

Markou hatte eine Einkaufstüte mit dem Laptop unter dem Arm, als er kurz nach halb sieben vor der Wache ankam. Von Lucy Davis' Handy und ihrem Notizbuch fehlte weiterhin jede Spur, doch ihren Laptop zu finden, war ein unverhoffter Glücksfall. Maroulas war noch nicht zurück in Chora, und Markou wollte mit dem Öffnen des Laptops auf ihn warten.

An der Treppe neben dem Eingang des Postamts stand eine Handvoll wartender Leute. Neben Henrietta Banks erkannte der Kommissar das italienische Paar, Alessandra und Fausto Ardolini, sowie zwei Griechen, die sich als Timos Karas und Gerasimos Tsokas vorstellten. Ohne von dem Fensterbrett aufzustehen, auf dem er saß, murmelte ein schmaler, dunkelhäutiger junger Mann in einem schrillen fuchsienroten Outfit missmutig: »Ersen«.

Der Kommissar teilte den Anwesenden mit, dass es einige neue Erkenntnisse gab, und obwohl alle neugierig auf die Einkaufstüte mit dem Laptop starrten, bat er sie, am nächsten Morgen wiederzukommen. Bis auf die Italiener, die in ihrer Muttersprache leise protestierten, nickten alle stumm.

»Nur Sie nicht«, wandte sich Markou an Henrietta Banks. »Sie kommen mit mir.« Ob sie nun verrückt war oder nicht, es bestand der Hauch einer Chance, dass sie wusste, wer der Mörder war, also wollte er auf keinen Fall bis zum nächsten Morgen warten.

Henrietta – inzwischen trug sie ein weites blaues Kleid mit einem dazu passenden Hut, der wie durch ein Wunder auf ihrem Kopf blieb – lächelte selbstgefällig, band ihn los und nahm ihn mit einer theatralischen Geste ab. Dann schüttelte sie ihr kurzes Haar und stieg, ohne auf den Kommissar zu warten, die Treppe zur Polizeistation hinauf.

Kurz darauf betraten sie das Büro des Stationsleiters.

Sie setzte sich mit geradem Rücken und gespreizten Beinen auf den Stuhl, zog ihre goldenen Birkenstock-Sandalen aus und legte ihren Hut vorsichtig neben sich auf den Boden. Ihre knallroten geschwungenen Lippen verzogen sich zu einem Lächeln, und der intensive blaue Schatten auf ihren Lidern schien diese schwer nach unten zu drücken.

Sie sah aus wie eine Figur aus einem Roman von Agatha Christie: die exzentrische reiche Erbin, die in einer Polizeistation auf Nissos völlig fehl am Platz wirkte.

»Sie behaupten also, den Täter zu kennen …«

Banks nickte. »Dazu müssen Sie wissen, Herr Kommissar, dass ich diejenige bin, die schon am längsten auf die Insel kommt. Manche nennen mich deswegen die Königin von Nissos. Aber ich halte nicht viel von Titeln«, fügte sie mit einem selbstgefälligen Lächeln hinzu.

Markou war sicher, dass das nicht stimmte.

»Ich komme schon seit 1967, seit dem Beginn der Militärdiktatur nach Nissos. Ich bin nämlich etwas älter, als ich aussehe. Ich weiß, ich wirke wie fünfzig, aber in Wirklichkeit bin ich fast sechzig!« Sie zwinkerte.

Fast sechzig, plus vierzehn Jahre, dachte Markou und notierte sich die Angaben in ihrem Pass.

»Ich habe die Insel als Erste entdeckt!«, wiederholte sie.

»Ist nicht David Milandi, Mariamas Vater …«, Markou warf einen kurzen Blick in sein Notizbuch, »… 1963 als Erster hierhergekommen?«

Mit einer wegwerfenden Bewegung ihrer juwelengeschmückten Hand sprach Banks dieser Feststellung jede Gültigkeit ab und erklärte das für sie Selbstverständliche.

»In Jahren gemessen mag das stimmen. Aber ich sehe es eher als Frage der Qualität statt der Quantität. Und unter qualitativen Gesichtspunkten war *ich* die Erste. Dank der griechischen Herkunft meines Partners bin ich ohnehin fast eine Einheimische. Er stammte von hier. Er wurde hier geboren, ist aber früh nach Amerika ausgewandert und hat dort ein Vermögen gemacht. Wir haben uns in New York kennengelernt, wo ich damals Kunstgeschichte studierte. Ich komme aus einer wohlhabenden Familie aus dem Süden und wurde nach New York geschickt, um dort in der Gesellschaft zu debütieren. Wir haben uns kennengelernt, er hat sich Hals über Kopf in mich verliebt, und wir wurden unzertrennlich.

Wir haben drei Sommer gemeinsam auf Nissos verbracht. Damals war die Insel wie ausgestorben; die Häuser hatten nicht einmal fließend Wasser. 1970 ist er dann völlig unerwartet gestorben.« Sie seufzte leise. »Er war so ein netter Mann – und noch jung. Ein Herzinfarkt.« Sie zog das letzte Wort theatralisch in die Länge. »Und mich hat er ganz allein zurückgelassen. ›Henrietta, mein Schatz‹, hat er immer gesagt. ›Du bist mein ganzes Leben. Ich habe keine Kinder und keine nahen Verwandten, deshalb hinterlasse ich alles dir.‹ Das war wirklich nett von ihm, obwohl ich sein Geld nicht gebraucht hätte. Wie bereits gesagt, komme ich aus einer reichen Familie.«

Als wollte sie eine imaginäre Träne wegwischen, strich sie mit der Fingerspitze über ihren Augenwinkel und fuhr seufzend fort.

»Jedenfalls hat er mir unter anderem auch das Haus seiner Familie vermacht, weshalb ich seitdem zu seinem Gedenken jedes Jahr auf die Insel komme. Nur mir hat es Nissos zu verdanken, dass es beim internationalen Jetset so beliebt ist.« Sie tippte zur Unterstreichung ihrer Worte mit ihren dick beringten Fingern auf ihre Brust. »Alle gesellschaftlichen Kreise New Yorks, in denen ich eine tragende Rolle gespielt habe, kamen und kommen immer noch hierher, um mich zu besuchen und *meine* Insel zu entdecken! Hier kennt mich jeder, und ich kenne jeden! Jeder liebt mich, und ich liebe jeden! Das ist es doch, was eine Königin ausmacht, oder nicht?«, erklärte sie lächelnd und schmückte sich dabei mit dem Titel, den sie noch wenige Minuten zuvor zurückgewiesen hatte.

»Und Sie wissen auch, wer Lucy Davis umgebracht hat«, versuchte der Kommissar, zum eigentlichen Thema zu kommen.

»Ja, ja, die arme Lucy! Sie war einfach wuuuunderbar.« Sie zog das letzte Wort mit einem nasalen Crescendo in die Länge.

»Ein wahrer Engel: verständnisvoll, schön, interessant! Sie hat mich an mich in ihrem Alter erinnert. Wir haben sie *alle* geliebt. Deshalb weiß ich, wer es war. Es kann nämlich unmöglich einer von uns gewesen sein.«

Bevor Markou seine Frage zum dritten Mal stellen konnte, fuhr sie fort.

»Nein, Herr Kommissar, wir haben sie alle gekannt und geschätzt, und keiner von uns wäre zu so etwas in der Lage gewesen. Deshalb bin ich sicher, dass es nur Gregory Psarakis gewesen sein kann.«

Markou notierte sich den Namen, den er zum ersten Mal hörte. Er schaute auf die Liste vor ihm. Psarakis stand nicht darauf.

»Wer ist das? Haben Sie gesehen, wie er es getan hat?«

»Ein richtig übler Halunke.« Banks spuckte die Wörter förmlich aus. Ihr Blick wurde hart.

»Er ist von hier. Aber niemand mag ihn! Gesehen habe ich es nicht, aber ich weiß, dass er es war. Nur *er* wäre zu so etwas fähig. Er ist ein Betrüger, ein Dieb, ein Erpresser und – da bin ich ganz sicher – auch ein Mörder.«

»Haben Sie ihn gestern Abend in der Nähe von Frau Milandis Haus gesehen?«, fragte der Kommissar. »Kannte er Lucy?«

»Nein, ich habe ihn schon lange nicht mehr gesehen. Doch selbst wenn ich ihn noch einmal wiedersehen sollte, werde ich kein Wort mit ihm wechseln. Unglaublich, was er mir angetan hat! Dieser brutale Kerl. Einer verletzlichen einsamen, schutzlosen Frau wie mir!«

Ihr Ton und ihr ganzes Auftreten waren nicht das einer verletzlichen, schutzlosen Frau. Trotzdem schien sie felsenfest von der Richtigkeit ihre Anschuldigungen überzeugt.

»Ich glaube nicht, dass er Lucy kannte. Ich habe sie allerdings vor ihm gewarnt und ihr geraten, sich von ihm fernzuhalten«, fügte Banks hinzu.

»Dann hat er das Opfer also nicht gekannt, und Sie haben ihn gestern Abend auch nirgendwo gesehen. Trotzdem sind Sie sicher, dass er es war?«

»Ganz sicher!«, rief sie mit dem Brustton der Überzeugung.

»Weil er ein richtig übler Halunke ist«, las Markou aus seinem Notizbuch ab. »Ein Betrüger, ein Dieb und ein Erpresser.«

Henrietta Banks nickte bei jedem Wort beifällig und rief laut: »Ja!«.

»Hat Ihnen dieser Psarakis jemals persönlich etwas getan?«, fuhr der Kommissar fort und sah ihr dabei in die Augen.

Diese Frage, die eigentlich zu erwarten war, schien sie zu verunsichern.

»Mir persönlich?«, wiederholte sie und senkte zum ersten Mal den Blick. »Was er allen antut, wissen Sie ja … Er hat mich bestohlen und bedroht. Aber weil ich so viel besser bin als er, habe ich ihm verziehen«, erklärte sie dem Kommissar, bevor sie sofort weiterschimpfte: »Ich sage Ihnen doch, er war's! Er war's, er war's, er war's!«

Markou merkte, dass dieses Gespräch keine Beweise gegen Psarakis an den Tag bringen würde, also versuchte er, es auf ein anderes Thema zu lenken. Er würde später Maroulas nach diesem Mann fragen, der laut Banks Nissos' schlimmster Verbrecher war.

»Mal angenommen, Psarakis war es nicht …«

»Er war's aber – sag ich Ihnen doch! Hören Sie mir eigentlich zu, Herr Kommissar?«

»Sagen wir einfach mal, es besteht eine Chance von eins zu einer Million, dass er es nicht war – fällt Ihnen dann noch irgendetwas anderes ein? Haben Sie gestern Abend irgendetwas Ungewöhnliches bemerkt? Haben Sie mit Lucy gesprochen? Hat sie irgendetwas gesagt? Hat sie sich wegen etwas Sorgen gemacht? Hatte sie Angst?«

Jede Frage wurde mit einem schroffen, entschiedenen Nein beantwortet.

»Haben Sie gestern Abend auf der Party mit ihr gesprochen?«, hakte Markou nach.

»Nicht viel. Wir haben Hallo gesagt und uns ein Küsschen gegeben, aber sonst nichts. Aber wir waren den ganzen Nachmittag zusammen am Strand – sie konnte gar nicht genug bekommen von meinen Geschichten. Und ich bin ziemlich früh von der Party nach Hause gegangen. Ich habe dringend Ruhe gebraucht. Hätte ich gewusst, dass es das letzte Mal war, dass ich sie sehe, hätte ich mich stundenlang mit ihr unterhalten«, fügte sie theatralisch hinzu.

»Hat sie Ihnen erzählt, dass sie ein Buch schreiben wollte? Über Nissos?«

»Ein Buch?« Banks' Blick wanderte zu dem Laptop, der auf dem Schreibtisch lag. »Na ja, Schriftsteller schreiben doch Bücher, oder nicht?«

Obwohl Lucy Davis nie ein Buch veröffentlicht hatte und

jetzt auch keine Chance mehr dazu bekäme, bezeichnete Banks sie als Schriftstellerin.

Sie zog ihre dünnen Augenbrauen hoch. »Über Nissos, sagen Sie?«

Markou nickte.

»Was kann man denn über Nissos groß schreiben? Hier passiert doch nie was Interessantes«, schloss sie mit aufgesetzter Unschuldsmiene.

Hätte ich mir eigentlich denken können!

Abgesehen von ihrer ebenso festen wie unbegründeten Überzeugung, dass Psarakis der Mörder war, hatte Henrietta Banks nichts beizusteuern. Sie betonte vermehrt und mit Nachdruck, wie sehr alle sie mochten und wie viel ihr Nissos zu verdanken hatte, und stellte dabei ihr »hervorragendes« Griechisch unter Beweis – das gerade mal ausreichte, um einen Café frappé zu bestellen und Bitte und Danke zu sagen –, dann erhob sie sich und setzte ihren Hut auf.

Mit der dringenden Bitte, Psarakis umgehend festzunehmen – »damit wir alle wieder Frieden finden können« –, marschierte sie mit ihren Sandalen in der Hand und von Markou begleitet aus dem Büro.

Gerade als sich der Kommissar von ihr verabschiedete, kam Maroulas herein. Er deutete auf eine Tüte voller Kippen in seiner Hand und sagte: »Ich habe jede Zigarette eingesammelt, die ich finden konnte. Aber kein Hammer, kein Notizbuch, kein Handy.«

Ohne sich zu den Kippen zu äußern, von denen er sich nicht viel erwartete, setzte Markou ihn von Banks Überzeugung in Kenntnis, der Mörder sei ein gewisser Gregory Psarakis.

Die Augen des Kadetten leuchteten überrascht auf.

»Er steht weder auf der Liste, noch hat ihn Banks gestern in der Nähe des Tatorts gesehen«, sagte Markou noch, doch Maroulas ging schon mit einem gemurmelten »Hätte ich mir eigentlich denken können« schnurstracks zu seinem Schreibtisch.

»Was hätten Sie sich denken können?«, fragte Markou.

Maroulas griff nach dem dicken *Verzeichnis von Vorfällen und Straftaten* und blätterte zu den Aufzeichnungen von vor drei Jahren. Er las sie eine nach der anderen und stieß zwei Seiten später einen leisen Pfiff aus. Er legte einen Stift zwischen die Seiten und blätterte weiter. In zwei weiteren Fällen benutzte er seine Finger als Lesezeichen, bevor er zu Markou aufblickte.

»Eigentlich hätte ich mir denken können, dass sie Psarakis beschuldigen würde.«

Er schlug wieder die mit dem Stift markierte Seite auf und zeigte dem Kommissar den Eintrag vom 27. Juli drei Jahre zuvor.

Henrietta Banks, wohnhaft in Chora, gibt zu Protokoll, dass zwei Ikonen aus dem 18. Jahrhundert aus ihrem Haus gestohlen wurden. Der Tat beschuldigt sie Grigorios Psarakis, Sohn des Pavlos, wohnhaft in Chora, 55 Jahre alt.

Auf einer Seite weiter hinten las Markou:

Henrietta Banks, wohnhaft in Chora, beschuldigt Grigorios Psarakis, Sohn des Pavlos, 56 Jahre alt, sie am frühen Morgen vor ihrem Haus grundlos beleidigt und mit vulgären Ausdrücken beschimpft zu haben.

Das war vor zwei Jahren gewesen, am 14. August. Im dritten Eintrag, vom 6. August des vergangenen Jahres, warf Banks Psarakis vor, sie *mit körperlicher Gewalt bedroht zu haben.*

»Ist dieser Psarakis denn wirklich gefährlich?«, fragte Markou.

Der verdutzte Blick des Kadetten wich sofort einem Grinsen.

»Nein, nein. Psarakis könnte keiner Fliege etwas zuleide tun. Er ist Zimmermann, und Banks hat ihn vor drei Jahren beauftragt, ein paar Deckenbalken in ihrem Haus auszuwechseln. Daraufhin gab es Gerüchte über ein Techtelmechtel zwischen den beiden, das sie angeblich etwas zu ernst nahm.

Ich war damals noch auf der Polizeischule, aber soviel ich von meinem Onkel – ich meine, vom Stationsleiter – weiß, fing sie an, ihm kleine Geschenke zu machen und ihn unter dem Vorwand, dass es etwas zu reparieren gäbe, in ihr Haus zu bestellen. Als sie immer zudringlicher wurde, hat Psarakis dem Ganzen ein ziemlich abruptes Ende gemacht. Ihr Geschrei und das Scheppern des Geschirrs, mit dem sie nach ihm warf, war bis zum Hauptplatz zu hören. Am nächsten Tag kam sie auf die Wache, um ihn wegen des Diebstahls der Ikonen anzuzeigen.

Als wir zur Vernehmung bei ihm anrückten, fiel er aus allen Wolken. Er sagte, Banks hätte ihm die zwei Ikonen geschenkt. Er zeigte uns sogar die Karte, die sie ihm dazugesteckt hatte: ›In Liebe, die Königin von Nissos – und hoffentlich auch deines Herzens.‹ Irgendetwas in der Art jedenfalls. Um die Wellen zu glätten, gab Psarakis die Geschenke zurück, worauf bis zum nächsten Jahr Ruhe war.

Doch dann beschuldigte ihn Banks, am Vorabend von Mariä Entschlafung zu ihrem Haus gekommen zu sein und sie grundlos beleidigt zu haben. Laut Aussagen mehrerer Zeugen war es jedoch Banks, die ihn aufs Wüsteste beschimpfte, als sich die beiden in einer Gasse begegneten. Darauf nannte Psarakis sie »verrückt«, woraus in ihrer Einbildung ein Dutzend vulgärer Ausdrücke wurden, von denen ich sehr bezweifeln würde, dass Psarakis sie auf Englisch überhaupt kannte.

Und letztes Jahr kam sie dann weinend – oder genauer, mit verschmiertem Make-up – hier an und beschuldigte ihn, sie mit körperlicher Gewalt bedroht zu haben. In diesem Fall gab es zwar keine Zeugen, aber ich bin geneigt, eher Psarakis' Darstellung des Vorfalls zu glauben. Er gab zu Protokoll, dass sie ihm zu einer Baustelle folgte und …«, der Kadett grinste anzüglich, »ihr Kleid hochzog, unter dem sie keine Unterwäsche trug … Er sagte nur, sie solle weggehen und ihn in Ruhe lassen. Am nächsten Tag zeigte sie ihn an.«

Markou hörte schweigend zu. War Psarakis das Opfer einer in ihn vernarrten Frau, oder deckten Zeugen und Ortspolizei einen gewalttätigen Einheimischen? Dass Henrietta Banks zu völlig überzogenen Anschuldigungen neigte, hatte er bereits mitbekommen. Außerdem hatte er am Morgen mit eigenen Augen gesehen, dass sie in der Öffentlichkeit ohne Unterwäsche herumlief.

»Bestellen Sie Psarakis zur Vernehmung ein. Wir müssen ihn auf jeden Fall anhören.«

Zum ersten Mal spiegelten sich Zweifel an den Anweisungen des Kommissars in der Miene des jungen Polizeianwärters.

»Ist irgendwas?« Markou konnte seine Verärgerung nicht ganz verbergen.

»Nein … Das heißt, ja. Ich kann ihn zwar einbestellen, aber er wird heute nicht kommen können. Wegen des Sturms. Er ist auf einer Baustelle in Rhodos – ein Hotel, das renoviert wird –, und er war schon seit Wochen nicht mehr auf der Insel.«

Ordner und Unterordner

Markou zog den Cursor auf den Ordner mit dem Titel *Zeitschriftenartikel*. Er öffnete ihn mit einem Doppelklick und sah, dass er sieben Unterordner enthielt, für jedes der letzten sieben Jahre jeweils einen. Mit einem Seufzer sah er Maroulas an und schüttelte den Kopf. Die Durchsuchung von Lucy Davis' Laptop hatte zu nichts geführt.

Die Dateien *TEXTE*, *EREIGNISSE* und *NISSOS*, die er in den letzten paar Stunden durchgescrollt hatte, enthielten nichts Interessantes. Unter den Notizen, Exzerpten und Zeitungsartikeln in den ersten beiden und ein paar Dutzend heimischen Essensrezepten, Strand- und Restaurantkritiken in der dritten war nichts von den Klatschgeschichten zu finden, die Cadena und Archondia erwähnt hatten.

Er klickte auf den gelben Kreis zum Minimieren des Fensters, das dadurch als Thumbnail in die Taskleiste neben dem Icon des leeren Papierkorbs rutschte.

Mein Papierkorb ist nie leer, dachte Markou.

Er leerte ihn immer erst dann, wenn ihn sein Computer warnte, dass die Festplatte voll war. Allerdings wies Davis' Laptop keinerlei Ähnlichkeit mit seinem Computer auf: In ihrem herrschte extreme Ordnung. Sogar das Desktopfoto war perfekt ausbalanciert: der wolkenlose blaue Himmel in der oberen Hälfte und das geringfügig dunklere Meer in der unteren hätten eine Aufnahme des Blicks aus dem Fenster über ihrem Schreibtisch sein können.

Der Laptop war nicht passwortgeschützt. Enthielt er demnach nichts, was geschützt werden musste? Bestand die Möglichkeit, dass Davis noch gar nicht angefangen hatte, das Buch zu schreiben, dessentwegen sie sich eine Woche vor ihrem Tod in das abgelegene Haus über dem Pirate's Beach zurückgezogen hatte? Doch selbst wenn, wo befanden sich dann die Informationen, die sie jahrelang gesammelt hatte?

Wenn Markou eine Notiz jederzeit parat haben wollte, schrieb er sie in sein Notizbuch, das gerade aufgeschlagen neben dem Laptop lag. Bei Ermittlungen hatte er es immer in seiner Gesäßtasche oder in seiner Jacke stecken, um alle Gedanken und Informationen sofort festhalten zu können.

Er musste an die fast leere Handtasche von Lucy Davis denken, in die ihr Notizbuch, das laut Archondias Angaben höchstens zehn Zentimeter hoch war, problemlos gepasst hätte.

Hatte sie es gestern Abend überhaupt dabei?, fragte er sich. Oder hat es der Mörder an sich genommen?

Ohne den Emailleteller mit den Souvlakia anzutasten, die Maroulas besorgt hatte, verbrachten die zwei Polizisten die nächsten Stunden damit, weiter den Laptop des Opfers zu durchforsten. Die ganze Nacht lang suchten sie vergeblich nach etwas, das zu dem vermuteten Motiv passte.

Gerasimos Tsokas

Um fünf Uhr früh ging Maroulas nach Hause, um sich eine Weile hinzulegen. Nachdem sich auch Markou auf dem Sofa im Wartezimmer ein paar Stunden Schlaf gegönnt hatte, unternahm er einen neuen Versuch, dem Computer seine Geheimnisse zu entlocken.

Kurz nach halb zehn gab er den Laptop enttäuscht an Maroulas weiter, der mit vier Frappés in einem Pappträger in die Wache kam. Markou zog die verschwitzten Gummihandschuhe aus und nahm genussvoll einen Schluck Eiskaffee. Dann trug er Maroulas auf: »Rufen Sie Cadena an. Sagen Sie ihm, wir haben den Laptop gefunden, und fragen Sie ihn, ob er etwas weiß, was wir nicht wissen.«

Maroulas nickte. »Mit wem wollen Sie als Erstes sprechen?«, fragte er, bevor er mit dem Laptop in der Hand die Bürotür öffnete.

»Wer ist denn schon da?«

»Die Italiener, Tsokas, der Festivalleiter, und Karas, der Galeriebesitzer.«

»Rufen Sie den Festivaltypen rein«, sagte Markou und suchte seinen Namen auf der Liste. Ein Sternchen und kein Häkchen, er war also noch auf der Party gewesen, kannte das Opfer aber nur flüchtig.

Der Mann, der vor ihm Platz nahm – Gerasimos Tsokas, 36 Jahre alt, wohnhaft in Athen, Geschäftsmann –, trug dasselbe blaue T-Shirt, in dem er auf der Party fotografiert worden war. Die kurzen Ärmel offenbarten farbige Tattoos auf seinen Armen, sein langes Haar hatte er zu einem Man Bun gebunden. Er war der Leiter des Filmfestivals, das dieses Jahr zum zweiten Mal auf Nissos stattgefunden hatte. Im Anschluss war er mit seiner Freundin noch eine Weile auf der Insel geblieben, um sich zu erholen.

»Ich bin Lucy Davis ein paarmal begegnet«, antwortete er dem Kommissar. »Sie hat sich ein paar Filme angesehen, und wir wurden einander vorgestellt, aber wir haben uns nicht groß miteinander unterhalten. Während des Festivals habe ich kaum Zeit. Ich muss mich um alles kümmern, um den Kleinkram und ums große Ganze. Und danach verlasse ich Chora ziemlich schnell. Dieses Jahr wollte ich nur noch meine Ruhe und eine Weile ausspannen. Deshalb habe ich mit Eva, meiner Freundin, in einer kleinen Bucht neben dem Strand von Chrysi Ammos gezeltet. Wir waren eine Woche dort und sind erst vor drei Tagen nach Chora zurückgekommen. Eva ist vorgestern Morgen abgereist. Ich bin noch geblieben, um verschiedene finanzielle Fragen zu klären, und wollte eigentlich gestern nach Athen zurück. Aber wegen des Sturms bin ich nicht von der Insel gekommen.«

»Aber Sie waren auf der Party.«

»Ja. Mariama hat mich eingeladen und ihren Freunden vorgestellt. Sie hat sich letztes Jahr als eine der Ersten bereit erklärt, das Festival zu unterstützen, und sie weiß, dass wir auf Sponsoren angewiesen sind, um es am Laufen zu halten. Außerdem hatte ich nach sieben Tagen Einsamkeit nichts dagegen, wieder ein bisschen unter Leute zu kommen. An diesem Abend ... dem Abend dieser schrecklichen Geschichte ... habe ich mich zum ersten Mal richtig mit Lucy Davis unterhalten. Aber über nichts Besonderes.«

»Worüber haben Sie gesprochen?«

Er legte den Kopf eine Weile in den Nacken.

»Hauptsächlich über die Insel und wie schön es hier ist. Wir standen in einer Gruppe zusammen, und sie hat mehr zugehört, als selbst was gesagt. Ich habe von meiner kleinen Bucht erzählt, die nur eine Handvoll Leute kennen, selbst wenn es auf Nissos sonst überall richtig voll ist. Ein streng gehütetes Geheimnis – außer für die Einheimischen natürlich.«

Markou nickte.

»Sie meinte daraufhin, dass alle Geheimnisse irgendwann an den Tag kommen, und zwar egal wie streng sie gehütet werden.«

Die Neugier in den Augen des Kommissars war unübersehbar, als er die Ellbogen auf den Schreibtisch stützte und sich vorbeugte. Auch Tsokas bemerkte sie und fuhr fort: »An diese Bemerkung kann ich mich vor allem deshalb so gut erinnern, weil ich hoffe, dass sie nicht stimmt. Ich würde ungern nächstes Jahr nach Nissos zurückkommen und zehn weitere Zelte in meiner Lieblingsbucht stehen sehen.«

»Wer war bei dem Gespräch noch dabei?«

»Lassen Sie mich überlegen … Eine groß gewachsene Frau, wie sie hieß, weiß ich nicht mehr, aber sie war Brasilianerin, glaube ich … dann der Galeriebesitzer, der draußen im Wartezimmer sitzt, Karas, und eine ganz in Gold gekleidete ältere Frau mit dickem, ägyptisch anmutendem Make-up.«

Betty Levalois, Timos Karas, Henrietta Banks, schrieb Markou in sein Notizbuch.

»Erinnern Sie sich, ob jemand auf Lucy Davis' Bonmot reagiert hat?«, hakte der Kommissar nach. »Oder ob es an jemand Speziellen gerichtet war? Hat sie bei ihrer Bemerkung irgendjemanden angesehen?«

Tsokas zog die Augenbrauen hoch und strich über seinen Bart.

»Sie stand direkt vor mir, und ich sehe die Person, mit der ich rede, normalerweise an. Aber sie hat in dem Moment definitiv niemanden in der Runde angesehen. Allerdings könnte ich nicht sagen, wen oder was stattdessen. Sie hat irgendwie abwesend gewirkt, und ihr Blick war auf eine Stelle irgendwo hinter mir gerichtet.«

Alessandra Ardolini

Als Markou die Tür öffnete, um Tsokas hinauszubegleiten, kam Maroulas auf ihn zugestürzt.

»Mariama Milandi hat gerade angerufen. Sie bringt einen Speicherstick mit den Fotos von der Party vorbei. Vielleicht bringt uns das weiter.«

»Gut«, sagte Markou. »Auch Cadena wollte herkommen – um sich den Laptop mit uns anzusehen. Er meint, er könnte uns dabei vielleicht helfen.«

Markou fragte sich, ob sie den alten Mann umsonst bemühten. Wenn der Mörder von Lucy Davis das Notizbuch und die Schlüssel aus ihrer Handtasche genommen und Zugang zu ihrem Haus hatte, würde er wohl kaum belastendes Material auf ihrem Laptop zurücklassen. Außer er oder sie hatte es ebenfalls nicht finden können.

Aber wenn dem so ist, dachte Markou, warum hat der oder die Betreffende den Laptop dann nicht versteckt oder zerstört? Als er zu den im Vorzimmer Wartenden aufschaute, waren vier Augenpaare erwartungsvoll auf ihn gerichtet.

Zu Karas und dem italienischen Paar, das in einigem Abstand voneinander dasaß, hatten sich zwei Neuankömmlinge gesellt: Henrietta Banks, die nicht herbestellt worden war, und der türkische Modedesigner, der als Einziger Markou nicht anstarrte. Mit seinem auf die Brust gesunkenen Kopf und den hinter einer protzigen dunklen Sonnenbrille verborgenen Augen sah er aus, als schliefe er.

Markou beschloss, die Ardolinis einzeln zu vernehmen. Zuerst Alessandra, dann ihren Mann Fausto.

Auf dem von Maroulas aufgenommenen Foto wirkten ihre Mienen argwöhnisch und verwirrt. Das grelle Blitzlicht verlieh ihrer gebräunten Haut einen dunklen Orangeton. Fausto Ardolini hielt seine mandelförmigen braunen Augen gesenkt, sein Mund stand leicht offen, und sein dunkelgrünes Hemd hatte Schweißflecken unter den Achselhöhlen. Seine Frau hatte ihr hellbraunes Haar zu einem Knoten gebunden, ihre Augen waren halb geschlossen. Sie trug ein Männerjackett aus beigem Leinen über ihrem geblümten Kleid und hielt eine große Tasche vor ihren üppigen Busen, als wollte sie sich vor dem Fotografen schützen.

Als sie das Büro betrat, wirkte ihr Gesicht gefasst. Sie hatte kaum Ähnlichkeit mit der Frau auf dem Foto oder mit der, die Markou am vergangenen Nachmittag mit ihrem Mann hatte streiten sehen. Ihre Stimme war ruhig; ihre Antworten, die sie mit einem melodischen italienischen Akzent gab, kamen ohne Stocken, fast so, als hätte sie sie einstudiert.

»Ich kannte Lucy gut. Ich kenne viele Leute auf der Insel. Wir kommen schon seit sieben Jahren her. Wir waren mit ihr befreundet – genau wie mit allen anderen hier. Ich bin schockiert über ihren Tod, aber leider habe ich keine Ahnung, wer sie umgebracht haben könnte.«

Natürlich war Alessandra Ardolini auf der Party nichts Ungewöhnliches aufgefallen. Sie hatte sich auf der Terrasse aufgehalten, hatte mit allen möglichen Leuten geredet und war irgendwann gegen halb zwölf nach unten gegangen, um ungestört telefonieren zu können.

»Haben Sie dort jemanden gesehen?«

»Als ich aus dem Hof in die Gasse hinausgegangen bin, habe ich jemanden um die Ecke huschen sehen. Wer es war, konnte ich nicht erkennen, aber es müsste ein Mann gewesen sein – er trug dunkle Kleidung. Zu diesem Zeitpunkt gingen bereits einige Leute, weshalb ich nicht weiter darauf geachtet habe. Hätten Sie mich nicht gefragt, hätte ich möglicherweise gar nicht mehr daran gedacht.«

Ihre Fassade der Ruhe bekam feine Risse, als Markou sie fragte, ob ihr Gerüchte zu Ohren gekommen seien, dass Lucy Davis eine Affäre mit einem verheirateten Mann gehabt hatte. Sie verschränkte die Arme über der Brust und antwortete in unverändertem Ton und mit einer Bestimmtheit, die sich weitere Fragen verbat: »Das ist mir neu.«

Der Kommissar setzte nach: »Hatte der gestrige Streit mit Ihrem Mann etwas mit dem Mord …?«

»Certo che no!«, fiel sie ihm ins Wort.

Doch sie beruhigte sich rasch wieder und fügte hinzu: »Nein, bei unserem Streit ging es um unsere Rückkehr nach Mailand. Ob wir noch ein paar Tage auf der Insel bleiben sollten oder nicht.«

Markou war von dieser Antwort nicht überzeugt, und er versuchte die Frau ihm gegenüber einzuschätzen. War vorstellbar, dass sie von Eifersucht getrieben zum Äußersten ging, wenn eine andere Frau ihr den Mann wegzunehmen versuchte?

Ihm kamen die von der Callas gesungenen Worte der Santuzza aus *Cavalleria rusticana* in den Sinn, gerichtet an ihren Liebhaber Turridu. *»Oh! Maledetta! Quella cattiva femmina ti tolse a me!«* »Oh! Verflucht! Dieses böse Weib hat dich mir geraubt!«

Eine stille Gruppe

Mehmet Ersen schob seine Sonnenbrille auf den Kopf, sodass die dunklen Ringe unter seinen geschwollenen Augen sichtbar wurden. Henrietta Banks, die neben ihm saß, schenkte ihm ein Lächeln. Fausto Ardolini auf der anderen Seite des Raums vermied es, seine Frau anzusehen, als sie mit dem Kommissar aus dem Büro kam. Sie setzte sich auf die Couch an der Tür und suchte vergeblich den Blickkontakt mit ihrem Mann. Auf der anderen Seite der Tür blickte Karas von einem Buch auf, das er offen im Schoß liegen hatte.

»Fausto Ardolini, jetzt sind Sie dran«, verkündete der Kommissar.

Ohne auch nur kurz dem drängenden Blick seiner Frau zu begegnen, trat der Italiener durch die offene Tür des Büros.

In diesem Moment kam Mariama Milandi in die Station. Sie sah zuerst Maroulas, dann Markou an, dann hielt sie einen USB-Stick hoch. »Hier. Hoffentlich bringt er sie weiter. Sollten Sie sonst etwas brauchen, lassen Sie es mich einfach wissen.«

Noch mitten im Satz ging die Tür erneut auf und stieß ihr in den Rücken.

Von Betty Levalois gestützt, erschien Arnaud Cadena. Neben seiner stattlichen Begleiterin sah er aus wie ein kaputtes Spielzeug.

Maroulas' erleichtertes Seufzen hallte laut und deutlich durch das stille Wartezimmer.

Der Köder

Ganz schön voll hier, dachte Mehmet Ersen. Fast wie auf Mariamas Party. Nur mit einem Gast weniger.

Während er darauf wartete, verhört zu werden, ließ er den Blick über die Gesichter der Anwesenden wandern.

Alle haben sie die Köpfe gesenkt. Alle sehen sie schuldig aus … Ist wirklich vorstellbar, dass einer von ihnen Lucy erschlagen hat?

Im Tequila- und Marihuananebel der vergangenen Nacht ließ er noch einmal alles Revue passieren: alles, was ihm an diesem verhängnisvollen Abend aufgefallen war – auf der Terrasse und bei den zwei Gelegenheiten, als er wegen der Lieferungen das Haus hatte verlassen müssen. Es gab nichts, worauf er konkret den Finger legen konnte, aber … irgendetwas ließ seinem verkaterten Hirn keine Ruhe. Eigentlich etwas ganz Banales, etwas, das wahrscheinlich nur auf den Tequila zurückzuführen war.

Die Italienerin stand auf, stellte sich ans Fenster und schaute nach draußen. Ersens Blick fiel auf ihre langen, gebräunten Beine. Und wanderte von dort nach oben zu ihren Pobacken, die gerade so von ihrem zerknitterten weißen Leinenkleid bedeckt wurden.

Und plötzlich machte es klick. Er kniff die Augen zusammen und versuchte, sich an dieses winzige Detail zu erinnern. Ja! Ein randvoll gefülltes Glas, eine abrupte Bewegung, ein Fastzusammenstoß und dann … dieser Unterschied.

Kann das überhaupt sein?, fragte er sich.

Er versuchte, sich zu konzentrieren, aber er hatte einen Riesenkater und scheute vor den Konsequenzen dessen zurück, was ihm gerade klar geworden war. Dennoch stellte sich ihm die drängende Frage: »Was soll ich jetzt tun?«

Diesem Kommissar alles erzählen? Und wenn ich mich täusche? Wenn ich in die Sache hineingezogen werde? Wenn sie anfangen, sich genauer mit mir und meinen Geschäften zu befassen?

Er beschloss, nichts zu sagen. Je weniger er in diese Geschichte verwickelt wurde, umso besser. Und überhaupt, vielleicht bildete er sich ja alles nur ein; vielleicht spielte ihm sein Verstand einen Streich. Doch das glaubte er nicht. Im Gegenteil, er war sich ganz sicher. Immerhin war das sein Job.

Er beschloss, einen Köder auszuwerfen, um eine Reaktion zu bekommen. Um dann sein weiteres Vorgehen darauf abzustimmen. Vielleicht gibt es bei der Sache sogar was zu gewinnen, dachte er.

Er wandte sich der aufgetakelten Frau neben ihm zu und rief mit aufgesetztem Lächeln: »Sie sind die bestangezogene Frau der ganzen Insel! Einfach phänomenal!«

Die halbe Wahrheit

Alessandra Ardolini schaute aus dem Fenster. Im Vergleich mit den Gedanken in ihrem Kopf schien das stürmische Meer geradezu ruhig. Sie dachte an Fausto, der gerade vom Kommissar in die Mangel genommen wurde. Sie selbst hatte sich wacker geschlagen. Aber Fausto? Er war schwach, leicht zu verunsichern, und gestern noch hatte er alles erzählen wollen.

Als sie vorhin aus dem Büro gekommen war, hatte er den Blick abgewandt. Deshalb konnte sie ihn nicht warnen, dass der Kommissar von ihrem Streit wusste. Sie konnte nur hoffen, dass er nicht alles vermasseln würde, sondern sich an das hielt, was er ihr nach ihrem Streit versprochen hatte, und nichts herausrückte.

Die Wahrheit zu gestehen, hat nichts mit Klatsch zu tun, dachte sie. Und Klatsch ist sowieso nur die halbe Wahrheit.

Dann wäre die ganze Situation zwar besser verständlich, aber die Folgen wären verheerend. Für einen Mann war die Sache anders. Aber ihr würde das Ganze ein gewaltiges Stigma zufügen. Ein Stigma, das sie in ihrem Freundeskreis nie mehr loswürde.

»Freunde« mit vergifteten Mäulern, dachte sie bitter. Als ob sie keine Geheimnisse hätten. Als ob sie keine Leichen im Keller hätten. Sogar im wahrsten Sinn des Wortes.

Bei diesem Gedanken wandte sie sich vom Fenster ab und

sah zu Henrietta Banks, die sich so laut mit Ersen unterhielt, dass alle im Raum es hören konnten.

Una pazza, dachte sie. Eine Irre.

Auch Mehmet Ersen schien in seiner eigenen kleinen Welt gefangen. Wie konnte man in einer solchen Situation und an einem solchen Ort über Mode und Kleidung sprechen?

Er hob den Kopf, und als sich ihre Blicke trafen, zwinkerte er ihr lächelnd zu.

Trotz seiner illegalen nächtlichen Geschäfte mochte sie ihn. Schließlich tat der junge Modedesigner nichts anderes, als bestehende Bedürfnisse zu befriedigen.

Wo Nachfrage ist, gibt es auch das entsprechende Angebot, dachte sie.

Wenn jeder so dächte, würde niemand für seine nächtlichen Aktivitäten zur Rechenschaft gezogen. Sie waren erwachsene Menschen, ganz allein verantwortlich für ihre Entscheidungen, erst recht im Urlaub. Wegen irgendwelcher Sommerangewohnheiten oder -freiheiten durfte ein Mensch nicht für den Rest seines Lebens stigmatisiert werden.

Jemand, der im Urlaub ein paar Zigaretten raucht, ist kein Raucher. Genauso wenig ist jemand, der im Sommer ein paar Joints durchzieht, ein Kiffer, fand Alessandra Ardolini.

Sie kehrte an ihren Platz zurück und starrte auf die geschlossene Bürotür.

Nächsten Sommer sollten wir woanders Urlaub machen …

Doch dieses nächste Jahr erschien ihr ferner denn je.

Sünde vs. Motiv

Natürlich kannte ich sie. Wir waren mit ihr befreundet. So schockiert und betroffen ich über Lucys Tod auch bin, bei der Suche nach ihrem Mörder kann ich Ihnen leider nicht helfen.«

Fausto Ardolinis Aussage stimmte fast wortgetreu mit der seiner Frau überein. Im Gegensatz zu ihr war ihm jedoch seine Nervosität deutlich anzumerken. Er hatte die Finger krampfhaft ineinander verschränkt, und als er es sich auf dem Stuhl bequem zu machen versuchte, öffnete und schloss sich sein Mund wie der eines Goldfischs.

»Haben Sie auf der Party mit Lucy Davis gesprochen?«

»Ja.«

»Können Sie sich erinnern, sich über etwas Bestimmtes mit ihr unterhalten zu haben?«

»Nein. Bei solchen Anlässen bleibt es meistens bei oberflächlichem Small Talk.«

»Dann hatte der Streit, den Sie gestern Nachmittag mit Ihrer Frau hatten, also nichts mit ihr oder der Party zu tun?«

Um etwas Zeit zu gewinnen, wischte sich Ardolini den Schweiß von der Stirn. Dann antwortete er: »Nein.«

Fausto Ardolini gab sich große Mühe, klar zu denken. Wer hatte dem Kommissar von ihrem Streit erzählt? Alessandra etwa? Ausgeschlossen. Hatte sie jemand beobachtet? Hatte jemand gehört, was sie gesprochen hatten? Wurde es Zeit, mit der Wahrheit herauszurücken?

Um zu verhindern, dass noch mehr Gedanken auf sein überstrapaziertes Gehirn einstürmten, fuhr er fort: »Es war nur eine harmlose Meinungsverschiedenheit. Ich weiß nicht einmal mehr den Grund. Irgendetwas völlig Banales vermutlich. Kommt bekanntlich bei den besten Paaren mal vor.«

Markou nickte und setzte sein Verhör in ruhigem Ton fort.

»Soviel ich gehört habe, hatte das Opfer ein Verhältnis mit einem verheirateten Mann. Ein Mann, der gesehen wurde, wie er sie in ihrem Haus am Pirate's Beach besucht hat.«

Diese letzte Behauptung war erfunden. Markou hoffte jedoch, sie würde den Italiener, der kurz davor stand einzuknicken, noch stärker unter Druck setzen. Und tatsächlich brauchte er diesmal ein paar Sekunden länger für seine Antwort, die jedoch nicht so ausfiel, wie Markou gehofft hatte.

»Darüber weiß ich nichts. Außerdem stand es Lucy frei, ein Verhältnis einzugehen, mit wem sie wollte. Sie war eine erwachsene Frau. Sein Liebesleben ist jedem selbst überlassen, oder etwa nicht? Außer Sie sind der Papst und halten Sex für eine Sünde …«, schloss er mit einem verlegenen Lächeln und dem missglückten Versuch, dem Ganzen eine humorvolle Wendung zu geben.

»Nein, ich bin nicht der Papst und halte es nicht für eine Sünde. Aber ich bin Polizeikommissar und sehe ein potentielles Mordmotiv«, sagte Markou und wischte damit auch noch die letzte Spur eines Lächelns aus Ardolinis Gesicht.

Der Türke

Die Hände auf die Knie gelegt, saß der Türke mit gespreizten Beinen entspannt da und blickte sich im Büro um.

»Würde nicht schaden, hier mal ein bisschen zu renovieren«, bemerkte er und sah Markou an.

Mehmet Ersen, Sohn des Ataman, 29 Jahre alt, geboren in Bodrum, wohnhaft in Istanbul, Modedesigner, schrieb Markou. Und darunter: *Lebt auf seinem Boot Schnee im Jachthafen von Vrythos.* Außerdem notierte er die Passnummer.

»Lucy war okay«, begann Ersen. »Ich bin ihr ab und zu begegnet, aber wir haben nie mehr als nur ein paar Worte gewechselt.«

Und mit einem selbstbewussten Lächeln fügte er hinzu: »Um ehrlich zu sein, hat sie sogar mit mir geflirtet, aber sie war nicht mein Typ.«

Markou musterte den jungen Mann. Sein ärmelloses weißes T-Shirt mit Marlon Brandos Gesicht als Pate auf der Brust offenbarte seinen mickrigen Bizeps. Dazu trug er knielange dunkelblaue Bermudashorts, weiße Sportsocken und blau-weiß gestreifte Plastiklatschen, wie Markou sie als Kind im Schwimmbad getragen hatte. Ein paar Goldkettchen und Perlenschnüre an den Handgelenken, ein Goldring an jedem Zeigefinger, dunkles gelocktes Haar und große schwarze Augen vervollständigten das Erscheinungsbild des Shootingstars der türkischen Modeszene.

Auch wenn Markou mit Mode nichts am Hut hatte, erschien ihm Ersens Äußeres ziemlich schäbig. Trotzdem behauptete dieser kleine Mann, das Objekt von Lucy Davis' Begierde gewesen zu sein.

Fast automatisch wanderten Markous Gedanken zu Fausto Ardolini, der mit seinen fünfundvierzig Jahren ein großer, gut gebauter attraktiver Mann war. Wenn er Lucy Davis' heimlicher Liebhaber war, wie passte dann Ersen ins Bild?

»Damit will ich nicht sagen, dass sie hässlich war. Aber ich stehe mehr auf ältere – und größere – Frauen.«

Er beugte sich vor und fügte leise hinzu: »Wie die Brasilianerin da draußen! Ein richtiges Pferd! Groß und mit ordentlichen Rundungen.« Er beschrieb ihre Figur mit den Händen.

»Sie ist ein Neuzugang. Es ist ihr erster Sommer auf Nissos. Mitte fünfzig, ehemaliges Model, Witwe und extrem reich. Was will man mehr?« Leise lachend zwinkerte Ersen dem Kommissar zu.

Markou fragte sich, wie eine Frau wie Levalois der Typ so eines Hänflings sein konnte.

Ohne auf Ersens Äußerungen einzugehen, fragte ihn Markou, wo er sich auf der Party überall aufgehalten hatte. »Waren Sie auch unten im Erdgeschoss? Ist Ihnen dort etwas Ungewöhnliches aufgefallen?«

»Nein, nichts«, antwortete der Designer. »Ich bin ein paarmal kurz nach unten und auf die Gasse hinausgegangen, um mit ein paar vorbeikommenden Freunden zu reden. Kurz vor eins habe ich mich dann von Mariama verabschiedet, weil ich noch was anderes vorhatte.«

»Waren Sie in der Abstellkammer?«

»Wieso das denn? Ich hatte nicht die Absicht, irgendwas am Haus zu reparieren oder im Garten zu arbeiten.«

»Wie ich sehe, wissen Sie sehr genau, was dort alles aufbewahrt wird«, bemerkte Markou.

Ohne sich aus der Ruhe bringen zu lassen, antwortete Ersen: »Mariama hat mir mal Werkzeug für mein Boot geliehen. Ist schon eine Weile her – zwei, drei Jahre würde ich sagen –, vielleicht erinnert sie sich gar nicht mehr daran.«

»Und was war das für eine Handtasche, die sie dort vor einer Weile versteckt haben?«

Ersens Augenlider flatterten, und seine Gelassenheit geriet ins Wanken. Um Zeit zu gewinnen, ordnete er die Kettchen an seinem Handgelenk neu und fragte lächelnd: »Eine Handtasche?«

»Ja, jemand hat sie vor etwa zwanzig Tagen gesehen, wie Sie …« Markou blätterte ein paar Seiten in seinem Notizbuch zurück und sah das genaue Datum nach. »Am Abend von Mariama Milandis Geburtstag hat jemand gesehen, wie Sie eine Frauenhandtasche aus der Abstellkammer geholt haben, bevor Sie gegangen sind.«

»Zuallererst war das keine Frauenhandtasche, sondern eine Clutch, und die sind unisex. Diese Dinger sind zurzeit echt in …«

Markou hob die Hand. Modetrends interessierten ihn nicht.

»Wie dem auch sei«, sagte Ersen »Wenn ich mich recht erinnere, war in der Tasche ein kleines Geschenk für einen Freund, zu dessen Party ich später noch ging. Und weil ich die Clutch nicht den ganzen Abend mit mir herumschleppen wollte, habe ich sie in die Abstellkammer gelegt und hinterher wieder geholt.«

»Und am Abend des Mordes? Haben Sie da auch ein paar solche Geschenke in der Kammer deponiert?«

»Nein. Ich habe Ihnen doch schon gesagt, dass ich an dem Abend nicht in der Kammer war.«

Bevor der Kommissar ihm weitere Fragen stellen konnte, fragte der Türke: »Dort haben Sie sie doch gefunden. Sie wurde mit einem Hammer erschlagen, oder?«

Obwohl die Polizei noch keine offizielle Erklärung zu dem Mord abgegeben hatte, machte sich Markou hinsichtlich der Macht des Hörensagens keine Illusionen. Er konnte sich gut vorstellen, dass inzwischen ganz Nissos genauestens Bescheid wusste, wo und in welchem Zustand Lucy Davis gefunden worden war.

Ohne Markous Antwort abzuwarten, fuhr Ersen fort: »Also, wenn man jemand mit einem Hammer auf den Kopf schlägt, dann spritzt das Blut doch nur so, oder nicht?« Er wedelte mit den Händen vor seinem T-Shirt mit dem Konterfei von Don Corleone herum und fügte gedankenversunken hinzu: »Ganz schön krank.«

Markous nächste Frage holte ihn jedoch rasch wieder in die Realität zurück.

»Könnten wir uns mal auf Ihrem Boot umsehen?«

Ersen spitzte den Mund, und seine Augenbrauen zogen sich zusammen, was seinem Aussehen etwas Wieselartiges verlieh.

»Ich weiß zwar nicht, wie so etwas in Griechenland gehandhabt wird«, sagte er, »aber auch hier brauchen Sie bestimmt einen Durchsuchungsbeschluss.«

Markous Nicken brachte das Lächeln wieder auf Ersens Lippen zurück, und er fügte rasch hinzu: »Ich habe nichts zu verbergen, aber ich hasse es, wenn jemand in meinen Sachen herumschnüffelt. Wenn Sie das also für unbedingt nötig halten, müssen Sie mir schon einen Durchsuchungsbeschluss vorlegen. Außer Sie haben es auf einen kleinen diplomatischen Konflikt angelegt«, fügte er großspurig hinzu. »Berühmter türkischer Designer während Sommerurlaubs auf griechischer Insel von Polizei belästigt«, bemerkte er schmunzelnd und schrieb mit dem Finger die imaginäre Schlagzeile in die Luft.

»Verlassen Sie die Insel vorerst nicht«, entgegnete der Kommissar kurz angebunden.

Ersen stand auf und antwortete nonchalant: »Wo sollte ich bei so einem Wind denn hin? Außerdem amüsiere ich mich blendend hier!«

Wenn Sie mich brauchen

Wenn Sie mich brauchen, ich bin die nächsten paar Stunden am Gaidoura«, rief der Türke dem Kommissar zu, bevor er die Tür der Polizeiwache hinter sich zuzog. Keiner der Anwesenden schien Notiz von ihm zu nehmen. Mariama Milandi, die immer noch da war, tuschelte mit Henrietta Banks, die diesmal anscheinend nicht zur Maniküre oder Massage musste. Timo Karas saß mit einem aufgeschlagenen Buch im Schoß da, und Betty Levalois stand am Fenster und schaute gedankenversunken aufs Meer.

»Am Gaidoura Beach? Bei dem Wind?«, kommentierte Maroulas die letzte Bemerkung des Türken. »Dann finden wir ihn wahrscheinlich in seine Heimat zurückgespült.« Trotz Cadenas Hilfe hatte er immer noch nichts in Davis' Laptop entdeckt.

»Sie hat auf jeden Fall schon mit dem Schreiben begonnen«, sagte er. »Hat sie mir jedenfalls erzählt! Der Text muss irgendwo hier drin sein.« Mit zitterndem Finger deutete er auf dem Bildschirm auf einen Ordner, den Maroulas bereits durchgesehen hatte.

Das Pferd

Als Levalois Markou gegenüber Platz nahm, musste er unwillkürlich an die Beschreibung des Türken denken: »ein Pferd«.

Ihr langes braunes Haar sah aus wie eine Mähne, und angesichts ihrer markanten Gesichtszüge konnte sich der Kommissar gut vorstellen, dass sie fotogen war. Von allen Gästen, deren Antlitz in der Mordnacht auf der Speicherkarte festgehalten worden waren, sah nur sie schön aus, und das trotz der Umstände und der grellen Beleuchtung.

Dünne, aber definierte Arme und große Hände trugen zu ihrer eindrucksvollen Erscheinung bei. Instinktiv stellte Markou sich vor, wie sie damit auf Ersen einschlug. Bei dieser Vorstellung kam ihm eine elegantere und zutreffendere Beschreibung von Betty Levalois in den Sinn: eine rassige Schönheit.

Ihre Vernehmung dauerte nicht lang. Da es ihr erster Sommer auf Nissos war, hatte sie das Opfer nur flüchtig gekannt. Sie war inzwischen zehn Tage auf der Insel und wollte noch etwa eine Woche bleiben. Sie wohnte in einem Haus in der Nähe der Platia, das sie von de Saintsimon gemietet hatte. Nach dem Tod ihres Mannes brauchte sie Abstand von Paris.

»Wir waren vier Jahre verheiratet. Leider ist er vor Kurzem an einem Herzinfarkt gestorben, so jung, mit siebenundachtzig Jahren. Aber jetzt machen seine Söhne aus einer früheren Ehe wegen des Erbes Probleme. Da musste ich einfach mal weg von allem. Ein Freund hat mir Nissos empfohlen, und hier bin ich. Und ich muss sagen, es gefällt mir wirklich sehr hier. Es ist so wunderbar … ruhig.«

Mit ihrer tiefen, samtenen Stimme beschrieb sie dem Kommissar ihr Haus, von dem man auf der einen Seite das Kloster sah, auf der anderen das Meer, und wie herzlich sie alle vom ersten Augenblick an aufgenommen hatten – ohne sie mit aufgesetzten Beileidsbekundungen zu überhäufen und ohne ihr peinliche Fragen zu stellen oder über sie zu urteilen.

Ein Erbe in Höhe von einigen hundert Millionen erleichtert einem vermutlich die Aufnahme in den exklusiven Zirkel von Nissos, dachte der Kommissar.

»Ich bin Lucy Davis fast jeden Abend über den Weg gelaufen. Es ist ja wie auf dem Dorf hier. Ich fand sie sympathisch. Sie war nett, zugewandt und intelligent, und sie machte den Eindruck, als interessierte sie sich für alles und jeden. Sie wollte alles über mein Herkunftsland wissen: was die Brasilianer ausmacht, wie die aktuelle politische Situation im Land ist und wie es um die Armut, die sexuelle Befreiung und die Rechte der Minderheiten steht, lauter solche Dinge.«

Sie legte den Kopf schief, sah den Kommissar an, schlang ihre großen Hände um die Oberarme und sagte: »Ich würde Ihnen gern helfen, aber …«

Timos Karas

Ja, ich habe sie gut gekannt«, sagte Karas und rückte seine Brille zurecht. »Wir hatten viele Gemeinsamkeiten. Sie interessierte sich für Kunst, Archäologie, Philosophie, generell für alles Schöne. Wie ich hatte auch sie einen ausgesprochenen Sinn für Ästhetik.«

Karas, Mitte vierzig, hatte kurzes schwarzes Haar und trug eine eng geschnittene beige Hose, ein perfekt gebügeltes, kurzärmeliges weißes Hemd und Wildlederslipper. Er strahlte Ruhe und Selbstbewusstsein aus.

»Wir haben uns ziemlich oft getroffen. Sie kam regelmäßig auf einen Kaffee und einen kleinen Plausch in meine Galerie, um sich die Ausstellungsstücke und neu eingegangene Kunstwerke anzusehen. Am Tag vor der Party war sie das letzte Mal da.«

Mit einer Handbewegung forderte ihn Markou auf fortzufahren.

»Ich habe die einzige Kunstgalerie auf der Insel. Sie heißt Anemos und befindet sich im Elternhaus meiner Mutter. Im Erdgeschoss sind die Ausstellungsräume und ein Antiquitätengeschäft und im ersten Stock die Werkstatt, in der ich Kunstgegenstände restauriere. Vor zehn Tagen habe ich eine Ausstellung mit alten Fotos von der Insel eröffnet, die sehr großen Anklang gefunden hat. Wir haben fast alles verkauft, die Ausstellungsräume sind so gut wie leer.«

Auf Markous fragenden Blick hin fügte Karas hinzu: »Unsere Kunden sind meist Leute, die nur kurz auf der Insel bleiben. Wenn sie etwas kaufen, wollen sie es sofort mitnehmen. Man könnte also sagen, wir sind eine Mischung aus Galerie, Geschäft und Ausstellungszentrum. Jedenfalls, die Ausstellung kam sehr gut an. Lucy und Monsieur Arnaud haben beide ein paar Bilder gekauft. Am Tag danach hat Lucy noch einmal vorbeigeschaut und sich nach ein paar Fotos erkundigt, und vor drei Tagen war sie, wie bereits gesagt, noch einmal da.«

»Wirkte sie irgendwie aufgewühlt? Beunruhigt? Hat sie Ihnen irgendetwas erzählt, was Ihnen seltsam vorkam?«

»Nein, überhaupt nicht. Sie war wie immer, gut gelaunt und die Ruhe in Person. Wir haben über die Galerie gesprochen und wie gut ihr die Fotos gefallen haben. Es waren ja auch außergewöhnliche Exponate: seltene, einzigartige Fotos aus der Zeit zwischen den vierziger und siebziger Jahren.

Ich hatte zwar noch ein halbes Dutzend von ihnen in der Ausstellung hängen, aber sie interessierte sich für ein paar andere Bilder. Sie wollte wissen, ob sie Abzüge von einigen bereits verkauften Fotos haben könnte, notfalls auch in einem kleineren Format. Aber ich habe ihr erklärt, dass das alles Einzelstücke sind. Wenn jemand eins dieser Fotos kauft, erhält er ein Zertifikat, das seine Echtheit bescheinigt und dass es sich dabei um ein Unikat handelt. Nur so lassen sich meine hohen Preise rechtfertigen. Aber da meine Kunden sowieso hauptsächlich …«

»Hat sie Ihnen etwas von einem Buch erzählt?«, unterbrach der Kommissar den Galeristen.

»Von einem Buch? Ich verkaufe zwar hin und wieder auch Fotoalben und Bildbände, aber von einem …«

»Nein, ich meine, ob sie Ihnen erzählt hat, dass sie ein Buch schreiben wollte.«

»Ich wusste, dass sie an etwas arbeitete, aber Genaueres hat sie mir nicht erzählt.«

Markou nickte. »Wissen Sie, ob jemand Ärger mit ihr hatte?«

»Niemand. Im Gegenteil, alle mochten sie.«

Ein weiteres Nicken seitens des Kommissars, der zum hundertsten Mal das Gleiche über Lucy Davis hörte: dass alle sie gemocht und geschätzt hatten. Und doch hatte sie das nicht geschützt.

»Sind Sie verheiratet?«

»Geschieden«, antwortete Karas teilnahmslos. »Schon Jahre. Sie war aus Athen, sie mochte das Leben auf Nissos nicht. Im Sommer war alles bestens, aber im Winter, bei siebzig Einwohnern – weniger als streunende Katzen, wie es so schön heißt –, hielt sie es kaum aus hier. Wir haben aber noch ein gutes Verhältnis zueinander. Ich habe auch in Athen eine Galerie, die von Katie geleitet wird – meiner Ex-Frau.

Ich schicke ihr die Ikonen aus dem Kloster, die ich hier nicht restaurieren kann. Das sind hochwertige Stücke aus der Zeit zwischen dem 10. und 18. Jahrhundert. So etwas können nur Fachleute, und die haben ihre Ateliers in Athen. Eigentlich wollte Lucy morgen vorbeikommen, um sich eine restaurierte Ikone der kretischen Schule anzusehen, die ich erst vor zwei Tagen zurückbekommen habe, aber …«

Bevor Karas den Satz zu Ende sprechen konnte, wurde die Tür aufgerissen, und Maroulas kam mit dem Laptop in seiner Hand herein.

Seine leuchtenden Augen verrieten bereits, womit er im nächsten Moment herausplatzte.

»Wir haben es!«

Das Manuskript

EIN SOMMERROMAN

Kapitel 1

»Wie geht es dir, meine Liebe?«, höre ich hinter mir eine Stimme.

Schon bevor ich mich umdrehe, verraten mir der starke Akzent, die gedehnten Vokale und der Gehorsam fordernde Ton, wem sie gehört. Ganz kurz überlege ich, einfach nicht stehen zu bleiben. Ich muss nur weitergehen, in die Gasse biegen und rasch in dem Haus verschwinden, das ich gemietet habe. Und es damit entschuldigen, dass ich Kopfhörer aufhatte.

Ich schaffe es nicht. Ich spüre, wie mich jemand von hinten an der Schulter packt und unsanft herumdreht. Es ist Paul Saumé. Ich starre ihn an wie ein Kaninchen in die Scheinwerfer eines nahenden Autos. Seine Lippen umspielt dieses fiese Lächeln, das mich immer an eine Schlange erinnert. Seine Augen leuchten, doch ohne jeden Glanz. Sonst haben leuchtende Augen etwas Anziehendes, Einnehmendes. Seine dagegen versprühen nur etwas wie hämischen Triumph.

Für den Fall, dass er mein Widerstreben stehen zu bleiben bemerkt hat, nehme ich die Kopfhörer ab und lächle.

»Kommst du gerade vom Strand?«, fragt er.

Eigentlich sind mein Pareo und der große Korb Antwort genug, trotzdem sage ich: »Ja, ich war …«

Doch da packt er mich schon an der Schulter, deutet auf den Tisch, von dem er gerade aufgestanden ist, und befiehlt: »Lass uns was trinken. Georges verspätet sich. Der Boiler in einem meiner Häuser ist kaputt, und er muss auf den Elektriker warten. Allein langweile ich mich hier zu Tode.«

Ich will gerade erwidern, dass ich lieber nach Hause gehen, duschen und mich hinlegen möchte, bevor ich jemanden auf ein paar Drinks treffe, als mich eine Bemerkung – bei der seine Augen noch unheilvoller glimmen – stocken lässt.

»Jetzt komm schon. Du hast doch Zeit. Ist ja nicht so, dass dein Italiener in der Dusche auf dich wartet …«

»Welcher Italiener?« Ich spiele die Überraschte.

Zum Glück lässt er das Thema mit einer beiläufigen Geste fallen, als ich ihm zu seinem Tisch folge. Bestimmt war es nur so dahingesagt, aber selbst das vagste Gerücht könnte schnell zum Problem werden – nicht für mich, aber für das Paar, vor allem auf einer so kleinen Insel. Und besonders, wenn es von Paul kommt, der an einer Vergiftung sterben würde, wenn er sich einmal auf die Zunge beißt.

Ich setze mich auf die Steinbank ihm gegenüber und lächle betreten, während er beim alten Besitzer des Cafés auf Griechisch eine Karaffe Raki bestellt. Ich muss an Pauls griechischen Spitznamen denken: *i kakí – die Böse*, im Femininum wohlgemerkt.

Sein Spitzname hat aber nichts mit seiner sexuellen Orientierung zu tun. Selbst eine so kleine Insel wie Nissos ist inzwischen sehr offen, was das angeht. Erst recht, wenn die fragliche Person das Geld locker in der Tasche sitzen hat. Nein, dass der Gräko-Belgier Paul Saumé schon seit Jahren mit seinem Partner – und neuerdings Ehemann – Georges zusammen ist, hat damit nichts zu tun. Solange die vielen Häuser, die ihm gehören, Touristen auf die Insel bringen, Touristen, die in Restaurants essen, jeden Morgen am Strand unglaublich viel Geld für Liegestühle ausgeben und am Abend in den zu Bars umfunktionierten traditionellen Cafés Champagner schlürfen, interessiert sich keiner der wenigen Einheimischen für sein Privatleben. Genauso wenig wie Pauls Freunde, oder besser Kunden, die es sich jeden Sommer exorbitante Summen kosten lassen, eine seiner Immobilien zu mieten.

Dieses *i kakí* stammt von einer Frau, die im Haus eines Franzosen angestellt ist.

»Zu einer bösen Frau sollte man lieber zweimal guten Morgen sagen!«, sagte sie einmal zu einer Freundin, als sie Paul auf der Straße sahen. Damit spielte sie auf ein griechisches Sprichwort an, dem zufolge man zu bösen Frauen doppelt so nett sein sollte. Aus Angst.

Und Paul Saumé ist tatsächlich richtig fies. Er sagt nie etwas Nettes über seine lieben Freunde, seine lieben Kunden, seine lieben Nachbarn. Er hat Freude daran, hinter dem Rücken der Leute bösartigen Klatsch über sie zu verbreiten.

Deshalb ist es Angst, die mich an seinem Tisch Platz nehmen lässt. Es ist Angst, die mich zwei Gläser Schnaps trinken lässt. Und während ich schweigend dasitze und an meinem Raki nippe, obwohl mich Paul drängt, ihn zu exen, redet er ohne Punkt und Komma. Es ist klar, dass sein »Allein langweile ich mich zu Tode« keine Einladung zu einem netten Plausch war. Er wollte nur eine Zuhörerin.

Zuerst beklagt er sich über den Wind, dann über die politische Lage in Griechenland, Belgien, Europa und auf der ganzen Welt, verbreitet seine Kleinbürger-mit-Geld-Ansichten in einem Ich-weiß-alles-am-besten-Ton und kippt dabei einen Schnaps nach dem anderen.

Als er eine Viertelstunde später über seine Häuser zu sprechen beginnt, hat er bereits zwei leere Karaffen und eine halb volle vor sich stehen.

»So viel Verantwortung, meine Liebe. Und die ständig anfallenden Ausgaben. Jedes Jahr müssen die Häuser neu gestrichen werden – von den anderen Instandhaltungskosten gar nicht zu reden –, damit sie immer picobello in Schuss sind, wie richtige kleine Paläste. Was nicht heißt, dass nicht trotzdem jede blöde Fotze irgendwas auszusetzen findet. ›Oh, das geht ja gar nicht, und das funktioniert nicht, und das ist kaputt und nicht mal eine Nespresso-Maschine gibt es hier.‹ Nespresso auf Nissos, wo sie vor zehn Jahren noch nicht mal Strom hatten, geht's noch?

Letztes Jahr hat sich ein Norweger – ein One-Timer, kein Dauergast – bei mir beschwert, dass es im Garten zu heiß ist! Es ist August, du bist in Griechenland, was willst du eigentlich, du blöder Idiot, habe ich ihm gesagt! Er ist nie wieder nach Nissos gekommen. Nicht, dass ihn jemand vermissen würde! Es ist ja nicht so, dass ich Probleme habe, Mieter für meine Häuser zu finden. Die Leute stehen bei mir Schlange. Aber du machst dir keine Vorstellung, was ich in all den Jahren schon erlebt habe!«

Angeheizt vom Raki wird seine Stimme immer lauter. Das Paar am Nebentisch hört zu reden auf und lauscht aufmerksam Saumés Tiraden.

»Reiche Damen der *bonne société* hinterlassen das Haus wie den letzten Saustall, vollgepisste Laken inklusive! Eine von ihnen, angeblich eine Gräfin – sie ist in den sechziger Jahren in einem Cabaret aufgetreten, wo sie sich einen alten Knacker angelte, der ihr sein Geld und seinen Titel vermacht hat, bevor er keine zehn Jahre später gestorben ist – diese feine Dame hat vor ein paar Jahren vier große Hermès-Badetücher mitgehen lassen. Darauf habe ich sie durch deutlich billigere Ware ersetzt, bei der ich sicher sein kann, dass sie noch da ist, wenn die Gäste abgereist sind.«

Während ich noch denke, dass er mit der Tagesmiete für eins seiner Apartments zehn Hermès-Badetücher kaufen könnte, senkt er verschwörerisch die Stimme und beugt sich zu mir.

»Aber Handtücher oder Deko-Objekte zu stehlen, ist nichts im Vergleich zu den schweren Verbrechen, die andere begangen haben …«

Meine besorgte Miene veranlasst ihn, weiter auszuholen.

»Wie, glaubst du, ist sie wohl an dieses Haus gekommen? Das alles …«

In diesem Moment streckt der Cafébesitzer die Hand zwischen unseren Gesichtern durch, um die leeren Karaffen vom Tisch zu nehmen, und erkundigt sich, ob wir noch etwas wollen. Meine abschlägige Antwort – ich murmle, dass ich jetzt wirklich gehen muss – wird von Pauls enthusiastischem »Noch mal dasselbe« einfach beiseitegewischt.

Als sich der Wirt entfernt, fasst Paul eine Frau ins Auge, die mit einem kleinen Mädchen an der Hand die Platia überquert.

»Fleury.« Er deutet mit seinem leeren Schnapsglas auf sie. »Sie ist auch mit einem reichen alten Mann verheiratet«, sagt er leise lachend. »Nur einen Titel hat er nicht. Sie haben immer in meiner Wohnung über dem Restaurant gewohnt und viel mit meinem Georges unternommen. Mein Fall sind sie allerdings nicht. Der Mann ist Geschäftsmann, aber fürchterlich naiv und unglaublich langweilig, und er steht total unter Fleurys Knute. Sie ist nämlich ein ganz schön durchtriebenes Luder – obwohl sie auf den ersten Blick wie die Unschuld in Person wirkt …«

Als sie ein paar Meter weiter an unserem Tisch vorbeigeht, winkt ihr Paul kurz zu, worauf sie widerstrebend nickt und lächelt.

Sie betritt den Lebensmittelladen neben dem Café.

»Nachdem sie das Baby bekommen haben, haben sie sich nicht mehr bei mir eingemietet. Sie fand die Wohnung zu klein. Was natürlich völliger Quatsch ist! Ich hätte ihnen eine größere oder ein ganzes Haus vermieten können. In Wirklichkeit wollten sie bloß nichts mehr mit mir zu tun haben – weil ich der Einzige bin, der sie im Verdacht hat …« Er lächelt maliziös.

»Ihr Mann ist um die siebzig. Wie soll er da noch ein Kind gezeugt haben? Und außerdem, du hast doch die Kleine gerade gesehen: blond und blauäugig, was weder ihre Mutter noch ihr Vater sind. Als sie das letzte Mal in meiner Wohnung gewohnt haben, hatte ich einen polnischen Handwerker, der dort öfter nach dem Rechten geschaut hat, weil sie ständig Probleme mit der Dusche hatten. Er war blond und blauäugig!« Paul zwinkert anzüglich. »Da kann man sich gut vorstellen, dass er sich um mehr gekümmert hat als nur die Dusche. Jede Wette, dass die Kleine von ihm ist.«

Da ich nicht weiß, was ich darauf antworten soll, zucke ich bloß mit den Achseln. Sobald ein Kellner mit einer weiteren Karaffe an unseren Tisch kommt, stehe ich auf und sehe auch schon Georges die Gasse von meinem Haus herunterkommen. In weniger als einer Minute wird er hier sein und seinen ehelichen Pflichten als Zuhörer nachkommen.

»Da ist Georges«, sage ich lächelnd. »Ich muss jetzt leider los. War schön, mit dir zu reden, Paul. Ciao.«

Er hebt sein Glas auf meine Gesundheit und murmelt: »War mir ein Vergnügen! Wir sehen uns sicher spätestens heute Abend.«

Kurz darauf habe ich meine Tür erreicht und krame in meinem Korb nach dem Schlüssel. Ich rufe Georges ein gehetztes Hallo zu.

Er will sich mir gerade nähern, um ein paar Worte mit mir zu wechseln, als er Fleury und ihre kleine Tochter, beide mit einer Papiertüte in der Hand, aus dem Laden kommen sieht.

Pauls Ehemann küsst Fleury auf die Wange, dann bückt er sich und hebt das kleine Mädchen hoch. Er drückt sie an sich und kitzelt sie, und als er ihr einen lauten Schmatz auf die Wange drückt, wischt ihn sich die Kleine mit einem lauten Lachen ab.

Man könnte sie für eine kleine Familie halten, finde ich.

Und dann wandert mein Blick von dem lachenden blauäugigen Mädchen mit den blonden Haaren zu Georges' blondem Schopf und seinen großen, freundlich lächelnden blauen Augen.

»... sie haben viel mit meinem Georges unternommen ...« Und in dem Moment, in dem er das kleine Mädchen behutsam wieder auf das Pflaster der Gasse zurückstellt, kommt mir ein Verdacht.

Lucy Davis' »Côte Basque«

Dank Cadena hatten sie das Manuskript, wenn man einen getippten Text so nennen will, endlich gefunden. Es war unter *SCHARFE GERICHTE* im Unterverzeichnis *REZEPTE* des Ordners *NISSOS* versteckt. Buchstäblich. Wegen der schieren Menge an Ordnern, von denen jeder wiederum Dutzende Unterordner mit mehreren Dateien enthielt, hatten Markou und Maroulas lediglich jede Datei geöffnet und kurz durch die ersten Seiten gescrollt.

Deshalb hatten sie den Text, der in sechsundzwanzig Seiten mit griechischen Rezepten und deren Herkunft eingebettet war, übersehen und waren erst mit Cadenas Hilfe auf ihn gestoßen. Die Augen des alten Verlegers waren noch genauso scharf wie sein Verstand.

»Ich habe ihr einmal erzählt, dass heutzutage Autoren ihre Manuskripte oft als unwichtige Texte auf ihrem Computer tarnen. Manche tun es als Schutz, andere aus einer Art Aberglauben heraus, um kein Unheil auf ihre Arbeit zu lenken. Außerdem habe ich ihr gezeigt, wie man Sicherheitskopien macht – falls der Laptop mal abstürzt. Vor sehr, sehr langer Zeit haben wir dafür noch Durchschläge benutzt, dann Fotokopien, und heutzutage macht es der Computer Schriftstellern und Verlegern noch einfacher …«

Markou schüttelte den Kopf und dankte ihm noch einmal. Cadena deutete das von einem verlegenen Lächeln begleitete Schweigen des Kommissars richtig und brach auf.

»Sie wissen ja, wo Sie mich finden«, sagte er, bevor er, auf Maroulas' Arm gestützt, das Büro verließ. Aber nach wenigen Schritten drehte er sich noch einmal um.

»Es mag sich seltsam anhören, aber … könnte ich vielleicht irgendwann lesen, was Lucy geschrieben hat – natürlich nur, wenn ich Sie damit nicht in rechtliche Schwierigkeiten bringe? Ich wüsste jedenfalls gern, was ihre letzten Gedanken waren, um …«

Mit einem unterdrückten Seufzer brach er ab.

Markou nickte nur. Er hätte den alten Mann das Manuskript gern lesen lassen, aber letztlich hing es von seinem Inhalt ab.

Er wartete, bis Maroulas Cadena die Treppe hinuntergeholfen und an dem Stand neben dem Postamt in eins der zwei Taxis von Nissos gesetzt hatte. Als der Kadett zurück war, machten sie sich gemeinsam daran, das erste Kapitel zu lesen.

Das Romanfragment bestand aus drei fertigen Kapiteln, gefolgt von Notizen, Ideen und Gedanken über den Aufbau des restlichen Texts.

Schnell wurde klar, dass Lucy Davis' Text tatsächlich ein Schlüsselroman werden sollte.

Gleich die ersten Zeilen des Texts, die heraufbeschworene Stimmung und das Ambiente des ersten Kapitels nahmen auf Truman Capotes »La Côte Basque« Bezug.

»Carissimo!«, rief sie. »Du kommst mir wie gerufen. Endlich jemand, mit dem ich mittagessen kann. Die Herzogin hat mich versetzt«, las Markou auf einer Website mit Capotes Gesamtwerk. *»Wie geht es dir, meine Liebe? (…) Lass uns was trinken. Georges hat sich verspätet (…)«*

Und schon auf den ersten Seiten von Lucy Davis' Buch erkannte Markou ein paar Leute wieder, die er hier auf Nissos vernommen hatte.

Paul Saumé – *i kakí* – war zweifellos Pierre de Saintsimon.

Georges war sein Partner Jacques Moreno. Fleury war vermutlich Nadine Hazera-Fasteau, aus deren vierjährigem Sohn eine Tochter geworden war. »Ihr Italiener«, wie Paul ihn genannt hatte, könnte Fausto Ardolini sein.

Doch worauf bezog sich die Bemerkung über schwere Verbrechen?

»Aber Handtücher oder Deko-Objekte zu stehlen, ist nichts im Vergleich zu den schweren Verbrechen, die andere begangen haben …«, las Markou noch einmal.

Von dort wanderte sein Blick zum letzten Satz des Kapitels: dem Hinweis auf die Vaterschaft von Fleurys / Nadines Kind.

Konnte etwas Wahres daran sein? Und vor allem, war das ein Grund, einen Mord zu begehen? Und wer wäre dann der Täter? Die Mutter? Der angebliche biologische Vater? Dessen Ehemann? Oder der Ehemann der Mutter?

Mit diesen Fragen im Hinterkopf begann Markou, das zweite Kapitel zu lesen. Er war überzeugt, je mehr er von diesem Schlüsselroman las, umso mehr Rinnsale würden zu mächtigen Flüssen anschwellen und schließlich ins Meer münden. In das erbarmungslose, unergründliche Meer, das Nissos umgab.

Am Gaidoura Beach

Mehmet Ersen saß auf einem Felsen und schaute auf den kleinen, von Wellen überspülten Strand hinab. Bei ruhigem Wetter war die winzige Bucht, die wegen einer Eselin, die dort vor vielen Jahren angebunden worden war, Gaidoura Beach hieß, der ideale Ort für Liebespaare, Nudisten und Badende, die die Einsamkeit suchten. Dann galt für die wenigen kieselbedeckten, von messerscharfen Felsen umgebenen Quadratmeter das Prinzip: Wer zuerst kommt, mahlt zuerst. Weil sie so klein war, aber hauptsächlich wegen ihres Rufs als Einsiedlerparadies, gab es ein ungeschriebenes Gesetz, dass die Bucht ausschließlich dem gehörte, der dort als Erster eintraf.

Von der Stelle, wo Ersen wartete, konnte man sehen, ob man zu spät kam. War die Bucht bereits besetzt, nahm man den schmalen Trampelpfad zwischen Ginstersträuchern und kleinen Felsen hindurch zurück zu dem unbefestigten Weg, der zur Hauptstraße führte. Von seinem Beobachtungsposten aus, der mit dem Auto nicht zu erreichen war, hatte man einen unverstellten Blick auf die kleine Bucht und den Pfad, der zu ihr hinabführte.

Ersen kam oft hierher – aber nicht, um nackt zu schwimmen oder allein zu sein. Wenn seine Ware nicht in seine Hosentasche oder die Clutch passte, wickelte er seine Geschäfte hier ab. Er versteckte den Roller hinter einer von hohen Kakteen gesäumten Steinmauer und legte das letzte

Stück zu Fuß zurück. Hier konnte er, wenn unerwartet jemand auftauchte, sein Päckchen unter einem großen Stein verstecken – oder schlimmstenfalls ins Meer werfen, um es loszuwerden.

Deshalb kannte er die Stelle wie seine Westentasche: jedes Versteck, jede Schlammpfütze und jeden Stein oder Felsbrocken. Er fand den Weg mit geschlossenen Augen und nachts ohne Taschenlampe. Das war auch eine Frage des nackten Überlebens; schon ein Stolpern konnte fatale Folgen haben, da die sechs Meter hohe Felswand fast senkrecht zur Bucht abfiel.

Weil er so gut mit diesem Ort vertraut war, wusste er auch, dass der Strand bei stürmischem Wetter vollständig überspült wurde, sodass niemand auf die Idee kam, ihn aufzusuchen.

Er fuhr mit der Hand über seine Stirn, um ein paar kleine Kiesel wegzuwischen, die der Wind dorthin geweht hatte, und schaute auf die Uhr. Dann richtete er den Blick wieder auf den verlassenen Pfad. Zwei Stunden waren inzwischen vergangen. Zehn, fünfzehn Minuten würde er noch ausharren, doch bevor es dunkel wurde, wollte er gehen. Je länger er wartete, desto größer wurden seine Zweifel. Hatte er sich getäuscht?

Doch das leichte Stirnrunzeln, die Kopfdrehung, die Besorgnis, als ihre Blicke sich trafen, hatten ihm eigentlich zu verstehen gegeben, dass die Botschaft angekommen war. Selbst wenn die Person, auf die er wartete, nicht erschien, hieß das nicht, dass seine Einschätzung falsch war. Vielleicht passten der Ort oder der Zeitpunkt nicht …

Ersen wandte sich dem stürmischen Meer zu. Er musste nachdenken. Aber er konnte sich nicht konzentrieren. Hätte er dem Kommissar von seinem Verdacht erzählen sollen, um dadurch unliebsamen Überraschungen – wie einem Durchsuchungsbeschluss für sein Boot – vorzubeugen?

Er beschloss aufzubrechen. Doch als er aufstand und den Pfad hinaufblickte, sah er die Gestalt, auf die er wartete, mit erstaunlicher Behändigkeit zwischen den Sträuchern und Felsen auf ihn zukommen.

Der Dreier

Kapitel 2

Ich weiß nicht, ob es einen Song gibt, der die bittersüße Melancholie eines zu Ende gehenden Sommertages besser zum Ausdruck bringt als »Being Boring« von den Pet Shop Boys. Mit dieser Nummer auf Repeat, die Seele von der Melodie gestreichelt, mache ich mich für einen weiteren Abend ausgehfertig. Trotz der immer gleichen Abläufe, derselben Lokale, der begrenzten Auswahl und dem winzigen exklusiven Zirkel von Nissos wird es auf der Insel nie langweilig.

Dieselben Leute zeigen sich jeden Tag von einer neuen Seite. Sie lassen sich erforschen, genau wie die Insel: eine unentdeckte Ecke; eine kleine Kapelle, die im blendend hellen Sonnenlicht für das Auge unsichtbar ist; die Farbe des Horizonts, die je nach Temperatur und Wind schwankt. Selbst für diejenigen, die schon seit Ewigkeiten hierherkommen, hält Nissos immer noch Überraschungen parat. Angenehme und unangenehme.

Erkannt habe ich das schnell, als ich das erste Mal einen Fuß auf die Insel setzte. Trotzdem habe ich seitdem bestenfalls an der Oberfläche gekratzt.

Ich besprühe mein Haar mit Meerwasser und lasse es lufttrocknen, während ich Make-up auftrage. Dieser Summer Style, eine raffinierte Mischung aus gepflegt und ungekämmt, dauert doppelt so lange wie mein normaler Ausgeh-Look in London.

Wegen Paul bin ich spät dran. Ich habe nur noch knapp dreißig Minuten, um eins der zwanzig verschiedenen Leinenkleider auszusuchen, die meine Bräune unterstreichen sollen und einander so ähnlich sind, dass nur ein scharfes Frauenauge sie unterscheiden kann – in der Regel begleitet von einer ähnlich scharfen Zunge. Dann muss ich mich für den richtigen Schmuck, teuer, aber dezent, und ein Paar Sandalen oder Espadrilles entscheiden, damit sich alles zu einer geschmackvollen Einheit zusammenfügt, bevor das Outfit auf Nissos' erbarmungslosem Laufsteg präsentiert wird.

Diese strengen Styling-Regeln gelten nicht nur für Frauen. Männer haben ihre eigenen: am Abend Hemd und lange Hose, dazu Sandalen oder Espadrilles. Bermudashorts kann sich nur jemand erlauben, der Trends setzt und deshalb die Regeln brechen darf.

Wer hat sie überhaupt aufgestellt? Wer war der Moses, der diese Gebote in steinerne Tafeln aus dem Fels des Gaidoura Beach gemeißelt hat? Wer hat diese Worte auf Oliven- und Lorbeerblätter gestickt? Aber egal, ein Verstoß wird mit der Verbannung aus dem Jetset bestraft. Was auf Nissos dem (gesellschaftlichen) Tod gleichkommt.

Der strenge Dresscode und die ungeschriebenen Gesetze, was die Häufigkeit von Einladungen, den Zeitpunkt und die Dauer jedes Aperitifs oder Abendessens, die Wahl des Strands oder Restaurants, die Ausrichtung der Liegestühle oder die Sitzordnung angeht, erinnern fast an die Etikette am Wiener Kaiserhof und ersticken jede sommerliche Leichtigkeit und Spontaneität im Keim. Aber sie scheinen unerlässlich für die Unterscheidung der zwei Kasten, die es auf der Insel gibt: der illustre Jetset-Kreis und das gewöhnliche Volk. Letzteres – die nicht Dazugehörenden – lässt sich noch einmal in drei Kategorien unterteilen.

Erstens: diejenigen, die dafür sorgen, dass sich die oberste Kaste bestens amüsiert. Hauptsächlich Einheimische, Restaurant- und Cafébesitzer, Hoteliers, Ladenbesitzer und Saisonarbeiter, die oft schwarzarbeiten, damit sie mit dem so verdienten Geld im Winter ohne Arbeit über die Runden kommen. Sie bleiben dann entweder auf ihrer verlassenen Insel oder reisen zu exotischen Zielen, um dort die Sonne zu suchen, die ihnen im Sommer verwehrt blieb, und sich zur Abwechslung selbst von anderen bedienen zu lassen.

Zweitens: die Tagestouristen, die, angelockt von Reiseführern und Websites, etwas vom Flair der Insel schnuppern wollen. Sie werden von dem *inner circle* wie Luft behandelt und bekommen von Restaurants und Cafés und an den Stränden nicht die gleiche Aufmerksamkeit wie die Angehörigen der obersten Kaste, damit die sich nicht auf die Füße getreten fühlen. Die meisten dieser Kurzbesucher verlassen die Insel mit dem Gefühl, auf ihre Kosten gekommen zu sein, auch wenn sie kein Teil von Nissos geworden sind und es nicht geschafft haben, eine echte Beziehung zu dem Ort und seinen Bewohnern aufzubauen.

Die dritte Kategorie – zu der ich gehöre – sind diejenigen, die von einem der Hausbesitzer hier eingeladen werden und regelmäßig auf die Insel kommen und versuchen, auf ihr heimisch zu werden. Dafür müssen sie von der höchsten Kaste akzeptiert und irgendwann von ihr aufgenommen werden.

Mir ist das schon in meinem ersten Sommer gelungen, was außergewöhnlich ist, und mit Sicherheit habe ich es nicht meinem Aussehen zu verdanken. Ich bin durchaus attraktiv, aber beileibe keine Schönheit. Sähe ich zu gut aus, hätte ich vielleicht für die zahlreichen nicht mehr ganz jungen Frauen von mäßigem Äußeren und noch mäßigerem Intellekt eine Bedrohung dargestellt und wäre deshalb ausgeschlossen worden.

Nein, es waren vielmehr meine angeborene Neugierde –

von den nach Aufmerksamkeit Heischenden als Interesse an ihrer Person gedeutet – und meine Fähigkeit, jedem das zu geben, was er sich am meisten wünscht: ein paar freundliche Worte, ein Lächeln, ein aufmerksames Ohr. Deshalb erhielt ich mit der gleichen Mühelosigkeit Zugang zu ihrer Traumwelt, mit der ein Insekt Einlass in den Blütenkelch einer fleischfressenden Pflanze findet.

Ein Hauch von Terrakotta auf meine Wangen, nur leicht dunkler als mein Teint, ein bunter Seiden-Paschmina, um das Beige des handgenähten Kleids aufzulockern, das ich in der viel zu teuren Boutique unten am Hafen gekauft habe, und ich schließe die Tür hinter mir.

Ob ich wohl schon zu spät dran bin? Automatisch schaue ich auf mein Handgelenk, aber meine Uhr ist seit meiner Ankunft auf Nissos in meinem Koffer. Ihren Platz hat eine schwarze Schnur mit einem runden, mit Goldsplittern besetzten Stück Vulkangestein eingenommen. Ich nehme das Handy aus meiner gehäkelten Handtasche. Ich habe es am Strand stumm geschaltet. Nichts ist störender als die ständigen Piepser, Nachrichten und App-Alerts – außer vielleicht dem Gekreische verzogener griechischer und italienischer Kinder.

Es ist halb neun. In sechs Minuten – zehn Minuten Verspätung werden geduldet – werde ich auf einen Aperitif in Ericas Haus eintreffen. Auf der Insel ist alles zeitlich nach hinten verschoben. Den Aperitivo nimmt man um halb neun zu sich, das Abendessen um zehn und dann Drinks in einer der Bars an der Platia. Das Display zeigt drei verpasste Anrufe und ein Dutzend Nachrichten.

Zwei Anrufe sind von Maurizio, den Paul vorhin als »meinen Italiener« bezeichnet hat.

Ich muss wieder an den Ton denken, in dem er das gesagt hat. Mir war von Anfang an klar, dass irgendwann getratscht würde. Aber der unverschämte Ton der *kakí* ließ keinen

Zweifel daran, dass das Gerücht bereits die Runde macht. Oder dass er dafür sorgen wird.

Als ich in die schmale Gasse zum Hafen biege, frage ich mich, ob die Leute, die Pauls Häuser und Apartments mieten, die ihm Jahr für Jahr die Konten mit Zehntausenden von Euros monatlich füllen, ob diese Leute wissen, dass seine Lieblingsbeschäftigung darin besteht, hinter ihrem Rücken ihre schmutzige Wäsche zu waschen. Würden sie sich weiter bei ihm einmieten, wenn sie das wüssten? Doch auf Nissos, wo man auf keinen Fall in einem Hotel absteigen darf, wenn man dazugehören will, nicht einmal im einzigen Fünf-Sterne-Resort der Insel, bleibt einem keine andere Wahl. Man musste sich damit abfinden wie mit vielem anderen: dem falschen Lächeln in den Gesichtern, den ewig gleichen Phrasen und Pseudo-Nettigkeiten.

»Mein Italiener« also. Je mehr ich darüber nachdenke, umso wütender macht es mich, dass ich mir von ihm Angst habe einjagen lassen. Wovor muss ich denn Angst haben? Dass es seine Frau herausfindet? Pah!

Wie gern würde ich Pauls Gesicht sehen, wenn er erführe, dass das Ganze auf ihrem Mist gewachsen ist. Dass es Simonetta war, die mich auf einen Drink eingeladen hat, um auf ihrem Balkon den Sonnenuntergang zu genießen. Dass sie es war, die mit einem unschuldigen Stupser mein Bein berührte, als die Sonne über Chora unterging. Dass es Simonetta war, die mir den Tipp gab, dass Meersalz dünnem Haar wie meinem mehr Volumen verleiht, und mein Ohrläppchen streichelte, als sie mit ihren langen Fingern eine Haarsträhne aus meinem Gesicht strich.

In diesem Moment wurde mir klar, was sie wollten. Ich merkte es an dem eindringlichen Blick, den sie Maurizio zuwarf, der etwas abseits von uns beiden saß, und an den Komplimenten, die sie aus ihm herauskitzelte.

»Ist sie nicht wunderbar, *amore mio*? Wie gut ihr die Farbe des Kleids steht. Und sieh dir nur ihren Teint an! Legst du dich oben ohne in die Sonne? Nein? Gut! Nichts ist nämlich so sexy wie die weißen Stellen eines Badeanzugs auf gebräunter Haut, ist es nicht so, *amore*? Und der Geschmack von Salz auf der Haut …«

Auf alle ihre Fragen antwortete er mit einem Ja, begleitet von einem schüchternen Lächeln, wie ein Kind, das sich an einer Unterhaltung von Erwachsenen beteiligen muss.

Ich reagierte ohne Zögern auf ihren Kuss. Als ihre Lippen meine auseinanderschoben und ich ihre Zunge spürte, richtete ich meinen Blick aus halb geöffneten Augen auf ihn; er war hin- und hergerissen. Ich war diejenige, die ihn mit einem Winken einlud, sich zu uns zu gesellen.

Das mit uns geht schon drei Sommer. Was zwischen uns geschieht, bleibt auf der Insel, in diesem Paradies, wo alles erlaubt ist, die verbotene Frucht so alltäglich, dass nichts mehr verboten ist außer dem Verbieten selbst. Im Winter haben wir keinen Kontakt zueinander, keine Vorfreude, keine nostalgischen Erinnerungen. Die winterliche Abwesenheit wird erst dann spürbar, wenn sich unsere drei Körper wieder in vollkommenem Einklang befinden. Hier.

Und doch hat sich in letzter Zeit etwas verändert. Je mehr die Sache aus dem Gleichgewicht gerät, desto mehr stirbt etwas. Kann ein solches Dreieck weiter bestehen, wenn es nicht länger gleichseitig ist?

Als ich in den Durchgang hinter der Bäckerei biege, werden meine Gedanken an das italienische Paar von einem gebräunten Gesicht vertrieben. Alex küsst mich auf die Wange, und als mir sein Parfum in die Nase steigt, muss ich daran denken, was ich vor ein paar Tagen gehört habe: »Unter dem Deckmantel seiner Galerie betreibt er Schmuggel mit wertvollen Ikonen.« Aber wer hat mir das noch gleich erzählt?

Bevor ich mich erinnern kann, sagt Alex: »Bist du bereit, dir eine weitere Stunde lang anzuhören, wie einzigartig und wundervoll sie ist? Wie viel ihr Nissos zu verdanken hat, weil sie es zu einem Lieblingsziel des Jetsets gemacht hat?«

Sein durchtriebenes Grinsen lässt sein von der Sonne gegerbtes, glattrasiertes Gesicht aussehen wie das eines frühzeitig gealterten kleinen Jungen.

Ich schüttle den Kopf und lächle, als er mir die Holztür zu Ericas Innenhof aufhält und mich als Erste eintreten lässt.

Notizen machen

Markous Notizbuch war auf der Seite aufgeschlagen, auf der er sich die Personen notiert hatte, die er im ersten Kapitel des Manuskripts wiedererkannt hatte. Jetzt blätterte er um und schrieb auf die leere nächste Seite: *Kapitel 2*.

Als auch Maroulas, der deutlich langsamer las, endlich am Ende angelangt war, richtete der Kadett den Blick schweigend auf Markous Notizbuch.

Italiener Maurizio und Simonetta = Fausto und Alessandra Ardolini. Affäre mit beiden? Gestörtes Gleichgewicht?, schrieb der Kommissar und unterstrich die zwei letzten Wörter.

Er rief die Fotos aus der Tatnacht auf und betrachtete das der beiden Italiener. Wenn die Geschichte mit dem Dreier stimmte, war das, was er in ihren Augen bemerkt und für Verwirrung, vielleicht sogar Ärger gehalten hatte, vielleicht nichts anderes als die Trauer über den Verlust eines Menschen, der ihnen sehr nahegestanden hatte.

Etwas hat sich verändert, hatte Lucy Davis geschrieben.

»Was passiert, wenn ein Dreieck aus dem Gleichgewicht gerät? Wie reagiert der oder die Ausgeschlossene? Und selbst wenn die Balance zwischen drei Personen bestehen bleibt – was passiert, wenn eine solche Beziehung bekannt wird?«

Bisher hatte vermutlich niemand Verdacht geschöpft. Nicht einmal de Saintsimon schien etwas von dieser Ménage-à-trois zu ahnen; sonst hätte er sie bestimmt in irgendeiner

Form kommentiert. »Ein Ehepaar« klang wesentlich pikanter als »ein verheirateter Mann«.

Markou studierte Alessandras gequälte Miene. Inzwischen kannte er den Grund ihrer Besorgnis: ein tragischer Vorfall, der polizeiliche Ermittlungen nach sich ziehen und ihr Geheimnis an den Tag bringen konnte.

Als könnte er Markous Gedanken lesen, fragte Maroulas: »Soll ich sie noch einmal einbestellen?«

Der Kommissar schüttelte den Kopf. »Noch nicht.«

Er sah sich das Foto noch mal genauer an. Irgendetwas daran kam ihm eigenartig vor. Etwas an der Art, wie Alessandra in die Kamera blickte.

Doch er konnte es nicht recht greifen, also schloss er das Foto, setzte seinen Stift wieder auf die Seite und notierte: *Alex, Galerie, Schmuggel von Ikonen.*

Als er darauf in dem Papierstapel nach der Aussage des Galeristen suchte, sagte Maroulas: »Timos Karas ist der einzige Galerist auf der Insel, und er handelt mit Ikonen. Aber dass er schmuggelt, kann ich mir eigentlich nicht vorstellen. Er restauriert Kunstgegenstände aus dem Kloster, bekäme er da keine Probleme mit den Mönchen, wenn er in irgendwelche illegalen Machenschaften verwickelt wäre? Sie würden ihm doch keine …«

Er verstummte abrupt, und Markou sah ihn fragend an.

»In der Vergangenheit gab es im Kloster hin und wieder Ärger – Missmanagement, Unterschlagungen, Geldwäsche und noch einiges mehr. Deshalb wurden auch kurz hintereinander zwei Äbte entlassen.« Dann sagte er flüsternd: »Aber ich kann mir nicht vorstellen, dass Karas da die Hände im Spiel hat.«

Der Kommissar schwieg und schrieb nur *Karas* neben Alex' Namen und dann: *Ikonen – Restaurierung – Kloster.*

Bevor er sich dem dritten Kapitel zuwandte, notierte er sich außerdem den letzten Namen: *Erica.*

Alex'/Timos Karas' ironische Bemerkung, wie »einzigartig und wundervoll« sie sich fand, und wie viel ihr die Insel ihrer Überzeugung nach zu verdanken habe, weckten beim Kommissar Assoziationen mit Henriette Banks.

Und das erinnerte ihn an den Moment, als der Wind ihr rotes Kleid gelüpft und ihre nackten Dörrpflaumenpobacken enthüllt hatte.

Süßes Gift

Kapitel 3

Mit ihren ausgebreiteten Armen und den weiten Ärmeln ihres gelben Kaftans sieht unsere Gastgeberin aus wie ein Schmetterling, der von Blüte zu Blüte flattert, als sie von einem Gast zum nächsten geht. Sie küsst jeden auf die Wangen, plaudert eine Weile, preist die Drinks und Häppchen an, die von der jungen Frau hinter ihr angeboten werden, und hinterlässt auf allen unseren Gesichtern Spuren ihres Make-ups.

An diesem Abend sind wir nicht viele. Insgesamt zwölf Gäste, die alle ihr freundlichstes Lächeln aufgesetzt haben, obwohl ich vermute, dass die Hälfte von uns – mich eingeschlossen – lieber woanders wäre als im Hof von Ericas Haus.

Das liegt daran, dass sie uns behandelt, als wären wir ihr Hofstaat – Höflinge der Hoheit, die jeder inbrünstig hasst. Wäre es nicht so lächerlich, wäre ihr narzisstisches Verhalten nur traurig. Ihr einziges Gesprächsthema ist sie selbst: ihr Leben, ihre Erlebnisse, ihre Intelligenz, ihre Ansichten, die nicht infrage gestellt werden dürfen. Und ich nehme nur aus dem einen Grund an ihren Einladungen teil, weil sie mir leidtut. Sie ist eine einsame alte Frau, die mit jedem Jahr unerträglicher und selbstzerstörerischer wird.

Wie ein verwöhntes 75-jähriges Kind erwartet sie ganz selbstverständlich, auf einer Insel, die sie nach dem Motto

»Ich habe euch zu dem gemacht, was ihr seid« wie ein Königreich regiert, der alleinige Mittelpunkt des Interesses zu sein.

Wenn jemand jung und hübsch ist, sieht man ihm solche Kapriolen vielleicht nach. Aber nicht in ihrem Alter. Deshalb tut sie mir leid. Denn anscheinend sehe ich als Einzige die Verzweiflung und Einsamkeit hinter ihrem knallroten verschmierten Lächeln. Vielleicht bin ich auch die Einzige, die ihre kleinen Unfälle, ihre Stürze, ihre gebrochenen Rippen und die Migräneanfälle, die sie tagelang ans Haus fesseln, als das sieht, was sie in Wirklichkeit sind: bewusste oder unbewusste Hilferufe, Bitten um die Aufmerksamkeit derer, die sie, ihres Verhaltens überdrüssig, meiden.

Ich kann es ihnen nicht verdenken. Seit letztem Jahr ist es nicht nur ihr penetrantes Eigenlob, das allen auf die Nerven geht. Es sind auch die ständigen Wutanfälle, die Anschuldigungen und die grundlose Bösartigkeit, die jeden trifft, der gerade in ihrer Nähe ist. Vor einer Woche ist sie am Strand ausgerastet, weil es keinen freien Liegestuhl mehr gab – und das, obwohl sie der dafür zuständige Junge daran erinnerte, dass sie kurz zuvor eine Nachricht geschickt hatte, dass sie an diesem Tag nicht kommen würde. Aber egal, wie sehr er sie zu besänftigen versuchte und ihr versicherte, dass sie trotz der vielen Leute in wenigen Minuten eine Liege für sie finden würden, schrie sie weiter herum, beschimpfte den armen Kerl und machte den Freunden, die an diesem Nachmittag zufällig am Strand waren, heftige Vorwürfe, dass sie ihr keinen Liegestuhl unter einem Sonnenschirm reserviert hatten.

Die Hände wie in *Der Schrei* von Edvard Munch an ihr wutverzerrtes Gesicht geschlagen, steigerte sie sich in einen tränenreichen Wutkrampf hinein, wie undankbar alle seien.

»Ich habe euch alle hierhergebracht, nur meinetwegen seid ihr Freunde geworden, aber ihr habt meine Liebe und Zuneigung gar nicht verdient! Ihr vergeht euch an einer hilflosen Frau!«

Und mit einem schrillen Schrei, der selbst unter der glühend heißen Sonne allen das Blut in den Adern gefrieren ließ, stapfte sie davon und ließ alle betreten zurück. Das heißt, nicht alle; nur diejenigen, die im vergangenen Monat nicht ständig solche Szenen erlebt hatten.

Ihr Verhalten erweckt den Eindruck, dass die Königin von Nissos allmählich nicht mehr ganz zurechnungsfähig ist. Aber wenigstens verschießt sie ihre giftigen Pfeile ganz direkt, sodass sie die Leute nicht wie die von Paul Saumé in den Rücken treffen. Wenn sie einem etwas zu sagen hat – egal, ob es absurd, unrichtig oder einfach nur gemein ist –, sagt sie es einem ins Gesicht. Unabhängig davon, ob man allein ist oder von zwanzig Leuten umringt. Was andere als taktlos empfinden und als Grund, sie erst recht zu meiden, nennt sie Aufrichtigkeit und Direktheit.

Erica geht ins Haus. Ihre Stimme wird lauter, als sie mit der Haushälterin spricht, einer Frau aus dem Ort. Nicht einmal sie – obwohl sie »die besten Biftekia und Dolmades von Nissos macht« – kann dem Zorn der Königin entrinnen. Das ist wahrscheinlich der Grund, warum Erica, egal wie viel sie zahlt, keine Haushälterin findet, die bereit ist, unter einem Dach mit ihr zu wohnen.

Wie alles auf der Insel hat natürlich auch ihr Haus eine eigene Geschichte. Es hat einmal einer Kaufmannsfamilie und schließlich deren einzigem Sohn gehört. Dieser ist nach Amerika ausgewandert und hat dort als Bauunternehmer ein Vermögen gemacht. Von ihm hat es dann Erica geerbt.

So weit die Fakten. Der Rest ist eine Mischung aus tatsächlichen Geschehnissen, Legenden und Gerüchten, die sich um das Haus ranken und zu einer Mythenbildung beigetragen haben und von denen niemand sagen kann, wie weit sie der Wahrheit entsprechen. Diese Legenden sind auf der ganzen

Insel in Umlauf. Manchmal kreisen sie, wie ein Joint, in engen Zirkeln, manchmal streifen sie wie streunende Katzen ungehindert durch die Gassen von Chora.

Der offiziellen Version zufolge, die Erica bei jeder sich bietenden Gelegenheit erzählt, wurde sie von ihrer wohlhabenden Familie zum Studium nach New York geschickt. Dort lernte sie auf einer Party im Metropolitan Museum Kostas kennen, der sich unsterblich in sie verliebte.

In ihrer Jugend war sie tatsächlich eine Schönheit. Das beweisen die gerahmten Fotos von ihr, mit denen jedes freie Fleckchen Wand in ihrem Wohnzimmer behängt ist. Kostas und Erica ließen sich zwei Jahre lang auf Nissos nieder. Und als er – über fünfundzwanzig Jahre älter als sie – mit Anfang fünfzig starb, hinterließ er ihr seinen ganzen Besitz: Geld, zwei Apartments in Manhattan und das Haus sowie mehrere Grundstücke auf Nissos.

Zum Gedenken an Kostas kommt Erica jeden Sommer nach Nissos. Sie bringt Freunde und Bekannte mit und machte die arme Fischerinsel zu Beginn der siebziger Jahre so zu einem exklusiven Urlaubsparadies für die Reichen und Berühmten.

Laut einer alternativen Version, die inzwischen weiter verbreitet ist als die offizielle, stammt sie nicht aus einer reichen, sondern einer armen Südstaatenfamilie. In New York Modedesign zu studieren, war in Wirklichkeit schlicht notwendig, damit sie in der Stadt der unbegrenzten Möglichkeiten überleben konnte. Dieser Version zufolge nutzte sie ihre Schönheit aus, um einem deutlich älteren, sehr reichen Mann den Kopf zu verdrehen. Und dann, nachdem sie sich zwei, drei Jahre ein schönes Leben gemacht hatten und er sie als seine Alleinerbin eingesetzt hatte, starb er plötzlich – was ihr wahrscheinlich gelegen kam …

Manche Leute reden von Gift. Da er Herzprobleme hatte, zog niemand in Erwägung, er könnte eines nicht natürlichen

Todes gestorben sein. Ich halte diese Theorie für unwahrscheinlich. Gifte hinterlassen Spuren, und in den Vereinigten Staaten gab es auch damals schon Möglichkeiten, sie zu erkennen. Allerdings kommt sie aus den Südstaaten, wo Gifte und Voodoo-Rituale fester Bestandteil der Kultur sind, wie böse Zungen behaupten.

Andere spekulieren über einen schöneren Tod, einen *petite mort*, wie es die Franzosen nennen, einen kleinen Tod. Ein Herzinfarkt beim Sex, ein fataler Orgasmus, und Erica, vom Schock wie gelähmt, ruft nicht rechtzeitig den Krankenwagen. Oder sie denkt erst einmal in Ruhe nach und beschließt, keinen Arzt zu verständigen, weil ein toter Kostas für sie wertvoller ist als ein lebendiger.

Als sie jetzt aus ihrer Küche kommt, stürmt sie mit einem strahlenden, lippenstiftverschmierten Lächeln in ihrem dick geschminkten Gesicht auf mich zu. Hat Erica tatsächlich ihren Mann umgebracht? Egal ob mit Gift oder beim Sex oder indem sie ihn einfach wie einen Hund hat verrecken lassen, nur um alles von ihm zu erben? Um sich diesen Lebensstil leisten und sich die Königin dieser kleinen Insel am anderen Ende der Welt nennen zu können?

»Alles gut, meine Liebe?«, begrüßt sie mich.

Und ohne auf meine Antwort zu warten, reicht sie mir einen orangeroten Drink in einem flachen Glas.

»Sweet Poison«, erklärt sie dazu. »Süßes Gift, mein eigenes Rezept. An heißen Abenden wie heute gibt es nichts Erfrischenderes.«

Die Klatschsammlung

Jede Zeile, jeder Absatz des Manuskripts trug zur Klatschsammlung von Nissos bei. Markou sah seinen ersten Eindruck bestätigt, dass Erica Barts niemand anderes als Henrietta Banks war.

Ob die Übereinstimmung zwischen der fiktiven und der realen Frau auch die Maßnahmen einschloss, durch die sie in den Besitz des Hauses gekommen waren? Unter Henriettas/Ericas Namen fügte er hinzu: *Mord, Gift, Herz*. Er fragte sich, ob es forensisch möglich war, jetzt noch die Wahrheit darüber an den Tag zu bringen, was vor Jahrzehnten tatsächlich passiert war.

Er stand auf und reckte sich. Stundenlang hatten sie am Schreibtisch gesessen und das Manuskript durchgearbeitet.

»Soll ich Ihnen etwas zu essen kommen lassen?«, fragte Maroulas. Er hatte nichts mehr gesagt, seit er das Kapitel zu Ende gelesen hatte. »Es ist schon dunkel, und Sie haben nur gefrühstückt. Gleich nebenan ist ein Crêpe-Stand. Die Dinger sind richtig gut«, legte er dem Kommissar mit fast mütterlicher Fürsorge nahe.

Markou schüttelte den Kopf. »Ich habe eine bessere Idee. Drucken Sie die restlichen Seiten aus, und dann gehen wir essen und ein bisschen frische Luft schnappen – das heißt, bei dem Wind eher eine Menge frische Luft.«

Die Kapitel 4 bis 7

Kapitel 4

Nach den Aperitifs bei Erica Abendessen bei Nazanine. Wir haben uns im Jahr ihrer Scheidung kennengelernt. Ihr Mann hatte ein Verhältnis und ein Kind mit seiner Sekretärin. Niemand auf der Insel mochte ihn.

Ihr Vater war in den sechziger Jahren der erste Fremde auf der Insel. Ein strenger, unnahbarer Mann – auch gewalttätig? Er soll seinem Ex-Schwiegersohn gedroht haben. Einige behaupten sogar, dass er ihn körperlich angegriffen hat. Kann ich mir bei ihm eigentlich nicht vorstellen. Er wirkt alt und gebrechlich. Aber der äußere Schein kann trügen. Er ist dieses Jahr nicht nach Nissos gekommen.

Ich mag Nazanine. Verloren, aufrichtig, immer besorgt, versucht sie es jedem recht zu machen (soweit das auf dieser Insel überhaupt möglich ist). Versucht sie, mit den Essenseinladungen und Partys in ihrem Haus eine Lücke zu füllen? Welche Lücke? Die durch ihre Scheidung entstandene oder das Fehlen ihres Vaters? Sie steht ihrem Vater sehr nah. Einzige Tochter, Einzelkind, typisches Beispiel für einen Elektra-Komplex. Vielleicht wird sie aufblühen, sich selbst finden, wenn es ihr gelingt, sich von ihm zu lösen – das heißt, vom Vater wie vom Mann.

Abendessen bei ihr, kleine Gesellschaft: berühmter

österreichischer Schriftsteller mit langweiliger Frau. Schreibhemmung, sucht mithilfe von Drogen Inspiration – es ist hier sehr leicht, an welche zu kommen. Er sitzt neben mir, berührt versehentlich meinen Oberschenkel. Ich ziehe das Bein zurück. Seine Frau, die auf der anderen Seite des Tischs sitzt, sieht erst ihn an, dann mich, zündet sich eine Zigarette nach der anderen an. Ihre Lippen, zusammengekniffen vor Ärger und Frustration.

Der Organisator eines Musikfestivals sieht aus wie eine Bulldogge. Ein Hund, der Geld wittert und Nazanine schwanzwedelnd hinterherhechelt. Er lacht über jeden Witz von ihr, er schaut ihr in die Augen, was kommt als Nächstes? Wird er ihr das Essen schneiden und sie füttern?

Alex ist mitgekommen, sitzt am anderen Tischende. Übrigens fällt mir gerade ein, dass es Nazanine war, die mir diese Geschichte über die Ikonen erzählt hat. Von dem Skandal, zu dem es vor Jahren im Kloster gekommen ist: kostbare Weihrauchgefäße aus dem 14. und Opfergaben aus dem 17. Jahrhundert, verkauft und durch moderne Kopien ersetzt.

»Wer ist dieser österreichische Schriftsteller?«, fragte Markou und blätterte weiter.

»Keine Ahnung«, antwortete Maroulas und schluckte das frittierte Kalamaristück runter, auf dem er mindestens eine Minute herumgekaut hatte. »Es gibt einen berühmten französischen Schriftsteller, der zum Schreiben auf die Insel kommt. Aber meines Wissens ist er nicht verheiratet. Ich werde mich mal umhören.«

Trotz aller Anspielungen auf tatsächlich existierende Personen handelt es sich hier um einen Roman, dachte Markou. Seine Aufgabe war es, zwischen Realität und Fiktion zu unterscheiden – was vermutlich chirurgische Präzision erforderte.

Unter *Nazanine = Mariama Milandi, geschieden, Vater, Festivalleiter, der auf Geld aus ist* schrieb er *österreichisch / französischer (?) Schriftsteller, Drogen, Ehefrau* und wandte sich dann den Notizen für die nächsten Kapitel zu.

Kapitel 5

Vom Wein und von Ericas giftigem Cocktail ein bisschen wacklig auf den Beinen, wanke ich die Gasse zur Platia hinunter. Ich nicke ein paar Passanten zu. Nach Mitternacht sind nicht mehr viele Leute unterwegs. Im Dunkeln geht jemand an mir vorbei und streift meinen Arm – der israelische Modedesigner. Widerlicher Typ, klein, riesige Nase, seine Manieren sind so grauenhaft wie seine Entwürfe. Ich frage mich, wie man mit solchem Müll Geld machen kann. Geschmack / Markt für orientalisch anmutende Kleidung? Viele Frauen in Nissos' exklusivem Zirkel tragen seine Sachen … Oder bezieht er sein Einkommen aus seiner anderen Tätigkeit. Wahrscheinlich überbringt er gerade eine Lieferung. Meine Gedanken springen zum Schriftsteller. Wie er im Drogenrausch seine versiegte Inspiration sucht.

Kapitel 6

Ich erreiche die Platia. Drei verschiedene Melodien, sie kommen von drei verschiedenen Quellen, mischen sich zu einem Chaos aus Tönen und Stimmen. Die Italiener sitzen mit einem aufstrebenden amerikanischen Schauspieler zusammen. Stimmt das mit den Filmen, in denen er angeblich mitgespielt hat? Oder hat Paul mal wieder herumphantasiert, angeregt von dem muskulösen Körper? Jedenfalls werden diese Videos früher oder später an den Tag kommen – so es sie tatsächlich gibt. Ein Sexskandal, gut oder schlecht für eine Schauspielerkarriere?

Rica Lafayette sitzt mit einer Freundin an einem Tisch, sie ist die neue Attraktion auf Nissos, aller Blicke sind auf sie gerichtet. Argentinierin, ehemaliges Topmodel, seit Kurzem Witwe eines französischen Multimillionärs. Seine zweite Frau. Ist auf die Insel gekommen, um Abstand zu den Erbstreitigkeiten zu gewinnen. Die Söhne aus der ersten Ehe ihres Mannes haben einen Prozess gegen sie angestrengt. Beeindruckende Frau. Markantes Gesicht, lange Arme, gewaltiges Hinterteil. Nicht schön im herkömmlichen Sinn. Sieht männlich aus. Paul hat sie Amanda Lear genannt. Wurde Rica Lafayette als Mann geboren, wie er angedeutet hat? Wusste das ihr Mann, als sie geheiratet haben? Kann die Ehe nachträglich angefochten werden, wenn es stimmt und seine Kinder es herausfinden? Sie würde alles verlieren.

Kapitel 7

Eine Frau von der Insel, die für einen Fremden arbeitet, bestiehlt diesen.

Hier endete der Text abrupt. Der einzige Satz des siebten Kapitels enthielt nur eine einzige Information. Nichts über den Fortgang der Handlung.

Markou legte das ausgedruckte Manuskript neben den Frappé, den er trotz der späten Stunde bestellt hatte, und drehte den Kopf nach rechts. Eine Pergola mit dicken Zeltwänden schützte den Außenbereich des Restaurants und die wenigen Gäste vor dem Wind. Dahinter war der Hafen zu sehen, wo die kleinen vor Anker liegenden Boote in der grell weißen Hafenbeleuchtung auf den Wellen tanzten.

Dann blickte Markou hoch in die Dunkelheit und dachte über Lucy Davis' Manuskript nach. Er ging im Kopf die erwähnten Personen durch, diejenigen, die er kennengelernt hatte und mit ihrem literarischen Alter Ego verknüpfen konnte, und diejenigen, denen er nicht begegnet war – den Schriftsteller und seine Frau, den jungen Schauspieler, der möglicherweise bei ein paar Pornos mitgewirkt hatte, die sich auf seine Karriere auswirken konnten. Und wieder fragte sich der Kommissar, wie viel in dem Romanfragment der Wahrheit entsprach und wie viel reine Erfindung war.

Außerdem war ihm aufgefallen, dass der Entwurf keinen Plot hatte. Sowohl die vollständigen Kapitel als auch die Notizen handelten lediglich von Klatsch, sie führten nirgendwo hin, steuerten auf keinen Höhepunkt zu.

Andererseits musste nicht jedes Buch mit dem Unbehagen des Lesers spielen, ein Rätsel enthalten, das nach einer Lösung schrie, oder zu einer Katharsis führen. Doch der Krimiliebhaber Markou konnte schwer nachvollziehen, warum man auf einen spannenden Plot verzichten sollte. Er hatte noch nie verstanden, was jemand an einem Buch fand, das lediglich in schöne Worte gekleidete Gedanken bot. Solche reinen Charakterstudien würde er nie anrühren, nichtssagende Geschichten über die Gewohnheiten, Vorzüge und Fehler eines kleinen Personenkreises, die beim Leser weder Furcht noch Verständnis auslösten.

Aber möglicherweise war Davis ermordet worden, bevor sie zum Höhenpunkt ihrer Erzählung kommen konnte. Vielleicht war genau das das Tatmotiv. Aus dem Word-Dokument ging hervor, dass das Manuskript zuletzt am Nachmittag vor ihrem Tod bearbeitet worden war. Und der Roman steckte noch in den Anfängen.

Die große Wende oder die entscheidende Frage, dieses *je ne sais quoi* hatte vielleicht erst später zur Sprache kommen sollen – in Zusammenhang mit neuen Gesichtern und Handlungselementen, die niederzuschreiben die Autorin nun keine Gelegenheit mehr hatte.

Auf der Platia

Ab und zu musste sich Sophie, die neben ihrer Mutter saß, das Haar aus dem Gesicht streichen. Obwohl die Platia durch die Häuser um sie herum größtenteils windgeschützt war, fand gelegentlich doch eine Böe den Weg durch eine Öffnung oder Gasse und machte sich kraftvoll bemerkbar. Nachts war die Platia mit ihren Cafés immer brechend voll. Doch heute war irgendetwas anders. Über den sonst vor Leben strotzenden Platz hatte sich ein Mantel des Schweigens gelegt. Sogar die Musik war so leise, dass über den geflüsterten Unterhaltungen und dem Small Talk das Heulen des Winds deutlich zu hören war.

Neben Sophies Mutter saßen auch Pierre und sein Mann Jacques am Tisch. Ihre Unterhaltung verlief stockend, in abgehackten Brocken, zwischen denen sich erdrückende Stille ausbreitete. Das italienische Paar am anderen Ende des Cafés wechselte nur ab und zu ein paar Worte miteinander. Ihre Blicke waren auf diametral gegenüberliegende Punkte gerichtet, und beide schienen ganz in ihre Gedanken versunken.

Jedes Mal, wenn Bekannte vorbeikamen, lächelten sie Sophie freundlich zu und wechselten ein paar leise Worte mit Mariama und den zwei Männern, bevor sie zu einem anderen Tisch gingen.

Alle hatten sich hier versammelt, um eine Trauer zu teilen, zu der sie nicht wirklich berechtigt waren, eine Trauer, die sich in stummen besorgten Blicken, tiefem Stirnrunzeln, hochgezogenen Augenbrauen und wortkarg zusammengepressten Lippen Ausdruck verschaffte.

Sophie spielte mit dem Strohhalm ihrer Limonade und suchte nach etwas gegen ihre Langeweile. Wirklich schade, dachte sie, dass Mehmet, der immer ein paar gute Witze auf Lager hat, und Mrs Henrietta mit den lustigen Geschichten aus ihrem Leben nicht hier sind.

Sie ließ den Strohhalm auf den Tisch fallen und kniff ihre Mutter in den Arm, worauf diese sich zu ihr beugte. »Darf ich zu den Kindern gehen, die drüben in der Taverne sitzen und Karten spielen?«, flüsterte Sophie.

Mariama schaute in die angegebene Richtung und nickte. »Aber pass auf, dass du immer in Sichtweite bleibst.«

Sophie sprang auf und rannte zu ihren Freundinnen. Auf halbem Weg drehte sie sich um und winkte, aber ihre Mutter schaute schon nicht mehr zu ihr. Sie hatte den Blick wieder auf ihr Handy gerichtet. Seit der Party ist sie irgendwie anders als sonst, dachte das Mädchen. Lucys Tod muss ihr sehr nahegegangen sein, obwohl sie sich gar nicht so gut kannten, wie sie dem Kommissar erzählt hat. Und zum ersten Mal hat sie es eilig, von der Insel wegzukommen.

Am Nachmittag, als Sophie von ihrem Mittagsschläfchen aufgewacht war, hatte ihr Vayia erzählt, dass ihre Mutter zum Hafen gegangen war, um ihre Tickets umzutauschen. Und als sie kurz vor Einbruch der Dunkelheit zurückkam, sagte sie ihr, sie solle ihre Sachen packen. Sobald der Wind nachließ, würden sie abreisen.

Als sich Sophie, kurz bevor sie den Tisch der anderen Kinder erreichte, zwischen ein paar Stühlen hindurchschlängelte, stieß sie fast mit Henrietta Banks zusammen, die gerade ihren großen Auftritt auf dem Platz hatte. Ihre laute Stimme klatschte wie Eiswasser in die Gesichter der Anwesenden, als sie dem Mädchen ein Kompliment zu seinem Kleid machte und es so fest in die Backe kniff, dass es vor Schmerz fast aufgeschrien hätte.

Hoffentlich bleibt mir davon kein roter Fleck, dachte Sophie und rieb sich die Backe, bevor sie mit ihrem strahlendsten Lächeln weiterging.

Fotos

Ein Mausklick, und ein weiteres Foto erschien auf dem Bildschirm. Es war von einem erhöhten Standpunkt aufgenommen worden, dem Aufnahmewinkel nach zu schließen von der oberen Terrasse. Darauf war zu sehen, wie sich Timos Karas und Gerasimos Tsokas mit Lucy Davis unterhielten, die neben Betty Levalois stand. In ihrer Nähe, aber nicht in der gleichen Gruppe machte Markou das italienische Paar und Cadena aus.

Er notierte sich die Namen, den Standort jeder Person und den Aufnahmezeitpunkt des Fotos – 22:26 Uhr.

Foto für Foto zogen bekannte Gesichter, alle sorglos lächelnd, an ihm vorbei. Dann kam er zum letzten Foto, auf dem Lucy Davis lebend zu sehen war. Er zoomte das Bild heran. Sie hatte ein Glas Weißwein in der Hand und schaute nach links zu der Steintreppe, die zum Innenhof hinabführte. Henrietta Banks, die ganz in Gold gekleidet neben ihr stand, hatte den Kopf in die entgegengesetzte Richtung gedreht. In der einen Hand hielt sie einen geflochtenen Korb, mit der anderen strich sie sich durchs Haar.

»Ich bin früh nach Hause gegangen«, hatte sie Markou gegenüber erklärt. Genau genommen eine halbe Stunde vor Mitternacht, dachte er. Kann man das als früh bezeichnen? Im Hintergrund konnte er Fausto Ardolinis Rücken und eine Hälfte von Karas' Gesicht erkennen. Er blätterte auf die nächste Seite seines Notizbuchs und trug die Aufnahmezeit ein, 23:34 Uhr, und darunter den Zeitpunkt, zu dem Lucy Davis' Leiche entdeckt wurde: gegen 1:45 Uhr.

Jetzt hatte der Kommissar einen – allerdings ziemlich breiten – zeitlichen Rahmen, in dem sich der Mord ereignet haben musste. Genauer hatte die Ärztin von Nissos den Todeszeitpunkt nicht schätzen können. Aber das war auch nicht ihre Aufgabe.

Markou blickte weiter auf das Foto und Davis' ernsten Gesichtsausdruck, bis der Computer in den Standby-Modus ging und ihn im Dunkel des Büros zurückließ. Im Dunkel seiner Gedanken.

Am nächsten Morgen

Ich habe sie zu verschiedenen Zeiten einbestellt, aber ...«, Maroulas hielt kurz inne und deutete auf die Tür hinter sich, »... sie sind alle zusammen gekommen.«

Nichts verriet, dass sich auf der anderen Seite der halb offenen Tür sechs Personen befanden. Es war kein Ton zu hören.

»Nur Karas und Milandi sind nicht hier. Sie habe ich erst für heute Nachmittag einbestellt. Und den Türken konnte ich noch nicht erreichen. Er geht schon wieder nicht ans Telefon. Vielleicht muss ich noch mal zu seinem Boot fahren.«

»Ich brauche Sie aber hier«, sagte Markou. »Holen Sie die Italiener rein.«

»Beide?«, fragte Maroulas.

Gute Frage, dachte Markou. Wenn er sie gemeinsam vernahm, konnte er sich gleichzeitig einen Eindruck von ihren Reaktionen verschaffen. Nicht nur hören, was sie sagten – oder nicht sagten –, sondern auch kleine Gesten, Blicke und unterschwellige Reaktionen auf die Aussagen des anderen sehen. Andererseits wollte er auf keinen Fall, dass sie bei der Vernehmung in irgendeiner Form miteinander kommunizierten.

»Zuerst den Mann. Er wirkt nicht so stabil wie seine Frau. Wenn er einknickt, holen wir sie zum Kreuzverhör herein.«

Der junge Kadett murmelte zwar etwas von Vorschriften und korrekter Vorgehensweise, aber als er Markous entschlossenen Blick sah, nickte er nur.

»Fausto Ardolini«, rief Maroulas durch die Tür zum Wartezimmer. Die Besorgnis in der Miene von Ardolinis Frau war nicht zu übersehen, als sich der Italiener von seinem Platz erhob.

Fausto Ardolini war genauso gekleidet wie am Tag zuvor, aber sein Gesicht sah völlig anders aus. Er hatte dunkle Ringe unter den geröteten Augen, an seiner Oberlippe klebte ein Rest Zahnpasta, und unter den Bartstoppeln auf seiner rechten Wange hatte sich ein roter Fleck gebildet, an dem er sich alle paar Sekunden kratzte.

Nach einem halbherzigen *»Buongiorno«* schaute er Markou mit zusammengepressten Lippen schweigend an.

»Lucy Davis hat ein Buch geschrieben ...«, begann der Kommissar und ließ das so stehen.

Ardolini schwieg weiter und wartete auf mehr. Doch als nichts kam, sagte er: »Ja, sie hat uns erzählt, dass sie mit irgendwas angefangen hat. Aber ich habe keine Ahnung, woran sie schrieb.«

»Wann haben Sie sie zum letzten Mal gesehen?«

»Auf der Party natürlich.«

»Und davor?«

»Zwei Abende zuvor«, gab er widerstrebend Auskunft.

»Wo? Waren Sie beide allein?«

Wieder zögerte er eine Weile, bevor er antwortete: »In ihrem Haus am Gaidoura Beach. Wir waren zu dritt. Alessandra, Lucy und ich.«

Der Kommissar musste an die drei Gläser denken, die er in der Küche des Hauses gesehen hatte.

»Da hat sie uns auch erzählt, dass sie an etwas schrieb«, erklärte der Italiener.

»Hat sie Ihnen ihr Manuskript gezeigt?«

»Nein.«

Markou griff nach den Ausdrucken und legte sie vor Ardolini hin. Er fand die Stelle und lenkte den Blick des Italieners mit einem Stift auf die Passagen, in denen die Erzählerin ihre Affäre mit einem Paar beschrieb. Er konnte Ardolini schwer schlucken hören, als er die Verführungsszene auf der Terrasse las. Aus seinem Gesicht schienen die letzten Reste seiner Bräune zu weichen.

»Und?«, fragte Markou, als Ardolini aufblickte.

Zuerst drehte der Italiener den Kopf, dann den ganzen Oberkörper zur Tür – als ob er aufspringen und weglaufen wollte. Doch er blieb sitzen und blickte nur Hilfe suchend zur Tür.

»Rufen Sie Frau Ardolini herein«, forderte der Kommissar Maroulas auf.

Als der Italiener den Namen seiner Frau hörte, wandte er sich wieder dem Kommissar zu, obwohl er nur bruchstückhaft verstand, was auf Griechisch gesprochen wurde.

Und als Ardolini dann den Kadetten zur Tür gehen sah und den Namen seiner Frau rufen hörte, veränderte sich sein Gesichtsausdruck. Seine finstere Miene hellte sich auf wie bei einem im Kaufhaus verloren gegangenen Kind, dessen Eltern endlich auftauchten.

Das Motiv eines Paares

Es ist mir egal, was andere Menschen im Bett machen«, erklärte der Kommissar Alessandra Ardolini.

Nachdem sie Lucy Davis' Passagen über sie gelesen hatte, machte ihre anfängliche Überraschung rasch einem starren, maskenhaften Gesichtsausdruck Platz. Jetzt nahm sie das Gespräch in die Hand, während ihr Mann sie stumm beobachtete und bei jeder ihrer Äußerungen zustimmend nickte.

»Ich möchte wissen, ob wahr ist, was Lucy Davis geschrieben hat«, fuhr der Kommissar fort.

»Ich wüsste nicht, wie Sie das bei Ihren Ermittlungen weiterbringen sollte.«

»Das zu beurteilen, überlassen Sie lieber mir«, entgegnete Markou schroff. Und nach kurzem Überlegen, wie er im Weiteren vorgehen sollte, senkte er die Stimme und sagte: »Wir versuchen herauszufinden, ob das Manuskript des Opfers in Teilen oder sogar komplett der Wahrheit entspricht. Wenn ja, könnten uns die Anspielungen und geschilderten Vorfälle weiterbringen.«

Alessandra Ardolinis Blick wanderte zu den Manuskriptseiten auf dem Schreibtisch. Damit sie nichts lesen konnte, was sie nichts anging, zog Markou die Ausdrucke zu sich heran.

Sie blickte wieder zu ihm auf. »Ihre Aufgabe ist also herauszufinden, ob ein Romanentwurf auf Tatsachen beruht?

Statt sich mit irgendwelchem Tratsch zu befassen, sollten Sie lieber Lucys Mörder suchen.«

»Genau das tue ich«, erwiderte der Kommissar. »Das Motiv ist immer der Schlüssel: Das Warum führt früher oder später zum Wer, ob nun durch einen Dschungel von Fragen oder auf einem Pfad aus klaren Fakten. Davis' Text könnte uns das Warum liefern. Nämlich, dass eine sommerliche ›Sexskapade‹ zwischen drei Personen, ein scheinbar perfekt ausbalancierter Dreier, plötzlich aus dem Gleichgewicht geraten ist …«, der Kommissar sah Fausto Ardolini an, »… und dass die dritte Person nicht mehr mit der Situation zufrieden war, dass ihr die Rolle des fünften Rads am Wagen nicht mehr passte. Weil Lucy Davis plötzlich an einer Hälfte des Paares mehr lag als an der anderen und weil sie mehr wollte als nur ein Urlaubsabenteuer. Wie würde in so einem Fall die ausgeschlossene Person reagieren?«

Der Kommissar wandte sich wieder Alessandra Ardolini zu und deutete mit dem Finger auf sie. »Doppelter Verrat, doppelte Zurückweisung! Sowohl vom Ehemann als auch von der Geliebten! Wäre das kein Motiv?«

Alessandra Ardolini setzte bereits zu einer scharfen Entgegnung an, doch Markou fuhr unerbittlich fort.

»Auch ein zweites Motiv fiele mir spontan ein: ein seriöses Ehepaar, beide beruflich erfolgreich und Eltern von zwei erwachsenen Kindern, aber dann stellt sich heraus, dass es ein geheimes Sexualleben hat, das nicht zu ihrer *Comme-il-faut*-Fassade passt. Eine geheime Liebschaft, so etwas kommt vor. Aber eine Dreiecksbeziehung? Was würden ihre Freunde und Bekannten sagen, wenn ihr Geheimnis an den Tag käme? Nicht nur in Gestalt von gewöhnlichem Klatsch, sondern in Form eines Romans mit jeder Menge pikanter Details? Würde dieses Paar nicht mit allen Mitteln versuchen, die Veröffentlichung zu verhindern?« Er tippte mit strengem Blick auf die Seiten des Manuskripts.

»Als Sie Lucy Davis zwei Tage vor ihrer Ermordung in ihrem Haus besucht haben, hat sie Ihnen erzählt, dass sie ein Buch schrieb. Vielleicht hat sie Ihnen einen Auszug daraus gezeigt, vielleicht haben Sie das Dokument auch heimlich gelesen. Und um zu verhindern, dass Ihr Geheimnis an die Öffentlichkeit kommt, haben Sie beschlossen, sie umzubringen.«

»Das ist doch kompletter Unsinn!«, protestierte Alessandra Ardolini. »Wir haben sie nicht umgebracht! Das ist kompletter Unsinn!«, wiederholte sie und drückte ihre Tasche fester an ihre Brust, als wollte sie sich damit vor den Anschuldigungen des Kommissars schützen. Es war dieselbe Tasche, die sie auf dem Foto bei sich hatte, und sie hielt sie auch auf die gleiche Art.

Und dann hob Markou zur Überraschung aller die Hand und griff nach der Kamera.

Er wusste jetzt, was ihm am Foto der Italiener seltsam vorgekommen war. Er hatte etwas übersehen. Etwas, das ein neues Licht auf die Frage warf, ob der Täter die Party verlassen hatte.

Devo

Kommissar?«

Markou ignorierte den jungen Kadetten. Das italienische Paar blieb still und tauschte besorgte Blicke, nachdem sie ihr Foto gesehen hatten. Die Sekunden vergingen, und der Kommissar starrte weiter auf das Display. Er vergrößerte das Foto und konzentrierte sich auf Alessandra Ardolinis geblümtes Kleid, zumindest auf die Stellen, die davon erkennbar waren.

Er kam sich auf einmal richtig dumm vor, als ihm bewusst wurde, was er am Abend des Mordes übersehen hatte. Und vorzuwerfen hatte er das alles einzig und allein sich selbst.

Er verkleinerte das Foto wieder und klickte sich zu dem Bild von Betty Levalois weiter. Wieder verstrichen ein paar Sekunden in lähmendem Schweigen, als er es heranzoomte. Doch dann fuhr Markou ohne eine Erklärung mit der Vernehmung der beiden Italiener fort.

»Ihre Liebschaften interessieren mich persönlich nicht im Geringsten. Aber als Mordermittler muss ich wissen, ob wahr ist, was Lucy Davis geschrieben hat.«

Alessandra Ardolinis eisiger Blick richtete sich auf einen Punkt hinter dem Kommissar. Doch bei der Stimme ihres Mannes fuhr ihr Kopf herum.

»Ja«, sagte Fausto Ardolini.

Ihr *»Zitto!«* – Halt den Mund! – wurde vom »Ja, es ist wahr« ihres Mannes beiseitegewischt.

Und ohne sich von den wütenden Blicken seiner Frau bremsen zu lassen, fuhr er fort, als ob dieses Ja plötzlich eine Schleuse geöffnet hätte: »Es stimmt. Wir hatten eine Affäre, wir drei. Die Einzelheiten tun hier nichts zur Sache; Sie würden es ebenso wenig verstehen, wie ich – oder Alessandra – es bisher verstanden haben. Es hat sich alles ganz natürlich ergeben, ohne Druck, ohne Schuldgefühle, genau so, wie sie es beschrieben hat. Ein Urlaubsabenteuer von drei einvernehmlich handelnden Erwachsenen.« Auf die letzten drei Wörter legte er besondere Betonung.

»Das Einzige, was an Lucys Darstellung nicht stimmt, ist, dass das Ganze erst vor zwei und nicht schon vor drei Jahren an einem alkoholseligen Abend begann. Und zwar am Strand und nicht auf der Terrasse unseres Hauses.«

Langsam den Kopf schüttelnd, die Hände um die Stuhllehnen gekrampft, hörte Alessandra Ardolini zu, wie ihr Mann alles ausplauderte, was sie geheim zu halten versucht hatte.

»Niemand wusste davon oder schöpfte auch nur Verdacht. Und als *das* passiert ist …«, er hielt inne und schluckte. »Als das mit Lucy passiert ist, wurde mir schnell klar, dass Sie es irgendwann herausfinden würden. Ich weiß nämlich, dass ein paar Leute dachten, *ich* hätte etwas mit ihr. Die ganze Wahrheit konnten sie sich nicht vorstellen. Deshalb wollte ich vorgestern herkommen, um Ihnen alles zu erzählen. Aber meine Frau hat mich davon überzeugt, dass es nicht klug wäre. Wie Sie bereits sagten, haben wir Kinder – und einen Ruf zu verlieren …«

Fausto Ardolini ließ den Satz so stehen, und Markou wandte sich seiner Frau zu, die blass geworden war und unverwandt auf ihre Zehen starrte.

»Wir hatten keine Ahnung, was in dem Buch steht«, fuhr Ardolini fort. »Wir wussten nicht, dass sie so wahrheitsgetreu geschildert hat, was zwischen uns gelaufen ist. Aber jetzt, wo ich weiß, dass Lucy etwas so … Persönliches für ihr Buch verwendet hat, sehe ich noch weniger, wie Sie das bei Ihren Ermittlungen voranbringen soll.« Letzteres sagte er wie zu sich selbst, dann fuhr er wieder in normaler Lautstärke fort: »Und damit Sie's wissen: Ja, auch unser aus dem Gleichgewicht geratenes Verhältnis entspricht den Tatsachen und …«

Das unterdrückte *»Non, per favore«* aus dem Mund seiner Frau ließ ihn kurz innehalten. Er sah sie an, als sie die Augen hob. Das Leuchten in ihnen war erloschen. An die Stelle von Überraschung und Ärger war Resignation getreten.

Er flüsterte nur *»devo«* – ich muss – und wandte den Blick ab.

»Das Gleichgewicht hat sich verändert, ja. Vielleicht wussten die beiden nicht, dass ich es gemerkt habe; vielleicht dachten sie, ich würde mich damit abfinden, wenn sie mir nur ein paar Krumen hinwarfen, aber ich … ich habe es gemerkt. Zwischen meiner Frau und Lucy hat sich eine neue Nähe entwickelt, eine Beziehung, in der *ich* zum Außenstehenden wurde. Es mag sich vielleicht seltsam anhören, aber obwohl wir zu dritt waren, war bis vor Kurzem keiner von uns der Dritte gewesen. Wir waren alle … zwei. Ich weiß nicht, wie ich es anders erklären soll.«

Auf sein resigniertes Achselzucken hin rang sich seine Frau ein Lächeln ab, berührte seine Hand und flüsterte: *»Amore mio.«*

»Es versteht sich hoffentlich von selbst, dass weder meine Frau noch ich Lucy umgebracht haben«, schloss Fausto Ardolini.

Markou sah die beiden schweigend an. Ohne jeden Kommentar, ohne ein Nicken, das als Trost aufgefasst werden konnte, und ohne ihnen eine Gelegenheit für weitere Erklärungen zu geben, streckte er Alessandra Ardolini die Hand entgegen und sagte: »Könnte ich bitte Ihre Tasche sehen?«

Das Abdecken ihrer Kleider

»Sie verdächtigen also die beiden …«, sagte Maroulas, als sich die Tür hinter dem italienischen Paar geschlossen hatte. Und ohne seine Antwort abzuwarten: »Deshalb haben Sie sie also gebeten, die Sachen mitzubringen, die sie an dem Abend anhatten. Und wonach haben Sie in der Tasche gesucht? Haben Sie etwas gefunden?«

Markou wartete, bis Maroulas mit seinen Fragen fertig war, dann holte er tief Luft.

»Wir haben einen Fehler gemacht«, sagte er. »Beziehungsweise *ich* habe einen gemacht; Sie trifft keine Schuld. Ich bin von Anfang an davon ausgegangen, dass der Mörder das Haus nach der Tat sofort verlassen hat. Eine verständliche, logisch begründete Annahme.«

Er schüttelte den Kopf, als er seinen Fehler zu rechtfertigen versuchte.

»Rein psychologisch gesehen wäre es völlig irrational, auf einer Party zu bleiben und weiter seine Drinks zu süffeln, nachdem man gerade jemanden umgebracht hat. Doch selbst wenn sich der Täter irrational verhielt, gab es einen anderen, sehr konkreten Grund, weshalb ich ausschloss, dass der Täter noch in Milandis Haus war, als die Leiche gefunden wurde.«

Jetzt war es an Maroulas, den Kopf zu schütteln. »Das Blut«, sagte er.

»Ganz richtig. Bei einer derartigen Kopfwunde muss der

Täter zwangsläufig eine Menge Blut auf seine Kleider bekommen haben. Deshalb bin ich davon ausgegangen, dass er nicht auf der Party geblieben ist, verstehen Sie?«

Maroulas hielt den Blick schweigend auf Markous Schulter gerichtet. Ohne darauf zu warten, dass sein junger Kollege die entsprechenden Schlüsse zog, griff der Kommissar nach der Kamera und zeigte ihm das Foto von Alessandra Ardolini.

»Sehen Sie es jetzt?«

Maroulas brauchte nicht lang, um die Bedeutung dessen zu verstehen, was er auf dem Display sah: Ardolini mit ihren vom Blitzlicht rot leuchtenden Augen hatte das Sakko ihres Mannes über ihr geblümtes Kleid geworfen und ihre große Tasche an ihre Brust gedrückt.

»Natürlich!«, rief er, als endlich der Groschen fiel.

»Sie hat die Blutspuren auf ihrem Kleid mit der Jacke und der großen Tasche verdeckt ...«

Nach einer kurzen Pause, in der er die letzten Puzzlestücke zusammensetzte, fügte er lächelnd hinzu: »Außerdem konnte sie in ihrer Tasche den Hammer verstecken! Deshalb wollten Sie sie sehen – um zu prüfen, ob Blutspuren darin waren.«

Markou nickte. »Ich habe zwar keine entdeckt, aber Frau Ardolini könnte sie sauber gemacht haben. Das gilt natürlich auch für ihre Kleider.« Maroulas entging das kurze Zögern des Kommissars nicht.

»Dann verdächtigen Sie die beiden also tatsächlich?«

»Dass der Mörder sich nicht sofort vom Tatort entfernt hat, vergrößert natürlich den Kreis der Verdächtigen. Und die Italiener hatten ein Motiv. Das Gleichgewicht ihrer Ménage-à-*trois* war gestört ...«

Maroulas unterbrach ihn: »Schon klar. Aber wenn aus dem Dreier eine Zweierbeziehung der beiden Frauen geworden ist, hätte doch Fausto Ardolini handeln müssen und nicht ...«

Als er merkte, dass er gerade nicht an der Reihe war und nur die Gedankengänge seines Vorgesetzten störte, verdrehte er leicht die Augen und wollte sich schon entschuldigen.

»Sie haben völlig recht«, murmelte der Kommissar jedoch. »Wieder kommen wir mit Psychologie nicht weiter. Und *er* hatte kein Blut an der Kleidung; er hat seiner Frau sogar seine Jacke gegeben.«

»Und wie sieht es mit dem zweiten Motiv aus?«, fragte Maroulas. »Dass beide verhindern wollten, dass das Buch erscheint?«

»Auszuschließen ist es nicht«, sagte Markou. »Da die beiden in Davis' Haus ein und aus gegangen sind, hätten sie Zugang zum Laptop gehabt. Allerdings war auf ihren Gesichtern deutlich Überraschung – und eine gewisse Enttäuschung – zu sehen, als sie eben das Manuskript lasen – als fühlten sie sich von Davis hintergangen, weil sie ihr, zumindest in ihren Augen, kostbares Geheimnis enthüllt hatte. War ihre Reaktion echt? Schwer zu sagen ...«

Mit einer Handbewegung signalisierte er, dass sie sich die nächsten Zeugen vornehmen mussten.

»Wen soll ich reinrufen?«, fragte Maroulas.

»Sehen Sie sich die Fotos an, und sagen Sie es mir«, schlug Markou vor und reichte ihm die Kamera.

Ein paar Bilder später leuchteten Maroulas' Augen erneut auf: »Die Brasilianerin!«

Markou lächelte leicht, und der junge Kadett öffnete die Tür zum Wartezimmer.

Levalois' Gender

Betty Levalois war die Ruhe in Person, als sie sich dem Kommissar lächelnd gegenübersetzte. Den ganzen juristischen Hickhack über das enorme Vermögen ihres toten Ehemanns hatte sie in Paris zurückgelassen, wo sich eine Gruppe von Anwälten um alles kümmerte.

Unwillkürlich schoss Markou bei ihrem Anblick durch den Kopf, dass Mehmet Ersen sie als Pferd bezeichnet hatte. Allerdings konnte der türkische Designer damit schwerlich das Äußere des ehemaligen Models gemeint haben. Eher dürfte er auf einen Wesenszug, eine gewisse Ausstrahlung der Brasilianerin angespielt haben, die Markou nur als in sich ruhendes Selbstbewusstsein beschreiben konnte und die einen unwillkürlich an ein Pferd, den edelsten Vertreter des Tierreichs, denken ließ.

Als er jetzt das in der Mordnacht aufgenommene Foto von ihr betrachtete, fiel ihm erneut auf, dass sie sehr fotogen war. Zu sehen war auch ihre Kleidung: der knallrote Overall, der von der Taille aufwärts von einem zypressengrünen Paschmina verdeckt war. Wie bei Alessandra Ardolini fragte sich Markou, ob Levalois darunter etwas verborgen hatte.

Er musste an Davis' Manuskript denken. Er betrachtete Levalois' große Hände, ihre Schultern und ihr markantes Gesicht und dachte: Sie könnten tatsächlich einem Mann gehören.

Aber er sagte: »Sie haben behauptet, Lucy Davis nicht gekannt zu haben.«

»Das ist nicht ganz richtig«, korrigierte sie ihn. »Ich habe gesagt, dass ich sie genauso wenig kannte wie alle anderen hier. Ich bin erst seit zehn Tagen auf der Insel …« Ihr t hörte sich gezischter an als am Tag zuvor.

»Genau das meinte ich«, erklärte Markou lächelnd. »Sie haben völlig recht. Sie hat sich für Ihre Heimat interessiert, richtig?«

»Ja.«

»Für die Situation der Minderheiten, sexuelle Befreiung und solche Dinge, haben Sie mir erzählt.« Er zog seine Notizen vom Vortag zurate. »Sonst noch etwas, woran Sie sich erinnern können?«

Levalois legte die Hand unters Kinn und unterstrich damit seine Kantigkeit. »Ich habe noch einmal über mein Gespräch mit Lucy nachgedacht, als Sie mich gestern darauf angesprochen haben, und dabei ist mir ziemlich genau wieder eingefallen, worüber wir uns unterhalten haben. Sie hat sich nach der politischen Lage, nach den Olympischen Spielen von 2016 und nach der Armut im Land erkundigt. Dann hat sie mir erzählt, dass Brasilien für die Schönheit seiner Menschen, Männer wie Frauen, berühmt ist.« Sie lächelte, als fasste sie Letztes als persönliches Kompliment auf.

»Sie hat mir von einem Brasilianer erzählt, der in London mit einem Freund von ihr verheiratet ist, und wollte wissen, ob in Brasilien gleichgeschlechtliche Ehen anerkannt sind.«

»Sind sie das?«, fragte der Kommissar, der sofort Davis' dahinterstehende Absicht erkannte. Ihm war auch klar, welche möglichen Konsequenzen eine Bestätigung der Gerüchte über Levalois' Gender für ihren Erbschaftsstreit haben konnte.

»Das weiß ich nicht. Aber ich glaube schon. Dazu müssen Sie wissen, dass ich schon eine Ewigkeit nicht mehr in Brasilien war. Ich lebe in Frankreich und verfolge die politischen Entwicklungen meines Heimatlands so gut wie gar nicht mehr. Das habe ich auch Lucy gesagt.«

Der Kommissar nickte und fuhr fort.

»Hatten Sie und Frau Davis gemeinsame Freunde? Also Personen, die Davis sehr persönliche Dinge über Sie hätten erzählen können – über Ihre Vergangenheit zum Beispiel?«

»Ich glaube, nicht«, antwortete Levalois kurz angebunden. »Allerdings gibt es auf Wikipedia einen Eintrag über mich. Dort findet man alles über mein Leben und meine berufliche Laufbahn.«

Ihr Lächeln wirkte aufgesetzt. Wie im Scheinwerferlicht und vor einer Kamera.

»Hatten Sie Geheimnisse vor Ihrem Mann?«

Die Frage schien ihr unangenehm zu sein. Sie verlagerte ihr Gewicht, schlug die Beine übereinander und antwortete: »Nein.«

»Und Sie führen mit den Kindern Ihres Mannes einen Rechtsstreit um sein Vermögen.«

»Das ist der Grund, weshalb ich unbedingt aus Paris wegwollte – um mich zu erholen und Abstand von allem zu gewinnen. Aber das sagte ich Ihnen bereits.«

Markou schwieg, woraufhin sie erklärte: »Die Kinder meines Mannes können sich nicht damit abfinden, dass sie bereits bekommen haben, was ihnen zusteht – übrigens sogar wesentlich mehr. Sie wollen nicht akzeptieren, wie ihr Vater sein Vermögen aufgeteilt hat, und verhalten sich wie verzogene kleine Kinder. Wäre er noch am Leben, würde er sich für ihr Verhalten und ihre Gier schämen.«

Und mit einem theatralischen Seufzen erklärte sie: »Darüber rede ich nicht gern. Um die rechtlichen Belange kümmern sich meine Anwälte. Ich bin hier, um das alles auszublenden. Außerdem verstehe ich nicht recht, was das mit dem Mord zu tun haben soll.«

»Wie Sie wissen«, antwortete der Kommissar, »war Lucy Davis Journalistin. Und sie hatte gerade angefangen, ein Buch über Nissos zu schreiben – über die Leute, die hier leben oder den Sommer auf der Insel verbringen.«

Levalois' Miene blieb vollkommen ausdrucklos.

»In ihrem Romanfragment werden auch Sie mehrmals erwähnt«, fuhr Markou fort.

»Ich?«, fragte die Brasilianerin mit einem selbstgefälligen Lächeln. »Ist das so was wie ein Who's-who-Buch?«

Der Kommissar ging nicht darauf ein. »Jedenfalls hat sie darin etwas erwähnt – nennen wir es mal ein Gerücht –, das, wenn es stimmt, Auswirkungen auf Ihren Erbschaftsstreit haben könnte.«

Plötzlich verdüsterte sich Levalois' Miene. In ihren Augen zog ein Gewitter auf, dennoch war ihre Stimme ruhig, als sie sagte: »Ich bin sicher, Sie werden mir gleich erzählen, worum es sich handelt.«

Markou sträubte sich sichtbar. Der Gedanke, den er auszusprechen im Begriff war, kam ihm plötzlich vollkommen lächerlich vor. Aber jetzt war es zu spät für einen Rückzieher.

»Lucy Davis hat behauptet ... dass ... Sie ... als Mann geboren wurden.«

Kaum war es heraus, entluden sich die dunklen Wolken in den Augen der Brasilianerin. Ihr schallendes Gelächter erfüllte das kleine Büro und hallte bis ins Vorzimmer, wo alle überrascht zur Tür schauten.

Das hemmungslose, fast hysterische Lachen, unter dem Levalois fast zu ersticken drohte, ließ auch Maroulas in Gelächter ausbrechen und zauberte sogar auf Markous Züge ein amüsiertes Grinsen.

Nach fünf Minuten bekam sie sich mit schweißglänzender Stirn und tränenüberströmtem Gesicht endlich wieder in den Griff.

Sie sammelte kopfschüttelnd ihre Gedanken und sagte:

»Ich kann mich nicht erinnern, wann ich zum letzten Mal so lachen musste. Wirklich witzig! Und um Ihre Frage zu beantworten«, fuhr sie mit gefährlich breitem Grinsen fort, »ich kann Ihnen versichern, wenn das stimmen würde, hätten es die Söhne meines Mannes längst herausgefunden. Sie haben jede Menge Leute angeheuert, um jedes noch so kleine Detail aus meiner Vergangenheit hervorzuzerren und irgendetwas Rufschädigendes über mich zu finden. Weil ich mal Model war, scheinen sie mich für eine Art Edelnutte zu halten. Sie suchen nach Beweisen für Drogenkonsum, Liebhaber, Affären, was weiß ich noch alles. Sie haben nichts gefunden und werden auch nichts finden, weil ich immer ein kreuzbraves katholisches *Mädchen* war. Und nach wie vor bin«, fügte sie mit einem Zwinkern hinzu.

Dann warf sie den Kopf zurück und fuhr fort: »Dass ich mal ein Mann war, habe ich allerdings noch nie gehört. Bei der nächsten Soiree wird die Geschichte bestimmt ein Brüller!«

Und ohne Markou eine Chance zu geben, weitere Fragen zu stellen, fügte sie hinzu: »Natürlich können Sie vom französischen oder brasilianischen Konsulat gern meine Personalien anfordern. Und wenn Ihnen das nicht genügt«, sie schnaubte, »kann ich Ihnen gern ein paar Babyfotos von mir zeigen, damit Sie sich selbst überzeugen können, dass ich keinen …«

Markou stand auf und murmelte: »Wenn wir noch weitere Fragen haben, melden wir uns bei Ihnen.« Damit war die Vernehmung beendet, und er gab Maroulas mit einem Nicken zu verstehen, sie hinauszubegleiten.

Wessen Kind

Nadine Hazera-Fasteau betrat das Büro zögernd wie eine Katze, die etwas Interessantes und zugleich Gefährliches erkundet.

Die Vernehmung wurde wieder auf Französisch geführt. Markou achtete sehr genau auf jede ihrer Reaktionen, während Maroulas übersetzte.

Auch sie wusste nichts von dem fraglichen Manuskript. Sie erklärte erneut, nichts über Lucy Davis' Arbeit, Gewohnheiten oder Hobbys zu wissen, außer dass sie Journalistin war.

»Wie bereits gesagt, war ich nicht mit ihr befreundet. Ich gehe allen Kontakten möglichst aus dem Weg«, wiederholte sie. »Ganz besonders mit Frauen.«

Schon bei der nächsten Frage war ihre Gleichgültigkeit jedoch wie weggewischt.

»Ich würde gern über den Vater Ihres Kindes mit Ihnen sprechen.«

Sie runzelte die Stirn. »Er ist noch nicht hier. Er hatte noch zu arbeiten und ist in Frankreich geblieben. Eigentlich sollte er heute kommen, aber wegen des Wetters war es leider nicht möglich. Wenn der Wind sich legt und die Fähre wieder anlegen kann, können Sie gern mit ihm reden.«

Bevor ihr der Kommissar erklären konnte, worauf er hinauswollte, fuhr Hazera-Fasteau fort: »Aber mir ist nicht recht klar, was Olivier mit dieser Geschichte zu tun haben soll. Er war nicht einmal hier, als es passiert ist. Und ich bin auch nicht sicher, ob er die ermordete Frau überhaupt kennt. Er ist nicht besonders …« Achselzuckend ließ sie den letzten Satz einfach so stehen.

Markou wappnete sich für die nächste heikle Frage. Er holte tief Luft und richtete sie an Maroulas, damit er sie übersetzte.

Der junge Kadett ließ sich ein paar Sekunden Zeit, um eine angemessene Formulierung zu finden. Die Französin, die seine Verlegenheit bemerkte, schien zu ahnen, dass jetzt etwas kam, was für sie beide unangenehm war.

Als Maroulas schließlich ansetzte, war seine Stimme schärfer als sonst. »Der Herr Kommissar meint … er würde gern von Ihnen wissen … wer *tatsächlich* der Vater Ihres Kindes ist.«

In krassem Gegensatz zu Levalois' schallendem Gelächter reagierte Hazera-Fasteau mit einem konsternierten, eisigen Schweigen. Ihr Bein, das bisher unablässig auf und ab gewippt hatte, erstarrte zu völliger Reglosigkeit. Nur ihr Mienenspiel verriet, was in ihr vorging. Über ihre verengten Augen legte sich ein harter Glanz. Auf ihren Wangen bildeten sich zwei feuerrote Flecken, die sich rasch auf Hals und Stirn ausbreiteten.

Sie öffnete den Mund und zeigte, angriffsbereit wie eine Löwin, ihre Zähne. Ihr Gesichtsausdruck erinnerte Markou an das bekannte Foto von Maria Callas, als sie nach einer Vorstellung in Chicago eine gerichtliche Vorladung in die Hand gedrückt bekam. Darauf war deutlich zu sehen, warum sie oft als Tigerin beschrieben wurde. Den Blick unverwandt auf den Kommissar gerichtet, begann Hazera-Fasteau so schnell zu sprechen, dass Maroulas kaum mit dem Übersetzen hinterherkam. Sie spie ihre wütenden Worte förmlich aus.

»Ich würde gern glauben, dass ich Ihre Frage nicht richtig verstanden habe. Der Vater meines Kindes ist natürlich mein Mann. Ich würde gern glauben, dass Ihre Frage falsch übersetzt wurde oder dass das Französisch Ihres Kollegen nicht gut genug ist. Doch sollten Sie tatsächlich gewagt haben, diese Frage zu stellen, werde ich … werde ich davon ausgehen, dass Saintsimons Schmutzkampagne sogar bei der griechischen Polizei Gehör gefunden hat, und ich … das heißt, wir werden alle nötigen Schritte einleiten, um unsere Familie zu schützen.«

Ihre Wut wurde mit jedem Wort greifbarer. Aus Angst, das Gesagte könnte wie Levalois' Gelächter bis ins Vorzimmer dringen, wurde sie jedoch nicht lauter. Ihre ganze Energie floss in ihre geballten Fäuste und ihren sengenden Blick.

Markou ließ ihr ein paar Sekunden Zeit, um sich zu beruhigen, und als es so weit war, wandte er sich an Maroulas.

»Versichern Sie ihr, dass uns de Saintsimon nichts dergleichen erzählt hat. Sagen Sie ihr, dass die Frage auf einer anderen Quelle basiert. Dass in Davis' Manuskript Zweifel bezüglich der Vaterschaft ihres Kindes erwähnt werden … nein, drücken Sie es lieber vorsichtiger aus, damit sie uns nicht wieder ausflippt. Sagen Sie stattdessen ›Zweifel bezüglich der eben angesprochenen Frage‹.«

Maroulas' Übersetzung zog keine weitere Reaktion nach sich. Hazera-Fasteau sah den Kommissar an und wartete.

»Bedauerlicherweise müssen wir bei unserer Suche nach dem Mörder auch peinliche Fragen stellen. Wir sehen hier ein potentielles Mordmotiv.«

Die Falten auf Hazera-Fasteaus Stirn vertieften sich.

Sie öffnete den Mund, kniff ihn jedoch gleich wieder zusammen und schloss seufzend die Augen. Bei den folgenden Worten war ihr Stimme ruhiger, ohne jedoch an Schärfe zu verlieren.

»Ich kann nur wiederholen, ich stand Lucy Davis nicht nahe, und sie wusste absolut nichts über mich. Was sie schreibt, ist also reine Spekulation. Woher wissen Sie überhaupt, dass ich gemeint bin? Hat sie mich namentlich erwähnt? Ich weiß nur, dass Pierre Gerüchte über mich streut, aus Rache dafür, dass wir sein Haus nicht mehr mieten, das ich einer gemeinsamen Bekannten gegenüber völlig zu Recht als Bruchbude bezeichnet habe. Er macht das übrigens sehr raffiniert, in Form von versteckten Andeutungen und Witzen, die schwer auf ihn zurückzuführen sind. Aber mir ist sehr wohl klar, dass die Behauptung, Olivier sei nicht der Vater meines Kindes, von ihm kommt.«

Sie holte tief Luft. »Ich muss hier nichts beweisen. Aber nur um das klarzustellen, auch wenn es Sie nichts angeht: Vor fünf Jahren, kurz nach unserer Heirat, hatte ich eine Fehlgeburt. Eine Rhesusunverträglichkeit, weil ich und Olivier, *mein Mann*«, unterstrich sie, »unterschiedliche Rhesusfaktoren haben. Bei meiner zweiten Schwangerschaft habe ich mich einer Behandlung unterzogen, und alles ist gut gegangen. Das beantwortet hoffentlich alle Fragen nach dem Vater meines Sohnes.«

Etwas weniger nachdrücklich fuhr sie fort: »Pierre stützt seine niederträchtigen Unterstellungen auf den Umstand, dass unser Sohn eine andere Haut- und Augenfarbe hat als ich und mein Mann. Aber er weiß natürlich nicht, dass sowohl Oliviers Mutter als auch mein Vater blond sind und blaue Augen haben.«

Sie schüttelte den Kopf. »Das Ganze ist einfach lächerlich! Und vor allem beleidigend … und schlichtweg gemein!« Ihr Bein begann wieder nervös zu wippen, als wollte sie ihren Ärger in den Boden leiten. Dann flossen Tränen über ihr gerötetes Gesicht.

Ich wollte Kinder

Jacques Moreno kam als Erster herein. Markou hatte sich dafür entschieden, das Paar einzeln zu vernehmen, da die beiden vielleicht unterschiedliche Motive hatten. Außerdem wollte er nicht, dass de Saintsimon für seinen Partner Fragen beantwortete.

Obwohl Moreno darum bat, die Vernehmung auf Griechisch zu führen, begann der Kommissar auf Englisch. Zum Ablauf der Mordnacht gab Moreno die gleiche Antwort wie zuvor: Sie waren gegen eins gegangen. Auf das Buch angesprochen, bestätigte er, von Lucy Davis' Vorhaben gewusst zu haben.

»Deshalb hat sie das Haus gemietet. Um allein zu sein und sich besser auf die Arbeit konzentrieren zu können.«

Danach fragte ihn der Kommissar, ob sein Partner – Ehemann, korrigierte ihn Moreno – ein gutes Verhältnis zu den Mietern seiner Häuser hatte.

Achselzuckend erklärte Moreno: »Im Großen und Ganzen schon. Ab und zu gibt es natürlich Probleme, aber nichts Dramatisches.«

Auch die nächste Frage schien ihn nicht aus der Ruhe zu bringen. »Ja, er hat Schlüssel für alle Häuser. Zweitschlüssel, meine ich. Und ja, es kommt vor, dass wir vermietete Häuser betreten. Auch ich mache das. Viele der Häuser sind alt, und hin und wieder müssen Reparaturarbeiten vorgenommen werden. Wenn irgendwo ein Problem auftritt, kann einer von uns den Handwerkern aufschließen, wenn die Mieter am Strand oder beim Mittagessen sind.«

Beide hatten also in Davis' Haus gekonnt, wenn sie weg war, dachte der Kommissar. Und dort lesen, was sie geschrieben hatte …

»Wissen Sie, dass es auf der Insel Leute gibt, die Ihren Mann fies und gemein finden.«

Moreno nickte. »Ja, sie nennen ihn *i kakí*«, verriet er dem Kommissar flüsternd. Als er darauf den Kopf senkte, glaubte Markou, ein Lächeln um seine Lippen spielen zu sehen.

»Ich habe ihm immer wieder gesagt, er soll nicht ständig hässliche Gerüchte über andere verbreiten. Sonst fallen sie eines Tages auf ihn zurück und er bekommt mal gewaltig Ärger.«

Sein Lächeln war jetzt nicht mehr zu übersehen.

»Er meinte nur, ich würde immer gleich den Teufel an die Wand malen. Aber vor ein paar Tagen hat er zugegeben, dass ich recht habe, und mir versprochen, dass von jetzt an kein böses Wort mehr über seine Lippen kommt. Das hat er allerdings nur fünfzehn Minuten durchgehalten, bevor …«

»Wann hat er Ihnen dieses Versprechen gegeben? Erinnern Sie sich noch an den genauen Tag? Und haben Sie vielleicht eine Idee, was der Grund für seinen Sinneswandel war?« Der Kommissar hatte den Verdacht, dass er vielleicht Davis' Text gelesen hatte.

»Vor drei, vier Tagen, glaube ich. Aber was den Grund angeht, habe ich keine Ahnung. Und wie gesagt, lange hat er sich ja auch nicht daran gehalten.«

Das notierte sich Markou, bevor er zum zigsten Mal nach dem Ausdruck von Davis' Manuskript griff. Er deutete auf die letzten Absätze des ersten Kapitels.

»Was ist das?«, fragte Moreno, dessen Blick auf Markous Finger geheftet war.

»Lucy Davis' Manuskript.«

Morenos Augen leuchteten kurz auf, wie der Blinker eines Autos im Dunkeln. Das Licht in ihnen erlosch jedoch sofort wieder, als er die Passage zu lesen begann, auf die der Kommissar zeigte.

Bei der Frage am Ende des Kapitels angekommen, runzelte er die Stirn. Doch sein Lächeln kehrte rasch zurück. Im Gegensatz zu Levalois' hysterischem Gelächter und Hazera-Fasteaus Wutausbruch blieb Jacques Moreno ganz gelassen.

»Wissen Sie, Herr Kommissar, ich wollte immer Kinder haben. Und vor drei Jahren konnte ich Pierre sogar umstimmen. Allerdings weiß ich nicht, ob er einwilligte, um mich glücklich zu machen, oder ob er bloß wollte, dass ich endlich Ruhe gebe. Wir fingen an, uns nach einer Leihmutter umzusehen. Wir wollten mein genetisches Material verwenden. Ein blondes Mädchen wie das, das Lucy hier beschreibt, eine kleine Jacqueline, so habe ich sie mir vorgestellt.«

Sein Lächeln verflog.

»Wir fanden eine Freundin, die sich ebenfalls ein Kind wünschte, und unterzogen uns den erforderlichen Untersuchungen, um uns zu vergewissern, dass alles passte. Und so habe ich dann herausgefunden, dass meine kleine Jacqueline nie geboren würde. Ich kann leider keine Kinder zeugen.«

Der »politisch unkorrekte« de Saintsimon

De Saintsimon schloss die Tür hinter sich. Er hatte seiner früheren Aussage nichts Neues hinzuzufügen. Was sich jedoch geändert hatte, war sein Verhalten. Er war wesentlich bescheidener und unterwürfiger als beim letzten Mal, zumindest, bis er das Kapitel las, in dem er vorkam.

Doch selbst dann, trotz seiner Überraschung und seines Ärgers – ob echt oder gespielt –, sagte er nur: »Wie konnte sie so etwas über mich schreiben? Wir waren eng befreundet. So eine Gemeinheit!«

Und dann fügte er in nüchternerem Ton hinzu: »Möge sie trotzdem in Frieden ruhen.«

»Sie erkennen sich in diesem Text also wieder?«, fragte Markou.

»Man muss kein Genie sein, um zu merken, dass ich gemeint bin – trotz der Ungenauigkeiten und Übertreibungen. Außerdem habe ich einmal mitbekommen, dass mich jemand – keine Ahnung, warum – *kakó* genannt hat und …«

»Kakí«, korrigierte Markou, was de Saintsimon mit einem Stirnrunzeln zur Kenntnis nahm.

»Wo soll da schon der Unterschied sein? Solche homophoben Beleidigungen spielen offensichtlich auf meine sexuelle Orientierung an. Die Polizei wird sich dazu hoffentlich nicht herablassen, denn das wäre Hasskriminalität.«

Der Kommissar war sicher, dass der heimliche Spitzname

auch dann noch treffend wäre, wenn de Saintsimon hetero wäre.

»Ich spreche bloß aus, was alle denken«, fuhr de Saintsimon fort. »Manche mögen das brutal und politisch unkorrekt finden. Ich halte es für Ehrlichkeit.«

»Schon, aber wenn sich die Gerüchte, die Sie verbreiten, festsetzen …«

»Ich habe nie behauptet, dass alles, was ich herumerzähle, immer nur *Fakten* sind«, fiel de Saintsimon dem Kommissar ins Wort. »Wie bereits gesagt, ich fasse nur in Worte, was alle denken. Manches davon mag nicht stimmen. Es mag auf Hörensagen basieren oder frei erfunden sein, aber sich hinter seinem Finger zu verstecken, wie man in Griechenland sagt, führt nicht … Aber egal, ich lasse es wenigstens raus.«

»Wie die Sache mit der Vaterschaft von Hazera-Fasteaus Kind oder Banks' Verbrechen«, bemerkte der Kommissar.

Damit hatte de Saintsimon offensichtlich gerechnet, denn er zeigte kaum eine Reaktion. »Die Vaterschaft des Jungen habe ich nie direkt angezweifelt. Ich habe mich nur über sein Aussehen geäußert. Haben Sie den Kleinen mal gesehen? Sein Haar ist so blond wie der Sand am Chrysi Ammos, dem Golden Beach. Und das habe ich auch nur zu zwei Leuten gesagt, denen ich vertraue, nämlich Jacques und Lucy. Bei Letzterer war das wohl ein Fehler.«

Er holte tief Luft. »Was Henrietta angeht, dürfen Sie die Schuld nicht bei mir suchen. Die Gerüchte, dass sie ihren Mann umgebracht hat, um ihn zu beerben, habe nicht ich in die Welt gesetzt! Ich war noch ein Kind, als er gestorben ist. Es sind die Einheimischen, die das schon seit Jahren behaupten.«

»Aber ist Ihnen denn nicht klar, dass Dinge, die Sie nur vom Hörensagen wissen und unbedacht ausplaudern, schwerwiegende Folgen haben können? Nicht nur für die Personen, die diese Gerüchte betreffen, sondern auch für Sie?«

»Wieso für mich?«, fragte de Saintsimon verdutzt.

»Indem Sie zum Beispiel Mieter für Ihre Häuser verlieren.«

»Ach, so meinen Sie das. Deswegen habe ich mir tatsächlich erst kürzlich Gedanken gemacht. Eine Italienerin hat vor einiger Zeit kurzfristig ihre Buchung storniert, weil ihr jemand erzählt hat, dass ich einmal eine nicht besonders nette Bemerkung über ihre Freundin gemacht habe, die vor ihr dort gewohnt hat. Dabei war es reine Tatsache. Und keine Angst, ich werde Ihnen nicht schildern, was sich der Putzfrau offenbart hat, nachdem diese Frau abgereist ist. Ich kann nur sagen, dass ich sogar die Türgriffe desinfizieren musste ...«

Mit einer angewiderten Grimasse fuhr er fort: »Nissos liegt voll im Trend, Herr Kommissar. Deshalb ist es sehr einfach, meine Häuser für gutes Geld zu vermieten – selbst die kleinen. Also nein, ich mache mir keine Sorgen, dass sich mein Ruf, jemand zu sein, der das Kind beim Namen nennt, nachteilig auf meine Geschäfte auswirkt.«

Markou nickte. »Haben Sie das Haus, das Davis von Ihnen gemietet hat, einmal in ihrer Abwesenheit betreten?«

Die Frage schien de Saintsimon zu verunsichern.

»Soll heißen?«

»Jacques hat mir erzählt, dass in den Häusern hin und wieder Reparaturarbeiten vorgenommen werden müssen.«

»Ach so, natürlich. Und nein, ich habe das Haus in Lucys Abwesenheit nie betreten. Wie Sie sich vielleicht erinnern, war das Haus eine Weile nicht vermietet, weil es renoviert wird. Deshalb ist alles neu und funktioniert perfekt. Nur die Wände müssen noch ein zweites Mal gestrichen werden. Aber das hat Zeit.«

Das war das Ende seiner Aussage, und er war entlassen.

Markou schaute auf die Uhr und fragte Maroulas: »Wie viel Zeit haben wir, bis die nächsten kommen?«

»Etwa fünfundvierzig Minuten«, antwortete der Kadett und schaute auf sein Handy.

»Ersen hat bisher noch nicht auf meine Nachrichten reagiert …« Maroulas stellte das Telefon laut und wählte die Nummer ein weiteres Mal. Aber nach dreimaligem Läuten sprang die Voicemail an.

»Ich fahre noch mal zu seinem Boot. Soll ich Ihnen was zu essen bestellen?«

Markou lehnte dankend ab. »Ich gehe kurz um die Ecke eine Kleinigkeit essen, während Sie nach Ersen suchen. Und mit Ihrem Chef muss ich auch reden.«

Schon bei der Erwähnung seines Vorgesetzten schien der junge Polizeianwärter Habachtstellung einzunehmen. Markou schmunzelte.

Eine alte Geschichte

Am selben Tisch wie am Abend zuvor, von der stabilen Plastikpergola vor dem Wind geschützt, versuchte Markou mit seiner Gabel ein Stück gegrillten Oktopus zu zerkleinern.

Als ihm das nicht gelang, klemmte er sich das Handy zwischen Schulter und Ohr und griff mit der frei gewordenen Hand nach dem Messer. Er schnitt das Oktopusstück durch und nahm das Telefon wieder in die Hand, während ihm Polizeichef Katzikis bestätigte, dass er immer noch nicht auf die Insel zurückkehren konnte. Er hoffte, der Sturm würde in der Nacht nachlassen, aber der Wetterbericht gab wenig Anlass zu Optimismus.

»Valantis sagt, Sie machen Ihre Sache ganz hervorragend.«

»Hoffentlich hat er Ihnen auch gesagt, dass wir bisher noch keine nennenswerten Ergebnisse vorzuweisen haben …«

»Ich weiß zwar nicht, wie Sie in Athen arbeiten«, widersprach ihm Katzikis, »aber nach nur zwei Tagen haben Sie bereits ein Motiv sowie mehrere Verdächtige und Anhaltspunkte. Sie nennen es vielleicht ›keine nennenswerten Ergebnisse‹, ich nenne es Fortschritte.«

Markou ließ die schmeichelhaften Worte des Polizeichefs einfach an sich abprallen. Hin und wieder fragte er sich, ob es normal war, dass es ihm keine Befriedigung verschaffte, ein paar kleine Siege zu erringen, solange er nicht den Krieg gewann und den Schuldigen überführen konnte. Und mochte er auch schon ein paar erfolgreiche Schlachten geschlagen haben, war der Krieg noch keineswegs zu Ende. Da er nicht undankbar erscheinen wollte, antwortete er nüchtern: »Da haben Sie natürlich recht.«

»Das will ich doch meinen«, sagte Katzikis. »Und ich muss zugeben, dass ich mich frage – und glauben Sie mir, nicht aus reiner Bescheidenheit –, ob ich als Leiter der Ermittlungen dieselben Ergebnisse vorweisen könnte. Der Umstand, dass Sie nicht von der Insel sind und deshalb keine vorgefassten Meinungen und Sympathien oder Antipathien haben, macht Sie zu einem besseren Beobachter. Sie können unvoreingenommener beurteilen, was Sie zu hören bekommen.«

Dieser Umstand – der Abstand zu den Akteuren bei der aktuellen Ermittlung – war eine willkommene Abwechslung zu Markous letzten Fällen. Auf Nissos waren das Opfer, die Verdächtigen und der Tatort nur Teil seiner Aufgabe. Er war nicht persönlich in die Sache verwickelt. Er sah die Dinge »mit dem Blick eines Ermittlers, der niemanden kennt und völlig unvoreingenommen an die Sache herangeht – für den alle Beteiligten Fremde sind und somit gleichermaßen verdächtig«, wie Poirot es in Agatha Christies *Alibi* ausdrückt.

»Und frei heraus gesagt«, in der kurzen Pause, die Katzikis folgen ließ, konnte Markou sich das Stück Oktopus in den Mund schieben, »haben Sie mit so etwas wesentlich mehr Erfahrung als ich. Nissos ist kein Paradies auf Erden; ganz im Gegenteil, je kleiner ein Ort, umso deutlicher sichtbar werden die Probleme. Allerdings wir haben meist mit anderen Verbrechen zu tun. Vor allem Drogen, und ich muss zugeben, dass ich da manchmal ein Auge zudrücke, denn sonst verbrächte ich jeden Abend damit, an allen Stränden und in jedem Haus nach Joints und Spuren von Kokain zu suchen. Ab und zu nehmen wir einen Kleindealer fest, worauf allerdings prompt drei andere auftauchen – wie die sprichwörtlichen Köpfe der Hydra!«

Markou, der stumm auf dem inzwischen kalten und gummiartigen Kopffüßer herumkaute, wurde klar, dass er Katzikis, sobald er auf die Insel zurückkehrte, von seinem Verdacht hinsichtlich der Aktivitäten des Türken erzählen musste, und was dieser wahrscheinlich auf seinem Boot versteckte.

»Wir haben kleine Diebstähle auf dem Campingplatz und die üblichen Verkehrsverstöße und Unfälle, meistens mit Motorrollern ... Ach ja, und vor ein paar Jahren hatten wir wegen irgendwelcher Grundstücksstreitigkeiten auch einen Mordversuch, aber ...«

Markou unterbrach ihn: »Sie hatten auch den Fall mit der Schwester der Bürgermeistersfrau, die ihren Mann umbringen wollte, als sie ihn mit einer Touristin erwischt hat ... Irgendwas in der Art jedenfalls.«

Katzikis' lautes Gelächter durchlöcherte fast das Trommelfell des Kommissars. »Ja, aber es war die Tante der Frau des Bürgermeisters, auch als ›Schielende Theodora‹ bekannt. Aber das ist schon fünfzehn Jahre her – wenn nicht sogar länger. Damals hatte ich gerade den Posten des vorigen Chefs übernommen. Aber ich meinte gar nicht solche alten Fälle ...«

Katzikis Stimme war leise geworden, und den letzten Satz ließ er einfach so stehen.

Nach ein paar Sekunden, in denen er vorsichtig verstaubte und zerbrechliche Gegenstände aus den Regalen seines Gedächtnisses zu nehmen schien, fuhr er fort: »Wo wir gerade von alten Geschichten sprechen, fällt mir ein, dass wir schon mal einen Mord auf der Insel hatten – zumindest wurde der Fall als solcher behandelt und schließlich zu den Akten gelegt – ein ungelöster Mord, der schon ziemlich lange zurückliegt. Außer dem Opfer, über das wir ebenfalls so gut wie nichts wissen, haben wir keinerlei Anhaltspunkte und ...«

Markou winkte nach der Rechnung, schob seinen halb vollen Teller mit dem gegrillten Oktopus beiseite und schlug sein Notizbuch auf.

»Es war 1992 oder 93 in der Metochi Kalogiron, auf einem Stück Land, das Thomas Doulgerakis gehörte, zu Fuß etwa fünfzehn Minuten von Chora entfernt, über dem Gaidoura Beach …«

Das unbekannte Opfer

Die Akte in Markous Hand enthielt nicht viel mehr Informationen als das, was ihm Katzikis vor einer halben Stunde erzählt hatte.

Er fand den Ordner, den einzigen von 1992, unter den Akten späterer Fälle im letzten Schub eines metallenen Büroschranks. Der beige Deckel war mit der Zeit so vergilbt, dass der Vermerk *ARCHIV* darauf kaum mehr zu erkennen war.

Katzikis hatte ihm erklärt, dass die Akte wegen der Verjährung der Tat zwar in das im Keller untergebrachte Archiv gehörte, er sie aber noch in seinem Büro haben wollte.

»Eine Art Totem sozusagen«, erklärte er dem Kommissar. »Ein Cold Case, der ungelöste Mordfall. Wie in einem Roman.«

Markou bat Mariama Milandi und Timos Karas, die zum verabredeten Termin erschienen waren, später wiederzukommen, und machte sich daran, die Akte mit dem Titel *Unbekannte-Tote-Mord in der Metochi Kalogiron* Seite für Seite durchzugehen. Was er dort las, eignete sich tatsächlich als Vorlage für einen Krimi: ein Mord, den wegen der extrem dünnen Beweislage nur ein Ermittler mit übermenschlichen Fähigkeiten lösen konnte.

Am 17. Juni 1992 entdeckte Thomas Doulgerakis in einem auf seinem Land gelegenen Brunnen einen menschlichen Schädel. Um genau zu sein, fand den Schädel ein Geologe, der zusammen mit einem Architekten den Zustand des

Brunnens daraufhin untersuchte, ob er sich für das Haus eignete, das der Grundstücksinhaber dort an der Stelle eines alten Schuppens bauen wollte.

Mithilfe eines Tauchers konnte die Polizei – der jetzige Polizeichef war damals noch ein junger Polizist – den Schädel und den Großteil der Knochen eines menschlichen Skeletts bergen, die zur weiteren Untersuchung an ein Labor in Athen geschickt wurden.

Da es in den vorangegangenen zehn Jahren – so weit zurück hatten sie recherchiert – keine Vermisstenmeldungen und auch sonst keinerlei Hinweise auf die Identität der Toten gab, blieb ihnen nichts anderes übrig, als auf die Laborbefunde zu warten. Und da damals DNA-Analysen noch nicht Eingang in die Arbeit griechischer Forensiker gefunden hatten, waren die einen Monat später eintreffenden Untersuchungsergebnisse keine große Hilfe bei den Ermittlungen.

Weiblich, Alter 22–25 Jahre, 161 cm war alles, was sie über das Opfer sagten. An ihrem Gebiss waren keine Eingriffe vorgenommen worden, und auch andere Hinweise wie »Metallplatten, Knochendeformationen oder sonstige Besonderheiten« wurden nicht gefunden.

Interessanter waren das Wie und die Frage, warum die junge Frau auf dem Grund des Brunnens gelandet war. Im Obduktionsbefund war von *Anzeichen eines schweren Schädel-Hirn-Traumas* und *massiven Schädigungen des Gehirns* sowie *schweren multiplen Frakturen von Stirn- und Scheitelbein auf beiden Seiten der Koronarnaht* die Rede. Anders ausgedrückt, jemand hatte der Frau buchstäblich den Schädel zertrümmert, bevor er sie in den Brunnen geworfen hatte. Deshalb wurde der Fall als Mord eingestuft.

Die Frage nach dem Wann verkomplizierte die Sache weiter. Den Laboruntersuchungen zufolge hatte das Opfer mindestens zwanzig Jahre in seinem feuchten Grab gelegen. Die auf dem Zustand der Knochen, dem Salzgehalt des Wassers und der letzten Nutzung des Brunnens basierenden Analysen ließen nur eine sehr grobe Schätzung des Zeitraums zu, der bis zur Entdeckung des Skeletts vergangen war. Nämlich zwischen zwanzig und dreißig Jahren, also *zwischen 1962 und 1972*, wie in Klammern hinzugefügt war.

Obwohl die Tat längst verjährt war, kam es Mitte Juli 1992 auf Nissos zu einer regelrechten Hexenjagd nach dem Mörder der getöteten Frau. Da in den sechziger und siebziger Jahren auf der Insel niemand vermisst gemeldet worden war, ging man davon aus, dass es sich beim Opfer um eine allein reisende Touristin handelte, die sich nur kurz auf der Insel aufgehalten hatte.

Der Fundort der Leiche lenkte daher den Verdacht auf die Besitzer des Grundstücks, jedoch konnte nichts belegt werden.

Der damalige Besitzer, Thomas Doulgerakis jr., hatte das Grundstück gerade von seinem Großvater geerbt, der ebenfalls Thomas hieß und zu Beginn des Jahres gestorben war. Wegen seines Alters – er war 1992 sechsundzwanzig Jahre alt – kam er als Täter nicht infrage, daher fiel der Verdacht auf seinen Vater Nikos, einen 58 Jahre alten Fischer, und seinen Großvater. In der Mitte des kargen, unbebauten Grundstücks stand ein ehemals zum Kloster gehörender und seit Jahrzehnten nicht mehr genutzter Schuppen, für den der Brunnen als Wasserquelle gedient hatte.

Bei einer ersten Vernehmung hatte Nikos Doulgerakis erklärt, nichts über den Mord und das Opfer zu wissen, und immer wieder bekräftigt, dass er und sein Vater nichts mit der Sache zu tun hätten.

Belastendes Beweismaterial gegen die beiden Männer wurde nicht gefunden. Nach einer Reihe vergeblicher Versuche, von Einheimischen oder Besuchern der Insel etwas über den Fall in Erfahrung zu bringen, wurden die Ermittlungen eingestellt. 2012, zwanzig Jahre später, zum zwanzigsten

Jahrestag der Entdeckung der Toten, kam der Moment, in dem die Mordakte in den feuchten Archivkeller hätte wandern sollen.

»Wie hat diese Lucy Davis ausgesehen?«, fragte Katzikis, nachdem er Markou die ganze Geschichte erzählt hatte.

Als der Kommissar sie ihm beschrieb, hörte er mit langen zustimmenden Mhms zu und sagte schließlich: »Ich glaube zwar nicht, dass es etwas mit Ihrem Fall zu tun hat, aber sie ist mal auf die Wache gekommen, um sich über die Polizei im Allgemeinen zu erkundigen. Sie wissen schon, wie weit wir von der Finanzkrise betroffen sind, wie wir mit dem Personalmangel umgehen, lauter solche Dinge. Sie wollte nämlich einen Artikel schreiben …«

»Hat sie sich auch nach diesem alten Mord erkundigt?«

»Eigentlich nicht«, antwortete Katzikis nach einer kurzen Pause.

»Um sich nach dem Mord zu erkundigen, ist sie vorher schon mal vorbeigekommen – Ende Juli, würde ich sagen. Damals hat ihr Valantis Verschiedenes über die Sache erzählt. Und ein paar Tage später kam sie dann noch mal an und hat mich ausgequetscht. Sie war sehr freundlich und sehr interessiert – allerdings auch ein bisschen penetrant –, jedenfalls hat sie sich sehr nett für meine Hilfe bedankt, dann aber angefangen, mich nach früheren Zeiten zu fragen. Sie wollte wissen, wie Nissos in den sechziger und siebziger Jahren war, die allgemeine Atmosphäre damals auf der Insel, ob die Moralvorstellungen noch sehr streng waren und wie sich das alles auf die Polizeiarbeit ausgewirkt hat. Sie hat mich auch nach der Zeit der Militärdiktatur gefragt, ob damals schon Touristen nach Nissos kamen, ob es Probleme mit Hippies und Aussteigern gab und ob wir grundsätzlich Ärger mit jungen Touristen hatten.

Ich habe ihr natürlich gesagt, dass ich in der fraglichen Zeit noch ein Kind war, dass wir aber mit Hippies meines Wissens keine Probleme hatten, weil es auf Nissos praktisch keine gab. Das war mehr auf anderen Inseln. Jedenfalls versicherte ich ihr, dass es bei uns keine Probleme mit Touristen gab – egal, ob mit alten oder jungen. Und in dem Zusammenhang fiel mir dann wahrscheinlich dieser alte Fall wieder ein, und ich erzählte ihr davon. Nicht so detailliert wie Ihnen gerade, aber doch genug, um sich ein grobes Bild zu machen.«

»Wie hat sie reagiert?«, fragte Markou.

»Eher neutral. Sie hat schon ein gewisses Interesse an der Sache gezeigt, aber nicht übermäßig. Unmittelbar danach ist sie gegangen, aber zwei Minuten später noch einmal zurückgekommen, weil sie ihre Tasche vergessen hatte. Sie wirkte irgendwie abwesend.«

»Können Sie sich noch erinnern, wann das genau war?«

»Vor etwa zehn Tagen?«, überlegte Katzikis laut. »Stimmt, vor elf Tagen, um genau zu sein, am Tag vor dem Fest des Heiligen …« Und er nannte den Namen des Schutzpatrons der Insel, von dem Markou noch nie etwas gehört hatte.

Also acht Tage vor dem Mord, dachte der Kommissar.

Hatte Davis etwas über den alten Mord gewusst? Hatte sie vorgehabt, ihn in ihr Buch einzubauen? Das wäre das perfekte Motiv gewesen. Allerdings gab es in ihrem Manuskript oder in den Notizen keinen Hinweis darauf. Konnte das irgendwo anders versteckt sein? In einem anderen Ordner oder in einer anderen Form? Als Artikel oder Kurzgeschichte getarnt?

Während Markou noch überlegte, ob er den jungen Kadetten Davis' Laptop ein zweites Mal durchsuchen lassen sollte, ging die Tür auf, und Maroulas kam mit hochrotem Kopf herein.

»Ich kann Ersen nirgendwo finden!«, rief er. »Er ist nicht auf seinem Boot. Sein Motorroller ist verschwunden, und von den Leuten, die ich nach ihm gefragt habe, hat ihn seit gestern niemand mehr gesehen. Glauben Sie, er ist abgehauen?« Die Frustration in seinem verschwitzten Gesicht war unübersehbar.

Angesichts dieser Neuigkeiten verdüsterte sich die Miene des Kommissars. Allerdings nicht, weil er fürchtete, der Türke könnte abgehauen sein.

Schnee, wie weißes Pulver

195 Gramm Kokain, jede Menge Pillen – ihrem Aussehen nach zu schließen, wahrscheinlich Ecstasy oder Methadon, aber wir müssen sie auf jeden Fall ins Labor schicken –, ein halbes Kilo aufbereitetes Marihuana und ein paar Pflanzen«, betete Maroulas die Liste zum dritten Mal herunter. Er verstand nicht, warum Markou sie immer wieder hören wollte. Ebenso wenig verstand er, warum ihm der Kommissar auf seine Frage, ob Ersen seiner Meinung nach untergetaucht sei, ständig die gleiche Antwort gab: »Lesen Sie den Bericht, dann haben Sie die Antwort.«

Die Drogen waren an verschiedenen Stellen auf dem Boot versteckt gewesen, allerdings nicht besonders gut. Schon nach zehn Minuten entdeckten sie die Pillen und das Kokain in einem kleinen Spalt unter dem Teppich und in einem Schrank voller bunter Hemden und T-Shirts. Das Cannabis befand sich in der Küche in Behältern, die mit *Oregano*, *Thymian* und den Namen verschiedener anderer Kräuter beschriftet waren. Das alles ohne Hilfe eines Spürhunds – so einen Luxus konnten sie sich auf Nissos nicht leisten.

Wirklich schade, dass wir Katzen nicht beibringen können, Drogen zu erschnüffeln; dann hätten wir mehr als genug Kandidaten, dachte Maroulas, als sie die Schnee versiegelten. Wahrscheinlich war das weiße Pulver, das sie gefunden hatten, die Erklärung für den Bootsnamen.

Diese Menge Drogen – und es war nicht auszuschließen,

dass auf dem Boot noch mehr versteckt war – bestätigte Markous Verdacht bezüglich der Nebenerwerbsquelle des Türken. Wenn seine Vorräte zu Ende gingen, brauchte er mit der Schnee nur die paar Meilen zur türkischen Küste zu fahren, um sich mit frischer Ware einzudecken.

Nachdem sie die Drogen in einem Müllsack verstaut hatten, waren sie zur Wache zurückgekehrt. Das Boot ließen sie von einem Kadetten der Küstenwache bewacht zurück, unter den aufmerksamen Blicken der Besitzer der Taverne und des Kiosks am Hafen. Letzterer hatte ihnen erzählt, dass er Mehmet Ersen während seiner Nachtschicht nicht zurückkommen sehen hatte. Und der Wirt der Taverne hatte hinzugefügt, dass er auch am Morgen nicht wie sonst auf einen Kaffee und ein Koulouri vorbeigekommen war. Ersens Handy war ausgeschaltet, und von seinem Mietroller fehlte jede Spur.

Als Maroulas den Kommissar zum x-ten Mal fragte, ob der Türke untergetaucht sei, wiederholte Markou nur wieder, er solle den Bericht lesen. Also las der junge Polizeianwärter die Liste noch einmal laut vor, wie ein Kind, das mechanisch seinen Stundenplan aufsagt. Und plötzlich fiel es ihm wie Schuppen von den Augen.

Maroulas verstummte abrupt und sagte dann mit unsicherer Stimme: »Wenn er abgehauen wäre, hätte er vorher noch alles auf dem Boot vernichtet.«

Markous Nicken zauberte ein Lächeln auf die Lippen des Kadetten. »Er kann nicht abgehauen sein. Entweder versteckt er sich irgendwo, oder er …« Er sprach den Satz nicht zu Ende.

»Laut Aussage des Kioskbesitzers war er gestern Nachmittag zum letzten Mal am Hafen«, sagte Markou. »Also ist er nach der Vernehmung wahrscheinlich sofort zu seinem Boot gefahren und nur ein paar Minuten geblieben, bevor er sich am Kiosk eine Schachtel Zigaretten gekauft hat und mit seinem Roller weggefahren ist.«

»Zum Gaidoura«, flüsterte Maroulas. »Beim Verlassen der Wache hat er gesagt, dass er zum Gaidoura Beach fahren will.« Und mit einem Blick aus dem Fenster fügte er hinzu: »Wenn wir dort nach ihm suchen wollen, müssen wir uns beeilen. Es wird bald dunkel.«

Markou nickte und deutete mit einer Kopfbewegung in Richtung Vorzimmer, wo Timos Karas und Mariama Milandi warteten. »Sagen Sie ihnen, sie sollen morgen wiederkommen.«

Vom Mittelmeer zum Nil

Das wird ja langsam ein Dauerzustand, Kommissar …«, sagte die Ärztin halb im Ernst, halb im Scherz.

Als spielten sie die ganze Episode noch einmal nach, führten Mike und die Ärztin mithilfe des Krankenwagenfahrers einen weiteren Leichentransport durch. Diesmal fehlte allerdings der Valentino-Kleidersack, der Krankenwagen war diesmal wesentlich weiter weg geparkt, und es herrschte völlige Dunkelheit. Sie hatten den Türken kurz vor Sonnenuntergang am Gaidoura Beach entdeckt. Inzwischen war die Nacht hereingebrochen, und als sie jetzt den Toten von den Felsen hochzogen, waren die einzigen Lichtquellen die Sterne und ihre Taschenlampen. Wo sich bei Windstille der kleine Strand befand, war alles von wild aufgewühltem, von Seegras und Sand durchsetztem braungrünem Wasser überspült.

Als Erstes hatten Markou und Maroulas am Ende des schmalen unbefestigten Wegs, der zum Schuppen führte, Ersens Motorroller gefunden. Darauf begannen sie, immer wieder seinen Namen rufend, das von verdorrtem Gestrüpp und Steinen übersäte Gelände abzusuchen. Ohne Erfolg. Von Ersen fehlte jede Spur.

Markou machte sich bereits auf das Schlimmste gefasst. Neben einer Mauer aus lose aufeinandergeschichteten Steinen sah er den Brunnen, in dem vor fünfundzwanzig Jahren das Skelett der unbekannten Frau gefunden worden war. Die über der Öffnung befestigten Planken ließen sich nicht von der Stelle bewegen.

Kurz nach acht, als sich der Himmel von grellem Orange in dunkles Violett verfärbte und das letzte Tageslicht verschwand, schickten sie sich zum Gehen an. Doch dann schaute Maroulas die sechs Meter hohe Felswand zum Strand in einem Moment hinab, in dem sich das Wasser gerade aus der Bucht zurückzog, um in ihrer wilden, sich unablässig wiederholenden Choreographie mit neuer Wucht gegen sie anzubranden.

Und diesmal stach ihm zwischen den dunklen Felsen dort unten etwas Weißes in die Augen. Ein T-Shirt. Gleich darauf wurde es von einer Welle wieder mit Gischt und Sand überspült. Als sie sich zurückzog, kam ein Kopf zum Vorschein. Mit seinen weit aufgerissenen Augen und dem in seinen Haaren verhedderten, sich wie Schlangen windenden Seegras sah Mehmet Ersen aus wie ein Abbild der Medusa.

Kurze Zeit später wurden der Kommissar und Maroulas an Seilen in die Bucht hinabgelassen. Das Wasser reichte ihnen bis zum Bauch und brandete so wild gegen sie an, als wollte es sie auf der Suche nach weiteren Opfern von den Beinen reißen. Die klaffende Wunde auf Ersens Stirn, von der das unablässig an ihr leckende Meerwasser die letzten Reste Blut abgespült hatte, war auf den ersten Blick zu sehen. Als die Welle zurückwich, tauchten zwei Krabben auf, die sich jedoch sofort ängstlich verkrochen, als sie die Neuankömmlinge bemerkten. Aus ihrem Abendessen wurde nichts.

Hoch über Markous und Maroulas' von Schweiß und Meerwasser triefenden Köpfen standen oben auf den Felsen Dr. Kastelaki, Mike und der Krankenwagenfahrer bereit, um die Leiche an zwei Gurten hochzuziehen. Da es wegen der scharfkantigen Felswände und des heftigen Sturms keine andere Möglichkeit gab, in die Bucht zu gelangen, ließ sie sich nur so abtransportieren.

Mit einem kurzen Blick nach oben gab Markou das Signal zum Hochziehen. Sobald die Leiche aus dem Wasser gehievt wurde, schlenkerten ihre Glieder unkontrolliert hin und her.

Maroulas, der die Bergung des Toten aufmerksam verfolgte, äußerte die Vermutung, dass der Türke im starken Wind wahrscheinlich den Halt verloren hatte und auf die spitzen Felsen gestürzt war.

»Ich habe ihn gewarnt, bei diesem Wetter nicht hierherzukommen«, sagte er, allerdings hatte er das am Tag zuvor bloß auf Griechisch geflüstert. »Er kommt jetzt schon jahrelang nach Nissos. Da hätte er eigentlich wissen müssen, dass ›Gaidoura wild ausschlägt, wenn es so bläst‹«, fügte er in Anspielung auf ein hiesiges Sprichwort hinzu, das sich auf die Eselin bezog, nach der die Bucht benannt war.

Markou glaubte jedoch nicht im Entferntesten an einen Unfall. Was hatte Ersen hier gewollt? Warum war er bei diesem Wetter an so einen abgeschiedenen Ort gekommen? Und warum hatte er sein Ziel beim Verlassen der Polizeiwache geradezu hinausgebrüllt?

Markous Gedanken wanderten vom tobenden Mittelmeer zur Stille des Nils, zu einem Flussdampfer, zu Agatha Christie, zu Hercule Poirot und zu einem französischen Dienstmädchen, das wusste, wer seine Herrin ermordet hatte. Um den Mörder zu erpressen, hatte sie ihm auf eine Art, die nur er verstehen konnte, klargemacht, dass sie ihn bei der Tat gesehen hatte.

Hatte der Türke gewusst, wer der Mörder von Lucy Davis war? War der Hinweis, dass er auf dem Weg zum Gaidoura Beach war, an eine Person im Vorzimmer der Wache gerichtet gewesen?

In dem Moment, als der Tote schon fast oben war, riss eine weitere Welle den Kommissar beinahe um. Er konnte sich gerade noch fangen, und beim Anblick des tosenden Wassers um sich herum kamen ihm die Zeilen eines Volkslieds in den Sinn, das er seit seiner Kindheit nicht mehr gehört hatte: »Meer und Salzwasser, ich kann euch nicht vergessen. Ich kann euch nie vergessen, Meer und Salzwasser. Meer, o Meer, das ihn verschlungen hat, o Meer, o Meer, mein kleines Meer …«

Zwei Opfer und eine neue Liste mit Verdächtigen

Am nächsten Tag beherbergte Nissos zwei Leichen: eine in der Kühlkammer der Krankenstation und eine zweite, in schwarze Müllsäcke gepackt, in Mitsenas' Kühltransporter. Solange die Insel vom Rest der Welt abgeschnitten war, konnte der Metzger nicht mit frischer Ware rechnen. Und sobald der Wind nachließ und die Fähre die nächste Fleischlieferung brachte, wären die Toten bereits auf dem Weg ins Leichenschauhaus und müssten nicht mehr auf der Insel gelagert werden.

Während Lucy Davis und Mehmet Ersen an kühlen Orten untergebracht waren, kamen Mariama Milandi, Timos Karas, Henrietta Banks und Betty Levalois auf eine neue Liste. Eine Liste der Leute, die im Wartezimmer gesessen hatten, als der Türke lautstark verkündete, dass er zum Gaidoura Beach wollte. Markou fragte sich, ob er die richtigen Schlüsse gezogen hatte. Und falls ja, dachte er, welch Ironie, dass das Leben die Kunst auf so simple Weise kopierte.

Wie am Abend zuvor war er in Gedanken wieder auf dem Nil bei Louise Bourget, dem ermordeten Dienstmädchen, das ihr Versuch, den Mörder ihrer Herrin zu erpressen, das Leben gekostet hatte.

Hatte Ersen den Mörder von Lucy Davis gekannt? Und wenn ja, warum hatte er nichts gesagt? Hatte er – wie Agatha Christies Dienstmädchen – irgendeinen geheimen Zweck verfolgt? Wenn Markous Verdacht zutraf, musste die Person, die Lucy Davis und Mehmet Ersen auf dem Gewissen hatte, zu dem kleinen Kreis derer gehören, die er verhört hatte.

Maroulas hatte sie alle angerufen und gefragt, wo sie zum Zeitpunkt des zweiten Mordes gewesen waren, den sie nur grob bestimmen konnten. Berücksichtigte man die Aussage des Kioskbesitzers und die Entfernung zwischen dem Hafen von Vrythos und dem Gaidoura Beach, musste es zwischen dem späten Nachmittag und Sonnenuntergang passiert sein. Später wäre der schwer zugängliche Strand wegen der Dunkelheit kaum mehr zu erreichen gewesen.

»Doch was genau ist am Gaidoura Beach passiert?«, fragte sich Markou. Maroulas war überzeugt, dass es ein Unfall war. Obwohl ein großer Krimi-Fan, war er eher skeptisch, als ihm der Kommissar seine von Agatha Christie inspirierte Theorie darlegte. Auch weil die Ärztin aufgrund von Ersens Verletzung bestätigte, dass ihn ein heftiger Windstoß von den Beinen gerissen und in die Tiefe gestürzt haben könnte. Aber hatte es sich so abgespielt?

Markou flüsterte leise: »Vielleicht.« Aber in ihm schrie es: »Völlig ausgeschlossen!«

Er wandte sich Maroulas zu, der gerade ein Telefonat beendete, und fragte noch einmal: »Ihnen ist gestern also wirklich nichts aufgefallen? Nichts, was eine Art Hinweis an einen der Anwesenden hätte sein können?«

»Jedenfalls fällt mir nichts ein«, antwortete der Kadett achselzuckend. »Aber ich habe mit Cadena nach dem Manuskript gesucht und war ganz auf den Laptop konzentriert. Soll ich ihn auch anrufen?«

Arnaud Cadena. In einem klassischen Whodunit wäre es der perfekte Twist, wenn er der Täter wäre. Der Einzige, den Lucy Davis nicht in ihrem Manuskript erwähnte, die Person, die niemand verdächtigte. Doch im richtigen Leben konnte man sich eine Geschichte nicht einfach zurechtbiegen, wie

Schriftsteller es immer tun. Weder die pikanten Details in Lucy Davis' Schlüsselroman noch irgendwelcher Klatsch ließen darauf schließen, dass Cadena schuldig war. Er war anwesend gewesen, als die Leiche entdeckt wurde, er hatte seine Kleidung nicht mit einer Tasche oder einem Sakko verdeckt, und vor allem hatte er kein Motiv, Davis umzubringen, die – wie alle sagten – wie eine Tochter für ihn war.

»Ja«, sagte er dennoch, »fragen Sie auch Cadena, was er nach Verlassen der Polizeistation gemacht hat. Und erkundigen Sie sich, ob er etwas gehört hat, was Ihnen entgangen ist, als er noch hier war.«

»Okay«, sagte Maroulas und wählte die Nummer des alten Mannes.

Alibis

Also, die Anwesenden, die gehört haben, was Ersen gesagt hat, haben sich folgendermaßen geäußert.«

Maroulas senkte den Blick auf das Blatt Papier in seiner Hand und las ab: »Timos Karas ist nach Verlassen der Wache in seine Galerie gegangen und dort bis spät in die Nacht hinein geblieben. Er hat mir versichert, dass er von vielen Leuten gesehen wurde und mit vielen gesprochen hat. Er wird heute Mittag zum vereinbarten Termin kommen und hofft, dass wir ihn nicht zum dritten Mal wieder wegschicken.«

»Mariama Milandi«, fuhr er fort, »wird ebenfalls später kommen. Nachdem sie vorgestern die Wache verlassen hat, hat sie ihre Tickets umschreiben lassen. Sie hat den ganzen Nachmittag zusammen mit ihrer Tochter Koffer gepackt …«

»Wo will sie hin?«, fragte Markou schroff.

»Bei diesem Wind, nirgendwohin. Sobald er nachlässt, will sie abreisen. Ihre Tochter muss bald wieder in die Schule. Normalerweise reisen sie etwas später ab, aber nach allem, was passiert ist …«

Er beendete den Satz mit einem Achselzucken und ging zur nächsten Person auf der Liste weiter.

»Henrietta Banks hat gesagt, sie sei sofort nach Hause gegangen und habe dort ein Nickerchen gemacht, von dem sie um einundzwanzig Uhr wieder aufgewacht ist, gerade rechtzeitig für einen Aperitif im Haus einer Freundin. Das

Gleiche hat mir auch Betty Levalois erzählt. Sie war allein zu Hause und hat den Abend mit einem Buch im Garten verbracht. Cadena schließlich ist nach Hause zurückgekehrt und hat den Rest des Abends mit Archondia verbracht, bis diese kurz nach zehn nach Hause gegangen ist.«

»Und die Italiener?«

»Die Italiener waren nicht da, als Ersen die Station verlassen hat. Sie haben nicht mitbekommen, dass er zum Gaidoura Beach wollte.«

Auf den strengen Blick des Kommissars hin fügte er rasch hinzu: »Natürlich habe ich sie trotzdem gefragt, für alle Fälle. Sie haben gesagt, sie sind direkt nach Hause gegangen und bis zum nächsten Morgen dort geblieben. Die Inhaberin des kleinen Supermarkts gleich gegenüber hat bestätigt, dass sie zumindest bis Mitternacht, als sie den Laden geschlossen hat, das Haus nicht verlassen haben.«

Er wendete das Blatt und fuhr fort: »Wie aufgetragen, habe ich alle gefragt, ob sie gehört haben, was Mehmet Ersen gesagt hat, als er auf seine Vernehmung wartete.

Karas sagt, er kann sich an nichts erinnern. Er war ganz in sein Buch vertieft. Auch Cadena hat nichts mitbekommen, während er mit mir den Inhalt des Laptops durchgegangen ist. Milandi sagt, Ersen hätte sich mit Henrietta Banks unterhalten und ihr Komplimente für ihr gutes Aussehen gemacht. Das hat Banks bestätigt. Er hat mit ihr über Kleidung gesprochen und ihr versichert, dass sie die bestangezogene Frau auf der Insel ist, zu Recht die Königin von Nissos. Ehrlich gestanden, bin ich nicht sicher, ob er das tatsächlich gesagt hat oder ob sie es nur erfunden hat!

Außerdem hat er gesagt, dass er sie gern als seine Muse hätte und seine Kreationen perfekt zu ihrer einzigartigen Persönlichkeit passen würden. Zugleich hat er ihr gestanden, dass er nur sehr ungern Männerkleidung entwirft. Weil sie immer gleich aussieht, findet er sie furchtbar langweilig.

Fausto Ardolini war in Ihrem Büro und hat deshalb nichts von all dem mitbekommen. Seine Frau Alessandra bestätigt die Unterhaltung zwischen Ersen und Banks. Sie fand unmöglich, dass sie sich nach einem Mord über Designs und Stoffe unterhalten. Außerdem hat sie mir erklärt, dass sie nicht sicher war, ob die übertriebene Mimik und Gestik des Türken bei der Unterhaltung mit Banks ironisch sein sollte oder wirklich so gemeint war. Banks war jedenfalls hellauf begeistert. Sobald sich die Unterhaltung nicht mehr um sie drehte, verlor sie aber jedes Interesse.«

Maroulas hatte seine Notizen fast in einem Atemzug abgelesen. Jetzt hielt er inne und schnappte nach Luft. Dann sah er Markou abwartend an. Seine zusammengepressten Lippen erinnerten an die Büroklammer, die die Papierseiten vor ihm zusammenhielt.

Re:

Karas stritt rundheraus ab, was Davis in ihrem Manuskript über ihn geschrieben hatte. Es war das erste Mal, dass der Kommissar den Galeriebesitzer die Fassung verlieren sah. Seine Brille beschlug fast vor Wut, als er die Anschuldigungen las, denen zufolge er illegalen Handel mit Ikonen und anderen Kulturschätzen trieb. Er leugnete jede Verbindung zu dem Skandal im Kloster, von dem Maroulas dem Kommissar erzählt hatte, und lud die beiden Polizisten sogar ein, seine Galerie zu durchsuchen, einen Blick in seine Bücher zu werfen und sich von jedem auf der Insel bestätigen zu lassen, dass er eine ehrliche Haut war. Dann stürmte er mit hochrotem Kopf aufgebracht aus der Station.

Milandi dagegen bestätigte, dass ihr Vater ihren Ex-Mann attackiert hatte. Jedoch ausschließlich verbal, betonte sie; zu Handgreiflichkeiten, wie Davis behauptet hatte, war es nie gekommen.

»Daddy ist kein gewalttätiger Mensch«, erklärte sie. »Aber er hat nicht nur herausgefunden, dass mich mein Ex-Mann mit seiner Sekretärin betrog, sondern auch, dass er in der Firma, in der ihn mein Vater selbst angestellt hat, Geld unterschlug. So habe ich Papa noch nie hochgehen gesehen! Ich hatte echt Angst, dass er ihn verprügelt, aber er hat ihn nicht angerührt.«

Und bedrückt fügte sie hinzu: »Von dem Vorfall wusste nur eine Person: Henrietta. Papa hat es ihr vergangenes Jahr erzählt. Aber wie heißt es so schön? Ein Geheimnis, das mehr als eine Person kennt, ist kein Geheimnis mehr.«

Nachdem Milandi gegangen war, setzte sich Maroulas an seinen Schreibtisch, um Lucy Davis' Manuskript an Katzikis zu mailen. Das gab Markou Gelegenheit, seine Notizen noch einmal ungestört durchzugehen, auf der Suche nach etwas, was er übersehen hatte. Bestimmt zum zehnten Mal griff er nach Ersens Vernehmungsprotokoll. Wenn er etwas gewusst, wenn er tatsächlich im Beisein des Mörders eine Andeutung gemacht hatte, die sein Leben in Gefahr brachte, wieso hatte es dann keiner mitbekommen?

Und vor allem, warum hatte Ersen ihm nichts gesagt? Oder hatte er eine Andeutung gemacht, die Markou nicht verstanden hatte? Der Kommissar ging Ersens Aussagen noch einmal Wort für Wort durch und versuchte, sich genau an Tonfall und Wortwahl zu erinnern. Hatte er irgendeinem Blick, einem bestimmten Gesichtsausdruck nicht die nötige Bedeutung beigemessen?

Er ließ Ersens Vernehmungsprotokoll auf das Manuskript fallen. Vielleicht konnte ihnen ja Katzikis weiterhelfen. Dessen Erfahrung und seine Kenntnisse der Personen und Vorfälle, die er selbst als nachteilig für eine objektive Vernehmung bezeichnet hatte, waren in diesem Fall vielleicht hilfreich.

Es war Rovis gewesen, Markous Chef in Athen, der ihn darauf aufmerksam gemacht hatte, das Manuskript dem Polizeichef von Nissos zukommen zu lassen. Obwohl ihm Markou versichert hatte, dass er alles bis ins kleinste Detail mit ihm durchgesprochen hatte, sagte Rovis: »An Ihrer Stelle würde ich es ihm trotzdem zumailen, damit er alles auch schriftlich vorliegen hat.« Das war ein verdeckter Befehl gewesen, und sein Chef hatte recht: Sie hätten Katzikis das Manuskript sofort schicken sollen.

Einerseits hoffte Markou, dass Katzikis, der immer noch

auf Kos festsaß, in Davis' Manuskript etwas entdeckte, das sie bei ihren Ermittlungen weiterbrachte. Andererseits würde das bedeuten, dass sich der Mord an Ersen hätte vermeiden lassen.

Dessen Tod lief vorerst unter Unfall. Das verschaffte ihnen mehr Zeit, da es die Einmischung der türkischen Behörden hinauszögerte.

Maroulas' Stimme aus dem Vorzimmer vertrieb die Gewitterwolken, die sich um Markous Kopf zusammenbrauten.

»Ich habe was gefunden!«

Er kam mit dem Laptop in der Hand herein und stellte ihn vor Markou auf den Schreibtisch. Er platzte fast vor Aufregung.

»Um die Mail an den Chef zu schicken, habe ich mich mit Davis' Laptop ins Wi-Fi eingeloggt, und als die Verbindung stand, sind lauter Nachrichten eingegangen. Das meiste Spams, und E-Mails von Freunden, aber auch diese hier …«

Er deutete auf eine Mail und fuhr fort: »Ich bin sofort hellhörig geworden und habe sie geöffnet. Im Betreff steht: *Re: Buch über Who's who auf griechischer Insel. Krimi.*« Maroulas öffnete sie.

Meine liebe Lucy,
das hört sich an, als würdest Du Dich bestens amüsieren! Entschuldige bitte meine späte Antwort, aber in diesem wundervollen kleinen Dorf fernab von allem haben wir keinen Internetzugang. Ich habe die Kapitel und die Notizen gelesen, klingt alles sehr interessant. Mach auf jeden Fall weiter. Um es meinem Freund bei Albion Editions zu schicken, bräuchte ich allerdings etwas mehr Material. Aber das hat Zeit bis September.
Liebe Grüße von Ian und mir,
Catherine

»Das ist heute Morgen als Antwort auf eine Mail angekommen, die Davis zwei Tage vor ihrem Tod abgeschickt hat.« Maroulas deutete auf die Nachricht darunter.

Meine liebe Catherine,
hallo aus dem Paradies. Einem verlorenen Paradies allerdings, denn die Menschen sind keine Engel, egal, was wir uns einzureden versuchen. Hier ist ein erster Entwurf des Buches, das ich endlich zu schreiben begonnen habe, du weißt schon, von dem ich dir bereits erzählt habe. Mit jedem Tag, den ich hier verbringe – verzaubert vom Meer, der Sonne und der wundervollen Atmosphäre der Insel –, stoße ich auf neues, schockierendes Material. Ich schicke Dir die ersten Kapitel und ein paar Notizen zu den folgenden. Hoffentlich findest Du in den Ferien etwas Zeit, um sie zu lesen. Lass mich bitte wissen, ob wir es schon an diesen befreundeten Lektor schicken können, von dem Du mir vor ein paar Monaten erzählt hast.
Mit den besten Grüßen an Dich und Ian
L. D.

Maroulas legte die Fingerspitze auf das Touchpad und führte den Cursor auf das angehängte Word-Dokument.

»Ich habe die Datei geöffnet«, sagte er, als er sie anklickte. »Sie enthält den Entwurf des Buchs. Die ersten drei Kapitel sind mehr oder weniger unverändert. Was die folgenden angeht, handelt es sich eher um Skizzen, die weniger Details enthalten als das, was wir schon gelesen haben, aber eins« er scrollte zur letzten Seite des Dokuments, »ist in unserer Version nicht enthalten.« Damit deutete er auf zwei Zeilen am Ende des Dokuments.

Markous Augen leuchteten auf, als er sie las:

Kapitel 8

Ungelöster Mordfall, sechziger/siebziger Jahre.
Der Mörder kehrt an den Tatort zurück. Negativ.

Das gelöschte Kapitel

Die Zusammenfassung des achten Kapitels ließ keinen Zweifel, welcher Mord gemeint war. Und wenn auch Klatsch und private Geheimnisse jemanden zur Waffe greifen lassen konnten, war das Vertuschen eines Mords ein viel stärkeres Motiv. Die unbekannte Frau in Doulgerakis' Brunnen und ihr unaufgeklärter Tod hatten Eingang in Lucy Davis' Romanfragment gefunden – und waren dann irgendwie aus dem Text verschwunden, den sie auf ihrem Laptop entdeckt hatten.

Die letzte Veränderung an dem Manuskript war wenige Stunden vor Davis' Tod, am Nachmittag vor dem Partyabend, vorgenommen worden. Hatte die Autorin da die Zeilen gelöscht? Oder schon früher?

Neben der Frage nach dem Wann stellte sich auch die nach dem Warum. Weshalb hatte sie diese Zeilen gelöscht?

Wahrscheinlich stammte die Idee zu dem Kapitel von Katzikis' Hinweis auf den ungelösten Mordfall, den er Davis acht Tage vor ihrem Tod bei ihrem Besuch auf der Wache gegeben hatte.

Aber warum hatte sie den Vermerk kurz darauf wieder gelöscht? Die wenigen Informationen, die sie von Katzikis erhalten hatte, mochten vielleicht nicht für ein ganzes Kapitel ausgereicht haben, aber was sollte sie daran gehindert haben, es mit fiktiven Einfällen auszuschmücken. Immerhin war es ein Roman. Und sie hatte auch schon andere fiktive Details eingebaut, wie die Sache mit der Vaterschaft von Hazera-Fasteaus Kind.

Jedenfalls enthielten diese zwei Zeilen einen Hinweis auf den Mörder der unbekannten Frau, aus dem hervorging, dass Davis wusste oder einen Verdacht hatte, um wen es sich handelte. *Der Mörder kehrt an den Tatort zurück. Negativ.* Hatte sie Kapitel acht infolge einer Warnung gelöscht? Hatte der Mörder etwas geahnt – die Insel war klein, und Gerüchte verbreiteten sich in Windeseile – und ihr gedroht? Falls das der Fall war und sie eingelenkt hatte, hatte das ihre Ermordung zumindest nicht verhindert. Und wenn sie gewusst hatte, wer der Mörder war, gab es irgendwelche Hinweise auf ihn oder sie, versteckt in anderen Kapiteln oder in einem anderen Ordner auf ihrem Laptop?

Markou trug Maroulas auf, noch einmal jeden Absatz, jeden Satz, jede Zeile des Texts durchzusehen.

Sein Blick heftete sich auf die zwei Zeilen.

Wort für Wort folgte er dem imaginären Faden von den *sechziger/siebziger Jahren* in die Gegenwart und zu dem *Mörder, der an den Tatort zurückkehrt.* Oder auch nicht, wie das *Negativ* am Ende der Zeile andeutete. Ein ungelöster Mord, der sich vor fünfzig oder mehr Jahren ereignet hatte, und der Mörder, der *nicht* an den Tatort zurückkehrt.

Und wer hat dann Davis und Ersen umgebracht?, fragte sich Markou.

Er machte die Schreibtischlampe an und schlug den vergilbten Ordner mit dem Skelett im Brunnen auf.

Und mit ihm tauchte er noch einmal in die dunklen Wasser der Vergangenheit auf einer vom Tourismus noch unentdeckten Insel.

Windstille Dämmerung

Der Wind legte sich in der Morgendämmerung, als hätte Aiolos beschlossen, seinen Sack mit einem Schlag zuzumachen.

Der junge Kadett, der im Vorzimmer eingeschlafen war, wurde von seinem Handy geweckt, das synchron mit dem Wetterumschwung zu klingeln begann. Es war Katzikis, der ihm mitteilte, dass er und ein Rechtsmediziner in den nächsten dreißig Minuten mit einem Hubschrauber auf der Insel eintreffen würden. Anschließend würde der Puma die zwei Toten ins Leichenschauhaus von Rhodos bringen.

Tatsächlich landete der Polizeichef kurz nach sieben auf dem Helipad neben der Krankenstation. Er wurde von der Ärztin, Maroulas und Mitsenas, dem Metzger, empfangen, der es inzwischen, da im Laufe des Tages die Fähre anlegen würde, kaum erwarten konnte, seinen Kühltransporter zurückzubekommen. Markou war in der Polizeiwache geblieben und versuchte, das Rätsel zu lösen, vor das ihn die Akte über die unbekannte Frau, seine Notizen, die Zeugenaussagen und Davis' Manuskript stellten.

Gegen neun Uhr ging die Tür auf, und Katzikis kam mit seinem Neffen herein.

Mit einem Lächeln auf dem gebräunten Gesicht schüttelte er Markou herzlich die Hand. Dann klopfte er ihm auf den Rücken und ließ seine Dienstmütze auf die über den Schreibtisch verstreuten Unterlagen fallen.

Markou bot den Stuhl, in dem er bereits Wurzen zu schlagen begonnen hatte, seinem rechtmäßigen Besitzer an. Katzikis schlug das Angebot aus.

»Bleiben Sie ruhig sitzen, bis wir diese dumme Geschichte aufgeklärt haben«, sagte er und nahm auf dem Zeugenstuhl gegenüber Platz. »Sie leiten die Ermittlungen, jetzt bloß keine Formalitäten. Ich bin kein Politiker, der sich krampfhaft an seinen Stuhl klammert«, bemerkte er schmunzelnd und sichtlich angetan von seinem eigenen Witz. Dann fuhr er mit einem Blick auf seinen Neffen fort: »Valantis hat mir bereits erzählt, dass Sie auf etwas Neues gestoßen sind.«

Markou nickte. »Ja, zwei Zeilen, die sich auf diesen alten Fall beziehen und möglicherweise einen Zusammenhang zu den aktuellen Morden herstellen.«

Er erläuterte dem Polizeichef alles. Sie blieben den ganzen Vormittag im Büro und gingen den Fall durch.

Mittels einer Reductio ad absurdum erstellten sie ein Täterprofil, indem sie alle ausschlossen, die zeit- oder ortsbedingt nichts mit dem Mord an der unbekannten Frau zu tun haben konnten: *Eine Person, die seit den sechziger Jahren auf die Insel kommt und deshalb in der Lage war, die Frau zwischen 1962 und 1972 zu töten.*

Diese extrem begrenzte Gruppe von Verdächtigen ergänzten sie durch eine zweite, etwas weiter gesteckte: *Diejenigen Personen, die zwar weder alt genug sind noch die Möglichkeit hatten, den Mord vor so vielen Jahren zu begehen, aber eine enge Beziehung zum Mörder haben und versucht haben könnten, ihn zu schützen.*

Und am Ende hatten sie eine Liste mit fünf Namen.

Eine weitere Liste

Das Display des Handys zeigte 16:07 Uhr. Markou richtete seine Aufmerksamkeit auf das Blatt Papier, auf dem Maroulas in großer, runder – fast kindlicher – Schrift niedergeschrieben hatte, was er und Katzikis ihm diktiert hatten. Am Ende der Liste beginnend las er noch einmal die Namen der zweiten Gruppe, also derjenigen, die zwar den alten Mord nicht begangen haben konnten, aber möglicherweise die zwei aktuellen, um den Mörder zu schützen.

Der Erste war de Saintsimon. Der 55-jährige Gräko-Belgier, der jeden Sommer auf der Insel verbrachte, kam zwar nicht als Mörder des unbekannten Mädchens infrage. Es sei denn, er hatte den Mord als Kleinkind begangen, was unwahrscheinlich war. Doch seine Mutter stammte aus Nissos und war nach der Heirat mit ihrem belgischen Mann jedes Jahr auf die Insel gekommen. Beide waren inzwischen tot, aber um ihr Andenken zu schützen, könnte de Saintsimon zu extremen Maßnahmen gegriffen haben.

Dazu hatte Katzikis noch die Information beigesteuert, dass Doulgerakis, in dessen Brunnen die Leiche gefunden worden war, ein Cousin von de Saintsimons Mutter war – was jedoch nicht allzu viel bedeutete, da auf Nissos jeder mit jedem verwandt war.

De Saintsimon besaß einen Schlüssel für Davis' Haus und hatte somit Zugang zu ihrem Laptop gehabt. Den Augen und Ohren der *kakí* entging offenbar kaum etwas, und außerdem war er bestens mit dem Grundriss von Milandis Haus vertraut. Dass er und Jaques nicht mehr am Tatort waren, als die Leiche entdeckt wurde, war ein weiterer belastender Faktor. War auch Jacques Moreno in die Sache verwickelt, wenn Pierre de Saintsimon der Mörder war?

Der nächste Name auf der Liste war der von Timos Karas. Die gleichen, auf verwandtschaftlichen Beziehungen basierenden Gründe, die de Saintsimon mit Nissos verbanden, trafen auch auf ihn zu, und das sogar in doppelter Hinsicht. Seine Eltern stammten beide aus Nissos und hatten dort ihr ganzes Leben verbracht, winters wie sommers. Karas' Mutter lebte zwar noch, litt aber, wie Markou von Katzikis erfahren hatte, an Alzheimer und war bettlägerig.

Karas war einer der Letzten, der vor der Party mit Lucy Davis gesprochen hatte. Sie war zweimal in seiner Galerie gewesen, zuletzt nur einen Tag vor ihrem Tod. Karas hatte behauptet, sie hätten über alles Mögliche geredet, über Kunst und Fotografie. Aber wenn das gelogen war? Wenn Davis zum Beispiel irgendetwas gewusst und versteckte Andeutungen gemacht oder sogar ganz offen mit Karas darüber gesprochen hatte?

Der Galerist hatte die Party in Milandis Haus ebenfalls bereits verlassen, als die Leiche entdeckt wurde. Zum Zeitpunkt von Ersens Ermordung war er jedoch nachweislich in der Galerie gewesen. Oder hatte er einen Komplizen?

Markou kam zum dritten Namen der Gruppe. Der Einzige, der auch auf der Liste derer stand, die schon in den sechziger Jahren auf die Insel gereist waren: Henrietta Banks.

Wenn man den Gerüchten um ihre Person Glauben schenken durfte, hatte die Amerikanerin bereits einen Mann getötet, um sein Vermögen zu erben. Wenn man einmal tötet und nicht erwischt wird, sinkt die Hemmschwelle. Vielleicht war die unbekannte Tote eine Freundin von ihr gewesen. Die sie nach Nissos gebracht hatte und dann aus irgendeinem

Grund loswerden wollte, vielleicht weil sie ihr auf die Nerven ging oder Konkurrenz machte oder sogar etwas über die wahren Hintergründe wusste, wie ihr Mann gestorben war.

Auch Henrietta Banks hatte die Party verlassen, bevor die Leiche entdeckt wurde, und kannte sich wie de Saintsimon und Karas in Milandis Haus bestens aus. Außerdem hatte sie kein Alibi für die Zeit von Ersens Ermordung, da niemand ihr angebliches Nickerchen bestätigen konnte. Nicht zuletzt hatte der Türke unter allen, die im Vorzimmer der Polizeistation auf ihre Vernehmung warteten, *sie* als Gesprächspartnerin ausgesucht. Vielleicht waren seine laute Stimme, sein großspuriges Getue, seine Schmeicheleien und die Platitüden über Mode nur ein Vorwand gewesen, um ihr etwas ins Ohr zu flüstern.

Bei dieser Theorie mit Banks als Täterin war das größte Problem das *Negativ*. Davis hatte geschrieben, dass der Mörder an den Tatort zurückkehrt, es jedoch sofort wieder revidiert. Banks kam aber jedes Jahr auf die Insel, das passte also nicht.

Das führte Markou zu den letzten beiden Personen, die auf der Liste standen und denselben Familiennamen trugen: Milandi.

David Milandi, der erste Fremde, der Nissos entdeckte und erkundete. Laut Aussagen seiner Tochter war er 1963 zum ersten Mal auf die Insel gekommen. Außerdem hatte sie eine Freundin erwähnt, die ihn begleitet hatte und dann aus seinem Leben verschwunden war. Die Lücke schloss David Milandi im Jahr darauf mit einer neuen Geliebten. Die beiden heirateten und setzten das Haus instand, das Milandi auf der Insel gekauft hatte, machten es zum Feriendomizil der Familie und lebten dort glücklich bis an ihr Ende.

Doch was war aus dieser früheren Freundin geworden? Katzikis, der David Milandi seit seiner Kindheit kannte, beschrieb ihn als einen freundlichen, immer lächelnden Mann.

Seine Tochter hatte jedoch auch erzählt, dass er seinen Schwiegersohn angegangen war, was vielleicht auf eine verborgene gewalttätige Ader hindeutete.

Doch nicht nur die verschwundene Freundin rückte ihn in den Kreis der Verdächtigen. Auch dieses rätselhafte *Negativ*. Zum ersten Mal seit über fünfzig Jahren war David Milandi diesen Sommer nicht auf seine Lieblingsinsel gekommen.

Aber auch wenn er die unbekannte Frau getötet hatte, für den Mord an Lucy Davis oder Ersen kam er nicht infrage. Seine Tochter Mariama hingegen schon. Immerhin war Lucy Davis in *ihrem* Haus, auf *ihrer* Party ermordet worden …

Die Bürotür ging auf, und Maroulas streckte den Kopf herein. »Sie wollten, dass ich Ihnen wegen der Fähre Bescheid sage. Ich habe gerade gehört, dass sie um acht Uhr ankommt und um halb neun wieder ablegt.«

Bei diesen Worten sprang der Kommissar von seinem Stuhl hoch und eilte nach draußen.

Unterwegs zu Milandis Haus

Da sich der Wind gelegt hatte, spürte Markou die Hitze noch stärker als in den letzten Tagen, während er die steile Gasse zur Platia hinaufging. Die Schlussfolgerungen, zu denen er zusammen mit Katzikis gelangt war, brachten sie nicht groß weiter. Selbst wenn theoretisch manches auf eine Täterschaft der Milandis hindeutete – es fehlten konkrete Beweise.

Sie mussten herausfinden, was mit David Milandis Freundin passiert war, die so plötzlich aus seinem Leben verschwand. Die gesamte Theorie würde zusammenstürzen wie ein Kartenhaus, wenn die Frau noch lebte – oder nach den siebziger Jahren noch am Leben gewesen war.

Er schritt kräftiger aus, und dicke Schweißtropfen fielen auf das Pflaster der Gasse. Die Fähre würde um acht Uhr, in grob zwei Stunden, im Hafen von Nissos anlegen, und Mariama Milandi traf Vorbereitungen für ihre Abreise. Hatte ihre Eile etwas mit den Mordfällen zu tun?

Sie hätte die Möglichkeit gehabt, sowohl Lucy Davis in ihrem Haus als auch Mehmet Ersen in der kleinen Bucht zu töten, die sie seit ihrer Kindheit kannte. Außerdem stammte der verschwundene Hammer aus *ihrem* Werkzeugkasten … Und wenn die unbekannte Tote tatsächlich David Milandis ehemalige Freundin war, hatte sie auch ein Motiv: den von ihr so geliebten Vater zu schützen.

Als Markou den Hauptplatz erreichte, nickte ihm ein

junger Mann, der träge die Tische der Taverne deckte, zum Gruß zu. Markou ging durch den Bogen – diesmal, ohne den Kopf einzuziehen – und weiter die Gasse hinauf. Noch zwei Minuten bis zu Milandis Haus.

Keine zehn Meter vor sich, sah er Archondia gerade Cadenas Haustür zuschließen. Als sie seine Schritte hörte, drehte sie argwöhnisch den Kopf. Doch bei seinem Anblick, entspannte sich ihre Miene. In ihren Fingern klimperte ein Schlüsselbund, als sie zum Gruß die Hand hob.

Sie stand in der Mitte der Gasse und rief: »Warum rennen Sie denn so, junger Mann? Bei dieser Hitze. Jetzt, wo sich der Wind gelegt hat, verbrennen wir hier regelrecht.«

»Ja«, antwortete Markou, ohne langsamer zu gehen. Kurz darauf musste er jedoch stehen bleiben, weil sie keine Anstalten machte, ihm aus dem Weg zu gehen.

Auf sein gemurmeltes »Ich hab's eilig« antwortete Archondia: »Ja, ja, das sehe ich, und ich hab's auch eilig, mich ein bisschen ausruhen und Verschiedenes erledigen. Vergessen Sie aber auch nicht, dass die Insel ihren eigenen Rhythmus hat.«

Sie bückte sich, um den Topf mit Basilikum neben der Tür anzuheben und die Schlüssel darunterzulegen.

Dann richtete sie sich auf, zupfte ihr buntes Kleid zurecht und drückte sich an die Wand, um Markou vorbeizulassen. Aber der Kommissar rührte sich nicht von der Stelle, sondern schaute unverwandt auf den Topf, unter den sie die Schlüssel gelegt hatte.

»Noch vor wenigen Tagen habe ich die Tür nie abgeschlossen. Außer wenn keiner zu Hause war.« Ihr Blick folgte dem seiner Augen.

»Seit … na ja, Sie wissen schon … schließe ich immer ab, selbst wenn ich nachmittags nach Hause gehe, um mich ein bisschen hinzulegen und meinen Kram zu erledigen oder mit meinen Freundinnen einen Kaffee zu trinken. Egal, ob der Herr hier ist oder nicht.«

Markou sah sie an.

»Ich habe ihm gesagt, er soll auch abschließen, wenn er weggeht, bevor ich um halb zehn zurückkomme, um ihm sein Essen zu machen«, fuhr sie fort und fragte dann besorgt: »Soll ich Ihnen noch schnell etwas Wasser bringen? Sie sehen aus, als bekämen Sie gleich einen Sonnenstich.«

Markou schüttelte nur den Kopf und machte ohne ein Wort kehrt, um noch schneller zum Kreisverkehr zurückzugehen.

Er holte sein Handy heraus und rief Maroulas an. »Lassen Sie niemanden von denen, die wir vernommen haben, auf die Fähre. Nötigenfalls erzählen Sie ihnen einfach was von einem Haftbefehl oder so. Lassen Sie sich irgendwas einfallen.«

Und nach einer kurzen Pause, in der er Maroulas zuhörte: »Auch *sie* lassen Sie auf keinen Fall abreisen! Ich war nicht bei ihr, hab's mir anders überlegt. Sagen Sie Ihrem Chef Bescheid, und lassen Sie *niemanden* von der Insel«, wiederholte er und legte auf.

Markou eilte über die inzwischen verlassene Platia und rannte zum Kreisverkehr. Er stieg auf den Roller seines Cousins und fuhr los zu Davis' Haus über dem Pirate's Beach.

Nissos, August 1965

Sie verließen den verlassenen Strand und begannen, in der heißen Mittagssonne die Felsen hinaufzusteigen. Er ging voraus, ohne ihr Beachtung zu schenken oder ihr seine Hilfe anzubieten, als sie Mühe hatte, unter dem Gewicht ihres Rucksacks das Gleichgewicht zu halten. Abgesehen von seinen heftigen Vorwürfen hatten sie den ganzen Tag kein Wort gewechselt.

Sie erreichten das Plateau und gingen zwischen dornigem Gestrüpp und Steinen hindurch über das ausgedörrte Gelände. Sie fühlte sich vollkommen ausgelaugt, nicht nur wegen der Hitze, des anstrengenden Wegs und des Hungers, sondern auch seinetwegen. Als könnte er ihre Gedanken lesen, schaute er abrupt zu ihr zurück. Seine Augen, in denen einmal etwas gebrannt hatte, was sie für Leidenschaft und Liebe gehalten hatte, erinnerten sie jetzt an die eines Raubtiers. Sein kleiner Mund, der ihren Körper einmal so unersättlich erkundet hatte, blieb jetzt fest verschlossen. Doch sie wusste, dass er sich jederzeit öffnen und wie ein ausbrechender Vulkan alles in seinem Umkreis zerstören konnte. Sie fürchtete sich vor seinen Eifersuchtsausbrüchen, die immer häufiger und gewaltsamer wurden.

Aus diesem Grund hatten sie die letzten zehn Tage auf der Insel bei ihren Wanderungen zu einsamen Buchten und abgeschiedenen Stellen jeden menschlichen Kontakt gemieden und waren nur hin und wieder ein paar, meistens alten Einheimischen begegnet. Am Morgen zuvor waren sie jedoch nach Chora gegangen, um an einer religiösen Prozession teilzunehmen. Eine alte Frau hatte ihnen erzählt, dass auch das junge griechische Königspaar teilnehmen würde, was sich jedoch als falsch erwies. Trotzdem war es eine feierliche Prozession anlässlich des Festes Mariä Himmelfahrt, das in Griechenland Mariä Entschlafung heißt. Sie verstand den Unterschied erst, als er ihn ihr erklärte. Sie war nicht einmal sicher, ob wirklich stimmte, was er sagte, da er immer so tat, als wüsste er über alles bestens Bescheid. Sie tat so, als könnte sie seinen Ausführungen folgen, und um ihn nicht zu reizen, lächelte und nickte sie, damit er sie bloß nicht wieder als dumm bezeichnete. Leider gab es am Ende doch Ärger.

Mit Kerzen in der Hand standen sie inmitten von Dutzenden Menschen auf der Platia, dem Hauptplatz von Chora, als eine Gruppe von Gläubigen mit religiösen Gegenständen und Leuchtern um die Ecke bog. Hinter ihnen trugen Popen in bunten, goldbestickten Gewändern eine auf einem goldenen Tuch liegende Ikone der Jungfrau Maria. Die Gläubigen bekreuzigten sich, verstreuten Rosenblüten und besprengten die Ikone mit Rosenwasser.

Nach der Isolation der letzten Tage, in denen sie so gut wie keinen Kontakt zu anderen Menschen gehabt hatten, konnte sie gar nicht genug bekommen von dem Treiben um sie herum. Alle waren in ihren besten Kleidern und Anzügen und schlossen sich der feierlichen Prozession an. Die Insel hatte zwar nicht mehr als hundert ständige Bewohner, aber im Sommer kamen viele Angehörige, um ihre Verwandten zu besuchen. Sie waren an ihren Kleidern und ihren Kameras leicht zu erkennen. Fremde gab es auf Nissos kaum. Die Touristen bevorzugten belebtere und leichter erreichbare Inseln wie Rhodos oder Mykonos, wo es auch luxuriöse Hotels gab. Als sie jemanden Französisch sprechen hörte, schaute sie deshalb sofort in diese Richtung.

Es war ein junges Paar, das händchenhaltend die an ihm vorbeiziehende Prozession beobachtete. Der gebräunte Mann legte der Frau die Hände auf die Schultern und schob sie sanft hinter den Popen her in Richtung Kloster.

Beim Anblick des glücklichen Pärchens musste sie lächeln. Wie lang war es her, dass er sie an der Hand genommen hatte? Wie lang war es her, dass er sie wie zu Beginn ihrer Beziehung voll Liebe oder Begierde umarmt hatte? Wenn er sie jetzt in den Armen hielt, brachte er damit nur zum Ausdruck, dass sie ihm gehörte. Trotzdem hatte sie, als sie sich vor zwei Jahren kennengelernt hatten, geglaubt, einen Ersatz für die Familie und die Eltern gefunden zu haben, die sie nie hatte – bis er sie immer mehr von ihren Freunden und Bekannten absonderte und wie eine Gefangene ihrer, wie er es nannte, »absoluten Liebe« hielt.

Dummerweise sah er, wie sie das Paar anlächelte, und dachte sofort, ihr Lächeln gälte dem Mann. Er packte sie grob am Arm und zog sie von der Menge fort.

»Geht das schon wieder los?«, fuhr er sie an, sobald sie allein waren. »Immer wieder das gleiche Theater!« Als sie sah, wie er angespannt die Fäuste ballte, musste sie an die Nacht denken, als sie mit ihm Schluss machen wollte, weil sie seine Eifersucht, seine Szenen und die Isolation nicht mehr aushielt. Völlig außer sich hatte er in ihrer gemeinsamen Wohnung in Saint Germain des Près alles kurz und klein geschlagen. Und genau wie damals zog er die Oberlippe bedrohlich hoch zu seiner spitzen Hakennase, die aussah wie der Schnabel eines Geiers und die er immer lachend als Kennzeichen eines starken Charakters bezeichnete.

Ohne ihn anzusehen, senkte sie den Kopf und schwieg, um die Sache nicht noch schlimmer zu machen, obwohl sie am liebsten geschrien hätte: »Was heißt hier ›Immer wieder das gleiche Theater‹?« Sie hatte ihm nie einen Anlass für seine an Paranoia grenzende Eifersucht geliefert.

Aber er fasste ihr verängstigtes Schweigen als Schuldgeständnis auf und zog sie unter wüsten Beschimpfungen und Drohungen durch Olivenhaine und Gestrüpp hinter sich her, bis sie die verlassene Bucht erreichten. Sie verbrachten die Nacht in völligem Schweigen, bis am Morgen ein vorwurfsvolles Wort zu ihrem überstürzten Aufbruch führte. Es war Hunger, der sie antrieb. Sie mussten am Hafen ihre Lebensmittelvorräte auffüllen. Es war ihre Schuld, hielt er ihr vor, dass sie nicht genügend Konserven eingekauft hatte. Aber sie hatte nicht mehr tragen können.

Er wandte seinen finsteren Blick von ihr ab und deutete wortlos er auf die Früchte eines riesigen Kaktus, der zehn Meter vor ihnen an einer Steinmauer stand. »*Fránkiko sýko*, die Frankenfeigen, wie die Griechen sie nennen«, hatte er ihr erklärt, als sie die saftigen Früchte zum ersten Mal kosteten. Ihre abweisende stachlige Haut barg ein köstliches Geheimnis.

Sie stellten ihre Rucksäcke an einem Brunnen ab. Er nahm das Schweizer Messer aus seiner Tasche, schnitt eine Kaktusfeige samt Blatt ab und entfernte die Stacheln mit einem Stein, den er vom Boden aufhob. Er legte den Stein neben das Taschenmesser auf den Brunnenrand und pflückte mithilfe des Blatts noch ein Dutzend weitere Früchte. Er legte sie alle in einen kleinen Topf, der mit einem Riemen an seinem Rucksack befestigt war. Dann gab er ihn ihr und beugte sich über den Brunnenrand, um zu schauen, ob er Wasser enthielt.

»Nachdem man die Stacheln auf den Früchten mit kaltem Wasser aufgeweicht hat, macht man mit einem Messer drei Schnitte, zwei tiefe an den Enden und dazwischen einen flachen, etwa so tief wie die Haut. Dann klappt man die beiden Hälften auseinander und isst das Innere«, hatte er ihr vor einer Woche erklärt.

»Wir haben keinen Eimer, um Wasser zu schöpfen«, bemerkte sie jetzt zaghaft.

»Das sehe ich auch«, antwortete er schroff. »Ich bin ja nicht blind, nicht so wie du, die nur Augen für andere Männer hat.« Er drehte sich zu ihr und fügte zischend hinzu: »Du miese Hure!«

Bei ihr kam jetzt alles zusammen: die Erschöpfung, die Enttäuschung, die Kränkung durch seine ungerechtfertigten Anschuldigungen, ihre Frustration und Wut. Ihr platzte der Kragen, und sie warf seinen Topf auf den Boden, sodass die Kaktusfeigen unter seinem ungläubigen Blick in alle Richtungen davonflogen. Sie holte tief Luft und schrie aus vollem Hals: »Mir reicht's!« Dann kehrte sie ihm den Rücken zu, um davonzustapfen.

Deshalb sah sie nicht, wie er den Stein packte, mit dem er gerade die Stacheln entfernt hatte …

Ein Schlüssel und eine kleine unnötige Lüge

Auf dem Schreibtisch lag eine kleine Plastiktüte mit einem Schlüssel, der im Licht der Lampe matt schimmerte. Markou sah ihn schon eine Weile schweigend an. Katzikis, der ihn dabei beobachtete, wartete darauf, dass er etwas sagte. Doch Markou blieb still. Sein Verstand arbeitete auf Hochtouren. Der Schlüssel zu dem Haus, in dem Lucy Davis die letzten Tage ihres Lebens gewohnt hatte, der Schlüssel, der zusammen mit ihrem Handy und ihrem Notizbuch als verloren galt, war unter einem Topf mit Basilikum aufgetaucht.

Seit sich der Wind gelegt hatte, wirkte die Stelle über dem Pirate's Beach in ihrer vollkommenen Stille erst recht wie ein Zufluchtsort. Markou wusste, wonach er suchen musste, als er sich auf den Weg dorthin machte. Die Töpfe mit Geranien, Eisenkraut und Minze, die den gepflasterten Weg zur Eingangstür säumten, interessierten ihn nicht. Er steuerte sofort auf den grünglasierten Tontopf mit dem Basilikum zu und hob ihn an. Der Schlüssel darunter wartete bereits auf ihn. Spuren von schmutzigem Wasser auf seiner silbrigen Oberfläche deuteten darauf hin, dass die Pflanzen erst vor Kurzem gegossen worden waren. De Saintsimon oder Moreno mussten hergekommen sein, obwohl es ihnen Markou ausdrücklich verboten hatte.

Er sah Katzikis an, öffnete ganz leicht den Mund und schloss ihn wieder. Er war noch nicht bereit, seine Gedanken zu teilen, diese streunenden Gedanken, die eine neue Richtung einschlugen. Deshalb öffnete Markou zu Katzikis' Enttäuschung sein Notizbuch, statt etwas zu sagen, und schrieb: *Schlüssel – Blumentopf – Archondia.*

Darunter vermerkte er die kleine unnötige Lüge, die sie vorhin geäußert hatte. Mit geschlossenen Augen vergegenwärtigte er sich jedes ihrer Worte in den vergangenen Tagen und machte sich daran, alles sorgfältig zu ordnen und abzuwägen. Und mit jedem Wort, jedem Satz – gesprochen in ihrem starken, melodiösen Dialekt – fiel ein weiteres Puzzleteilchen an seinen Platz. Trotzdem blieben noch so viele Fragen unbeantwortet. Und das Fehlen der Antworten drohte sein neues theoretisches Gerüst mit der gleichen Mühelosigkeit zum Einsturz zu bringen, mit der frühere Gewissheiten durch den Fund dieses Schlüssels in die Brüche gegangen waren.

Zugang zu Davis' Haus? Text: Mordmotiv, Laptop an seinem Platz, schrieb Markou.

Und als der Kommissar jetzt unter Katzikis' neugierigen Blicken in seinem Notizbuch blätterte, beschloss er, auf zwei gegenüberliegenden leeren Seiten zwei Zeittafeln aufzustellen. Die erste würde 1963 als Ausgangspunkt haben. Die zweite würde auf Tag X, den Tag von Lucy Davis' Ermordung, zulaufen.

Die Zeittafeln

Das Morgenlicht stahl sich ins Büro.

Markou war so in seinen Gedanken versunken, dass er vergaß, die Lampe auszuschalten. Katzikis, dem sein eisernes Schweigen irgendwann zu viel geworden war, war kurz nach drei Uhr nachts gegangen. Als er Markou zum Abschied zugenickt hatte, war dieser so in seine Notizen vertieft gewesen, dass er sein Angebot, ihn einfach anzurufen, falls er ihn brauchte, gar nicht mitbekam. Er hörte nicht einmal, dass die Tür zuging.

Er verbrachte die Nacht damit, Zeugenaussagen und seine Notizen immer wieder zu lesen und mit der Stimme der Callas in seinem Kopfhörer Unmengen von Kaffee zu trinken. Er schloss jedes Mal die Augen, wenn er sich an ein Detail zu erinnern versuchte, und dann fand es seinen Platz auf einem der Zettel, von denen der Schreibtisch übersät war. Kurz vor Tagesanbruch waren die zwei Zeittafeln endlich fertig. Über der ersten stand: *sechziger und siebziger Jahre.*

1963: David Milandi zum ersten Mal auf Nissos (mit Freundin)

1964: Rückkehr (allein), Kauf eines verfallenen Hauses

1965: Milandi heiratet neue Freundin, beginnt mit Renovierung des Hauses

1967: Henrietta Banks kommt mit einem Gräko-Amerikaner zum ersten Mal nach Nissos

1970: Tod des Gräko-Amerikaners

Zwischen 1962 und 1972: Ermordung der unbekannten Frau (Entdeckung der Leiche 1992); Pierre de Saintsimons Eltern verbringen die Sommer auf der Insel; Timos Karas' Eltern leben hier

Markou wusste, dass diese Aufzählung unvollständig war und dass ein streng geheim gehaltener Aufenthalt auf der Insel nicht vermerkt war. Wenn seine Theorie stimmte, musste diese Person irgendwann zwischen 1962 und 1972 hier gewesen sein. Dafür brauchte er jedoch Beweise. Und je länger er die zweite Zeittafel mit den aktuellen Daten studierte, desto klarer wurde ihm, dass die Antwort in Davis' Manuskript zu finden sein musste, sei es in einem Satz oder auch nur einem einzigen Wort, dessen Bedeutung ihm entgangen war.

Auf der rechten Seite des Notizbuchs gingen die Daten auf Tag X zu.

Tag X: Ermordung von Lucy Davis zwischen 23:34 und 01:45 in Mariama Milandis Haus

Tag X minus 10: Eröffnung einer Fotoausstellung

Tag X minus 9: Davis' zweiter Besuch in der Galerie

Tag X minus 8: (Festtag eines Lokalheiligen) Davis auf der Polizeiwache. Erkundigt sich nach Problemen mit Touristen. Erfährt von dem ungelösten Mord zwischen 1962 und 1972

Tag X minus 7: Umzug in de Saintsimons Haus am Pirate's Beach

Tag X minus 2: Sendet E-Mail mit Kapitel 8, Der Mörder kehrt an den Tatort zurück. Negativ.

Tag X minus 2 – abends: In ihrem Haus Verabredung mit den Italienern

Tag X minus 1: Erneuter Besuch bei Timos Karas

Tag X: Verbringt Nachmittag mit Henrietta Banks am

Strand. Letzte Änderung des Manuskripts; löscht Kapitel 8 zwischen Absenden der Mail (Tag X minus 2) und letzter Änderung des Manuskripts (Tag X früher Nachmittag)

Tag X: Kurz vor ihrer Ermordung spricht Davis in einer kleinen Gruppe von Partygästen (siehe Foto) über Geheimnisse, die demnächst enthüllt werden: »Alle Geheimnisse kommen irgendwann an den Tag, egal wie streng sie gehütet werden.«

Markou stand abrupt auf und verließ das Büro. Maroulas, der in der Station geschlafen hatte, sprang vom Sofa auf und fragte mit belegter Stimme: »Was gibt's?«

»Ich gehe kurz in Karas' Galerie.«

Mit einem Blick auf seine Uhr sagte Maroulas: »Sie ist aber noch nicht offen. Er macht nie vor elf auf, und jetzt ist es erst zwanzig nach sieben!«

Als er die Mischung aus Ungeduld und Ärger in der Miene des Kommissars sah, nahm Maroulas sein Handy vom Tisch und sagte: »Ich rufe ihn an.«

»Er soll in spätestens zehn Minuten da sein!«, rief Markou und öffnete die Tür.

Die Galerie

Nein, ich habe keinen Katalog. Normalerweise lasse ich nie Kataloge drucken; sie kosten nur viel Geld und bringen nichts. Die Galerie ist ideal gelegen; man kommt auf dem Weg zur Platia zwangsläufig an ihr vorbei, weshalb sich alle ganz automatisch meine Sachen ansehen.« Karas deutete mit einer weit ausholenden Armbewegung auf die Ausstellungsräume.

Ein paar Skulpturen warteten zwischen kleinen Möbelstücken und auf Sockeln präsentierten Ziergegenständen aus dem 19. und frühen 20. Jahrhundert auf Käufer. Die meisten waren ziemlich kitschig, Stücke, die Touristen nur deshalb zu exorbitanten Preisen kauften, um sagen zu können: »Oh, das habe ich auf Nissos gekauft, wo wir vor zwei Jahren Urlaub gemacht haben. Die Insel hat nicht nur das Meer und eine phantastische Landschaft zu bieten, sondern auch ein reges gesellschaftliches und kulturelles Leben. Galerien, Ausstellungen, Festivals, alles, was man sich nur wünschen kann …«

Und seit Neuestem hat Nissos auch Morde zu bieten, dachte der Kommissar. Er ließ den Blick über die Wände der Galerie wandern. An einer hingen mehrere Aquarelle, an den anderen waren die wenigen gerahmten Schwarz-Weiß-Fotos zu sehen, die bei der letzten Ausstellung keinen Abnehmer gefunden hatten.

»Also kein Katalog. Aber Sie haben doch bestimmt eine

Liste aller Fotos, die Sie verkauft haben! Und wie sieht es mit Bescheinigungen, Quittungen und dergleichen aus?«

Bei dem Wort Quittungen schien alle Farbe aus Karas' Gesicht zu weichen. »Also … Quittungen habe ich eigentlich keine, aber eine Liste aller Stücke, die ich verkauft habe – an wen und zu welchem Preis, falls Sie es für nötig halten …«

»Allerdings«, unterbrach ihn Markou schroff.

»Außerdem habe ich in meinem Computer Fotos von allen Objekten, die ich verkaufe. Allerdings zeige ich sie niemandem.«

Als der Kommissar die Augen verdrehte und seine ohnehin schon verärgerte Miene noch finsterer wurde, fügte Karas rasch hinzu: »Aber *Sie* können sie selbstverständlich gern sehen.«

Karas ging hinter den Ladentisch, zog unter der verstaubten Registrierkasse eine Schublade heraus und entnahm ihr eine Art Kassenbuch. Er schlug den Deckel mit der Jahreszahl zurück und begann zu blättern. Als er zum Eröffnungsdatum der Fotoausstellung kam, dem »Tag X minus 10«, deutete er auf die Liste seiner Verkäufe.

Markou überflog die vertrauten Namen, neben denen horrende Preise standen. Ihn interessierten jedoch nur die Käufer und die Titel oder kurzen Beschreibungen der Fotos.

Mariama Milandi:
Foto, Hafenpanorama von Chora aus gesehen, 1961
Foto von den Windmühlen, 1949
Foto von Frau mit Kopftuch, 1952

Lucy Davis:
Foto von Mönch, 1963
Foto von Obstverkäufer, 1955

Arnaud Cadena:
Foto vom Café Stoa, 1958
Foto vom 15. August, 1965
Foto von Choras Westpanorama, 1966
Foto von Fischer mit Netzen, 1966

Alessandra und Fausto Ardolini:
Serie mit drei Fotos, Strand – Hafen von Vrythos, 1969

Mehmet Ersen:
Foto von nackter Frau mit Wassermelone, Gaidoura Beach, 1966

Pierre de Saintsimon:
Foto, Kapelle Haghios Nikolaos, Ostern 1965

»Diese würde ich gern sehen.« Der Kommissar deutete auf die Liste.

»Eine gute Wahl. Der Käufer hat darauf bestanden, die Fotos auf der Stelle mitzunehmen. Aber das ist häufig so. Diese beiden sind vom selben Künstler – einem Italiener, der es auf unnachahmliche Weise verstanden hat, das einzigartige Licht von Nissos einzufangen. Ein phantastischer Fotograf. Lucy wollte unbedingt eins der Fotos haben, als sie die letzten beiden Male in die Galerie kam. Aber ich musste ihr leider sagen, dass ich keine weiteren Abzüge habe.« Damit klickte Karas auf den Ordner mit den verkauften Stücken.

»Keine weiteren Abzüge«, hauchte Markou.

Karas nickte. »Ja, ich habe ihr erklärt, dass ich keine weiteren Abzüge der Fotos habe und auch keine neuen machen kann, weil ich die Fotos immer zusammen mit dem Negativ verkaufe.« Karas durchsuchte die Datei nach den anderen Fotos, die Markou sehen wollte.

Und jetzt, endlich, ging dem Kommissar bei dem Wort

Negativ ein Licht auf – auf einem Foto mit starken Hell-Dunkel-Kontrasten, das die Prozession an Mariä Entschlafung mit der Ikone der Gottesmutter zeigte, stach ihm unter all den Menschen sofort ein Gesicht ins Auge.

Ein von langen dunklen Haaren eingefasstes Gesicht, dessen durchdringende Augen auf ein lächelndes Mädchen in seiner Nähe gerichtet waren.

Obwohl seitdem viele Jahre vergangen waren, erkannte Markou das Gesicht sofort wieder.

Henrietta Banks

Markou verließ die Galerie mit einem auf ein Blatt Papier gedruckten Foto in großer Eile. Vorher hatte er Karas noch eingeschärft, das Geschäft zu schließen und niemanden reinzulassen, solange er nichts Gegenteiliges von ihm hörte. Der Galeriebesitzer wollte unbedingt den Grund wissen, aber der Kommissar nannte ihm keinen. Er wollte ihm nicht sagen, dass er sich möglicherweise im Visier einer Person befand, die vor nichts zurückschreckte, um ihre Geheimnisse zu hüten – auch nicht vor einem Mord, wie bereits zweimal bewiesen.

Der Tod des Türken wurde nach wie vor als Unfall gehandelt. Doch die Obduktion in Rhodos würde bald zeigen, weshalb Mehmet Ersen am Gaidoura Beach tot im Wasser gelegen hatte. Der Schlag auf den Kopf, der ihm vermutlich mit einem Stein beigebracht worden war, wies Ähnlichkeiten auf mit Lucy Davis' tödlicher Verletzung sowie den Angaben im Obduktionsbefund der unbekannten Toten aus dem Jahr 1992. Die Unbekannte, die jetzt ein Gesicht hatte – lächelnd, und von hell gelocktem Haar umrahmt.

Auf dem verlassenen Hauptplatz standen zwei Touristen und studierten auf ihrem Handy Google Maps. Der Kommissar ging an ihnen vorbei, blieb dann aber stehen. Unschlüssig wanderte sein Blick zwischen dem Café Stoa und der Gasse zum Kreisverkehr hin und her.

Wie wär's mit einem Überraschungsbesuch?, dachte er.

Drei Opfer, dieselbe Vorgehensweise und ein Motiv waren eindeutig genügend Beweise für eine interessante Unterhaltung.

Gerade als er hinter sich eine Stimme hörte: »Entschuldigung, dürften wir Sie kurz etwas fragen?«, entschied sich Markou, ohne dem jungen Paar Beachtung zu schenken, für die Gasse zum Kreisverkehr, wo er seinen Roller abgestellt hatte. Ein Schlüsselelement fehlte noch, um das bevorstehende Gespräch mit einem Schachmatt beenden zu können. Er musste die Frage nach dem Wie klären.

Er zog sein Handy aus der Tasche und wählte Maroulas' Nummer. »Rufen Sie Banks an und sagen Sie ihr, sie soll auf der Stelle auf die Wache kommen.« Und bevor er auflegte, fügte er noch hinzu: »Und falls sie mit irgendwelchen Maniküren oder Massagen ankommt, sagen Sie ihr, dass wir über Grigorios Psarakis mit ihr reden wollen. Dann kommt sie bestimmt sofort angeschossen!«

Leinen, Baumwolle und Popeline

Haben Sie diesen Ganoven endlich verhaftet?«, rief Henrietta Banks, als sie kurz nach zehn Uhr in die Wache gestürmt kam.

»Ich habe Ihnen doch gesagt, dass er's war!« Ohne Maroulas Beachtung zu schenken, der an seinem Schreibtisch saß, ließ sie ihren Blick auf der Suche nach »Gregory« Psarakis durch das Vorzimmer wandern. Als sie ihn nirgendwo entdeckte, zog sie ihren smaragdgrünen Kaftan zurecht, strich sich mit den Fingern durchs Haar und fragte aufgeregt: »Wo ist er?«

Ohne Maroulas' Antwort abzuwarten, stürmte sie in das Büro, wo Katzikis und Markou sie bereits erwarteten. Sie warf Markou eine Kusshand zu und richtete sich mit einem erleichterten Seufzen an den Polizeichef. »Wusste ich's doch, dass Sie ihn verhaften werden! Sie wissen am besten, aus welchem Holz dieser Kerl geschnitzt ist! Ihr Kollege hier ist aus Athen; er kennt ihn nicht. Er weiß nicht, was auf Nissos los ist. Nur gut, dass Sie wieder zurück sind!«

Sie blickte sich hektisch um, als könnte sich Psarakis irgendwo in dem kleinen Büro verstecken. »Haben Sie ihn schon in eine Zelle gesperrt? Umso besser! Eigentlich sollten Sie ein Exempel an ihm statuieren und ihn mitten auf der Platia hängen! Kann ich zu ihm? Ich möchte sein Gesicht hinter Gittern sehen!«, rief sie, bevor sie einen Parfümflacon aus ihrer ebenfalls grünen Handtasche holte und sich ausgiebig einsprühte.

»Dann lasse ich Sie jetzt allein mit ihr«, sagte Katzikis und verließ den Raum mit der Akte des ungelösten Falls von 1992 unterm Arm. Unter den alten Dokumenten, die sie enthielt, befand sich inzwischen auch eine Fotokopie des Fotos von 1965.

Banks setzte sich auf den Stuhl und entledigte sich ihrer jadegrünen Sandalen. Ihr dunkelgrüner Lidschatten war in der Morgenhitze bereits zerlaufen. Sie verschränkte die Hände ineinander und wartete – auf Erklärungen, Komplimente und Glückwünsche oder, im Idealfall, einen Besuch im Gefängnis beim Objekt ihrer Begierde.

Markou beugte sich vor, stützte die Ellbogen auf den Schreibtisch und sagte betont freundlich: »Nur *Sie* können uns helfen.«

Henrietta Banks nickte und antwortete in vielsagendem Ton: »Ich weiß, dass ich genial bin! Die Natur hat mich reich beschenkt.« Um es jedoch nicht zu verschreien, spuckte sie in Abwandlung des griechischen »ftou ftou«, womit die Einheimischen Unheil abwenden wollen, »tuff tuff« auf den Boden.

»Deshalb werden Sie auch verstehen, dass ich Ihnen nichts über Psarakis oder sonst jemanden sagen darf, solange mir kein vollständiges Bild vorliegt«, fuhr der Kommissar fort und schaute ihr dabei in die Augen.

»Aus diesem Grund muss ich Sie bitten, mir bis ins kleinste Detail zu erzählen, was in Ihrem Gespräch mit Mehmet Ersen hier auf der Wache gesagt wurde, als Sie sich über Mode unterhalten haben.«

Ihre Miene verdüsterte sich, und sie protestierte: »Was soll das mit Georgios …?« Doch Markou unterbrach sie: »Natürlich kann nur ein extrem intelligenter Mensch wie Sie verstehen, dass *alles* zusammenhängt.«

Wenige Sekunden später nickte sie energisch und atmete geräuschvoll aus. »Natürlich, natürlich«, bestätigte sie das Kompliment und tat so, als verstünde sie es wirklich.

»Also, worüber haben Sie und Ersen gesprochen? Und so detailliert wie möglich bitte.«

»Natürlich«, wiederholte Banks und konzentrierte sich mit verkniffenem Gesicht darauf, die Intelligenz, mit der die Natur sie so großzügig beschenkt hatte, unter Beweis zu stellen.

»Also, er hat sich ausführlich über meinen guten Geschmack ausgelassen. Ich erinnere mich, dass er immer wieder das Wort phänomenal benutzte, Gott sei seiner Seele gnädig. Er hat mir versichert, dass ich ihm mit meinem Aussehen jedes Mal von Neuem den Atem raube und dass offensichtlich ist, dass ich in einem von gutem Geschmack und sehr viel Geld geprägten Umfeld aufgewachsen bin. Er nannte mich die bestangezogene Frau der Insel – nicht, dass ich solche Komplimente nötig habe, denn selbstverständlich weiß ich das. Es liegt mir einfach im Blut. Dann hat er mit den Fingern liebkosend über meinen Kaftan gestrichen und gesagt, dass ich ein untrügliches Gespür dafür habe, wie man Farben und Texturen kombiniert, und dass für die meisten ein Stoff aussieht wie der andere, während einem Kenner der Unterschied nie entgehen würde.«

Sie machte eine kurze Pause und tippte mit ihrem Zeigefinger nachdenklich an ihre Lippen, bevor sie fortfuhr: »Er wollte mich zu seiner Muse machen. Umso mehr bedaure ich seinen plötzlichen Tod. Und dann hat er über Männerkleidung gesprochen«, fügte sie mit einer wegwerfenden Handbewegung hinzu. »Er meinte, sie wäre unsäglich langweilig und uninspiriert, immer nur dieselben weißen Hemden. Und auch hier ist er wieder auf die unterschiedlichen Stoffe zu sprechen gekommen und dass nur ein geübtes Auge zwischen Leinen, auf Leinen getrimmter Baumwolle und Popeline unterscheiden kann. An diese Bemerkung erinnere ich mich deshalb, weil mein Kaftan aus hundert Prozent handgewebtem Leinen war. Natürlich knittert er deshalb schnell, aber … Ach ja, und er hat auch gesagt, dass Leinen leicht knittert, aber dass man es immer von ungebügelter Popeline unterscheiden kann.«

Henrietta Banks zuckte mit den Achseln und fügte mit einem leisen Seufzen hinzu: »Das war alles. Später wollten wir uns dann auf der Platia auf einen Drink treffen, aber leider ist er nicht erschienen …«

Und mit einem Blick zum Kommissar, der ein paar ihrer Sätze in seinem Notizbuch unterstrich, fügte sie lächelnd und sehr zufrieden mit sich selbst hinzu: »Ich kann nur hoffen, dass Sie ihn jetzt endlich hinter Gitter bringen und er nie mehr das Sonnenlicht erblickt.«

Während Banks an Psarakis dachte, wandte sich die Aufmerksamkeit des Kommissars, der jetzt endlich wusste, wie und warum der Türke umgebracht worden war, jemand ganz anderem zu.

Opuntien

Wie am Tag zuvor machte Markou sich unter der sengenden Sonne auf den Weg die Gasse hinauf, die zu Mariama Milandis Haus führte. In seiner rechten Gesäßtasche war der von der Staatsanwaltschaft Rhodos ausgestellte Haftbefehl, der an das antiquierte Faxgerät der Polizeistation von Nissos geschickt worden war. In seiner linken Tasche war eine Kopie des 1965 aufgenommenen Schwarz-Weiß-Fotos. Am Abend zuvor hatten sie Mariama Milandi daran gehindert, die Fähre zu nehmen, aber inzwischen stand es ihr frei abzureisen. Vorher hatte Maroulas sie jedoch noch um ein paar ergänzende Angaben gebeten. Sie mussten sich mit ihrem Vater in Verbindung setzen. Der Umstand, dass er zum ersten Mal seit Jahren nicht nach Nissos gekommen war, hatte sich nicht nur auf den Verlauf der Ereignisse, sondern auch auf Markous Schlussfolgerungen ausgewirkt.

Mariama Milandi war nicht die Einzige, die es nicht erwarten konnte, von der Insel fortzukommen. Auch die Ardolinis hatten angerufen und gefragt, ob sie nach Italien zurückkehren könnten. Und die brasilianische Schönheit hatte einen Hubschrauber gebucht, um später am Tag nach Patmos zu fliegen, wo Freunde sie auf ihrem Boot erwarteten. Der September nahte, und Nissos würde bald zu seiner gewohnten Einsamkeit zurückkehren. Bis nächsten Sommer.

Die Glocke des Klosters schlug zweimal, als kündigte

sie Markous Ankunft an. Er öffnete die Tür und rief ihren Namen.

Im richtigen Leben – genau wie in Kriminalromanen – ist die Suche nach der Wahrheit wie das Betreten eines Raums, in dem man nach einem verborgenen Gegenstand sucht. Man öffnet Schubladen und Schränke, verrückt Möbel, hebt Teppiche an, steckt seinen Finger in jede Öffnung einer Oberfläche. Und wenn man die Antwort gefunden hat, diesen Gegenstand, nach dem man unermüdlich gesucht hat, muss man dafür sorgen, dass alles wieder an seinen gewohnten Platz kommt. Dass jede Schachtel und Schublade geschlossen ist, jede Ecke aufgeräumt, der Inhalt jedes Regals genau so wie zuvor. Keine Frage sollte unbeantwortet bleiben. Sogar ein einziger Spalt, eine übersehene Stelle, eine nicht perfekt schließende Schranktür kann das ganze logische Konstrukt zum Einsturz bringen.

Markou hatte alle Antworten, und als er Katzikis seine Schlussfolgerungen mitteilte, schüttelte ihm dieser die Hand und wandte sich an seinen Neffen: »Hör gut zu und lern was daraus!«

Nur ein kleiner Punkt musste noch bestätigt werden, um auch die letzte überraschende Wendung ausschließen zu können. Alle großen und kleinen Warums und Wies waren geklärt. Markous ganzes Gedankengebäude, das infolge eines Topfs mit Basilikum und einer unnötigen Lüge in umgekehrter Reihenfolge, also vom Dach zu den Grundfesten errichtet worden war, hatte jetzt ein solides Fundament.

Zehn Minuten später flüsterte Archondia am Küchentisch mit einem griechischen Kaffee in der Hand: »Wirklich nett von Ihnen, dass Sie mich nach diesen unartigen Kindern fragen! Sie erinnern sich aber auch wirklich an alles, junger Mann. Aber deshalb sind Sie ja auch Polizist. Ich habe es tatsächlich gefunden, im Wäschekorb. Der ganze Ärger war grundlos. Wahrscheinlich hab ich es vergessen. Ich dachte, ich hätte es gewaschen. Und das andere wird sicher auch noch auftauchen. Ist außerdem nicht weiter wichtig. Aber der Herr wird sich ärgern, wenn er herausfindet, dass ich über solch belangloses Zeug mit Ihnen rede, über die Wäsche und verschwundene Hemden! Erzählen Sie ihm das bloß nicht!«

Und dann beantwortete sie dem Kommissar eine Frage zu Cadena, die er ihr zuvor gestellt hatte. »Dem armen Mann geht es von Tag zu Tag schlechter. Er geht nicht mehr aus dem Haus und pafft eine Zigarette nach der anderen. Alles stinkt nach Rauch! Was? Ob er rausgeht, wenn ich nachmittags nicht hier bin? Keine Ahnung, aber wo sollte er schon hin, junger Mann? Haben Sie ihn denn nicht gesehen? Er ist nur noch ein Schatten seiner selbst. Er geht nicht mehr schwimmen, er geht nicht mehr wandern, er bringt nicht mehr wie früher Opuntien in seinem kleinen Kübel nach Hause. Wenn man zu viele von den Dingern isst, bekommt man Verstopfung und kann nicht mehr … Sie wissen schon …«

»Opuntien?«, fragte der Kommissar, als er dieses Wort schon wieder von ihr hörte. Beim ersten Mal hatte er nicht darauf geachtet, doch inzwischen wusste er, dass jede Kleinigkeit zählte und dass er keine Schublade halb offen lassen durfte. Archondias Antwort enthielt jedoch nichts Neues.

»Ja, Opuntien. So nennt er sie. Er sagt, das ist der wissenschaftliche Name der Kaktusfeigen.«

Mein Lieblingsfoto

Als er Markou sah, versuchte Arnaud Cadena von der Couch aufzustehen. Der Kommissar bedeutete ihm, sitzen zu bleiben.

»Kommissar, das nenne ich eine Überraschung! Niemand hat mir gesagt, dass Sie kommen.«

Markou nickte und wandte den Blick von den besorgten hellblauen Augen des alten Mannes ab, um sich im Raum umzuschauen. An der Wand rechts von ihm hing ein gerahmtes Foto, das noch vor wenigen Tagen in der Galerie ausgestellt gewesen war. In der Mitte des Fotos stand ein Fischer auf seinem Boot und überprüfte sein Netz. Der von seinem Hut auf sein Gesicht geworfene Schatten stand in krassem Gegensatz zu der extrem hellen, überbelichteten Umgebung.

»Schönes Foto«, bemerkte der Kommissar, bevor er den Blick auf den Boden neben der Truhe senkte, wo er vor wenigen Tagen die drei Bilderrahmen und die gerahmte Stickerei gesehen hatte. Jetzt war die Stelle leer.

»Ja«, antwortete Cadena kurz angebunden angesichts der Kälte des Kommissars.

»Gibt es irgendetwas Neues? Sind Sie deshalb hier?«, fragte er nach kurzem Schweigen. Er folgte Markous Blick durch das Zimmer, der schließlich auf den Büchern haften blieb.

»Ja«, antwortete der Kommissar nur. Er ging zum Bücherregal und griff nach dem gerahmten Foto von Cadena und Lucy Davis.

»Fotos zeigen viel mehr, als wir glauben. Sie halten Blicke, Gefühle, Wahrheiten, Geheimnisse, Momente in der Ewigkeit fest. Und selbst wenn Menschen vielleicht vergessen, das Licht kennt keine Gnade, kein Erbarmen. Es vergisst nie.«

Cadena sagte nichts. Er sah schweigend zu, wie Markou das Foto ins Regal zurückstellte.

»Hier sind nirgendwo ältere Fotos von Ihnen zu sehen. Als ob Sie nie jung gewesen wären.«

»Die sind alle in Paris«, sagte Cadena.

»Fast könnte man meinen, Sie versuchen zu vergessen, dass Sie einmal jung waren.«

»Möchten Sie einen Kaffee?«, fragte der alte Mann, um das Thema zu wechseln, und rief: »Archondia!« Er erinnerte Markou an ein Kind, das nach seiner Mutter rief, damit sie ihm aus einer schwierigen Situation half. Wahrscheinlich ahnte er bereits, dass das Spiel aus war. Markou fragte sich, wie er reagieren würde.

»Sie ist nicht hier«, sagte der Kommissar. »Ich habe sie nach Hause geschickt. Sie wollte Sie zwar nicht allein lassen und hat mich nach dem Grund gefragt. Aber ich habe darauf bestanden.«

Das Schweigen wurde immer bedrückender. Sogar Cadenas Atem schien stillzustehen.

»Wirklich schöne Fotos«, sagte der Kommissar und deutete mit dem Finger auf das Bild des Fischers an der Wand, dann auf das im Regal.

»Mein Lieblingsbild ist allerdings das hier«, fuhr er fort und zog die Fotokopie aus seiner Tasche. Er entfaltete sie langsam, bis die Szene von der Mariä-Himmelfahrts-Prozession vom 15. August 1965 vollständig zu sehen war. Cadena schaute kurz auf sein jüngeres, in Schwarz-Weiß festgehaltenes Selbst, bevor er sich wieder dem Kommissar zuwandte.

Er streckte die Hand nicht aus, um nach dem Blatt Papier zu greifen, das ihm Markou hinhielt. Stattdessen stand er mit abrupter Mühelosigkeit von der Couch auf. Mit dem plötzlich erstaunlich geraden Rücken und ohne die in den letzten Tagen vorgetäuschte Schwäche wirkte er zehn Jahre jünger. Doch seinem Gesicht waren trotz aller Gelassenheit sein Alter und seine Erschöpfung anzusehen.

Er ging mit großen Schritten an Markou vorbei und steuerte auf die Tür zu. Beim Kommissar schrillten die Alarmglocken.

Wollte er fliehen? Aber wohin? Auch wenn Cadena in wesentlich besserer körperlicher Verfassung war, als er vorgab, wäre er nicht in der Lage, einem Mann Mitte dreißig davonzulaufen. Und selbst wenn, wo sollte er sich verstecken? Cadena streckte die Hand nach dem Tisch neben der Tür aus. Dort lag neben einem Zigarettenetui ein großer bemalter Stein. Doch bevor Cadena ihn zu fassen bekam, stand Markou schon hinter ihm. Drei Opfer mit Kopfverletzungen, die ihnen mit einem Stein oder Hammer beigebracht worden waren, waren eindeutig zu viele. Er würde nicht zulassen, dass Cadena ihn angriff.

Der alte Mann fuhr erschrocken zusammen, als ihn der Kommissar am Handgelenk packte. Er hatte gerade das Etui aufschnappen lassen, um eine Zigarette herauszunehmen.

Das Geheimnis

Die Stille in der Polizeistation wurde nur vom Nebelhorn der einlaufenden Fähre gestört.

Der Kommissar stand auf und ging, ohne einen Blick auf Cadena zu werfen, ans Fenster. Katzikis folgte ihm. Die Polizeieskorte, die sie am Morgen angefordert hatten, als sie die Aufklärung des Falls an die Staatsanwaltschaft Rhodos meldeten, würde in Kürze von Bord gehen, um Cadena zur offiziellen Vernehmung nach Rhodos zu bringen. Als ihn der Kommissar vor wenigen Stunden auf seine Rechte aufmerksam gemacht hatte, hatte sich der alte Mann geweigert, sich vom einzigen Anwalt der Insel vertreten zu lassen. Die Anwesenheit eines solchen war jedoch erforderlich bei Anklageerhebung wegen zweifachen Mords. Der dritte war bereits verjährt.

Cadena hatte die ihm angelasteten Taten nicht geleugnet. Gefasst, aber mit gebrochener Stimme hatte er ihnen alles erzählt. Ohne den Blick von Markou abzuwenden, hatte er sich zu allen fraglichen Punkten geäußert und die Schlussfolgerungen des Kommissars bestätigt. Das Geheimnis, das er über fünfzig Jahre mit sich herumgetragen hatte und das Lucy Davis das Leben kosten sollte, war aus den Tiefen seines Gedächtnisses gehoben worden, ähnlich wie die unbekannte Tote aus dem Brunnen. Sie hatten nicht nur die Morde an Lucy Davis und Mehmet Ersen aufgeklärt, sondern auch den ad acta gelegten Fall von 1992.

»Ich habe sie geliebt, aber sie hat mir das Leben zur Hölle gemacht.« Diese Worte hatten vor drei Stunden Cadenas Geständnis eingeleitet. Dem Kommissar war nicht klar, ob sie sich auf die junge Frau auf dem Foto oder auf Lucy Davis bezogen.

»Dom. Dominique Gossier«, fügte Cadena hinzu und gab damit dem lächelnden Gesicht auf dem Schwarz-Weiß-Foto einen Namen. Über ein halbes Jahrhundert später war die Tote aus dem Brunnen endlich identifiziert.

»Wir haben hier Urlaub gemacht. Es war ihr erstes Mal in Griechenland, unser erstes Mal auf der Insel. Es war im August 1965. Sie war sehr schön – wie schwer zu übersehen ist –, aber sie hat ihre Schönheit ausgenutzt. Sie wusste genau, dass ich ihr rettungslos verfallen war, und ließ mich entsprechend leiden. Ständig hat sie in meinem Beisein mit anderen Männern geflirtet. Es hat ihr richtig Spaß gemacht, mich zu quälen, und sie hat das Schlechteste in mir zum Vorschein gebracht.

Genau das ist auch an jenem Tag passiert. Auf dem Foto sehe ich wütend aus, aber ich bin sicher, dass ich ihr wie immer verziehen habe. Und dann … Ich weiß wirklich nicht mehr genau, was dann passiert ist … Das menschliche Gehirn versteht es irgendwie, schmerzliche Erinnerungen auszublenden. Anders als das Licht, wie Sie vorhin gesagt haben, Herr Kommissar. Wir waren am Gaidoura Beach. Den haben wir an unserem zweiten oder dritten Tag auf der Insel entdeckt und mochten ihn sehr. Es war Mittag. Ich erinnere mich an die Hitze, die Sonne. Wir haben Halt gemacht, um uns ein wenig auszuruhen. Sie hat irgendwas Beleidigendes gesagt, worauf ich die Beherrschung verloren habe. Danach verschwimmt in meiner Erinnerung alles. Ich habe mit einem Stein auf sie eingeschlagen. Wie oft, weiß ich nicht mehr …«

Oft genug, um ihr den Schädel zu zertrümmern, dachte Markou, der den Obduktionsbefund gelesen hatte.

»Als ich mich wieder im Griff hatte, als ich wieder ich selbst wurde, sah ich sie reglos auf dem Boden liegen. Ich beugte mich über sie und tastete nach ihrem Puls, obwohl ich bereits wusste, dass ich keinen mehr finden würde. Da wurde mir klar, was ich getan hatte. Ich bekam Angst. Was, wenn mir niemand glaubte, dass sie mich beleidigt und zum Äußersten provoziert hat? Deshalb zog ich sie aus und warf sie in den Brunnen.«

Cadena hielt inne und nahm einen Schluck Wasser. Dann fuhr er fort: »Mit ihrem Rucksack bin ich runter zum Strand gegangen, um das Blut, den Schmutz und den Schweiß von mir abzuwaschen. Ich habe die Nacht dort verbracht. Ich wusste, dass am nächsten Morgen die Fähre kam. Ich kaufte mir ein Ticket und ging einfach an Bord. Niemand kannte mich; niemand kannte uns auf der Insel. Und in Paris würde sie niemand vermissen. Sie hatte keine Familie und hatte jeden, den sie dort kannte, aus unserem Leben ausgeschlossen. Wir lebten ausschließlich füreinander. Als ich Jahre später zufällig einer alten Freundin von Dom begegnete, die mich nach ihr fragte, erzählte ich ihr, dass wir schon lange getrennt waren, dass sie einen Amerikaner kennengelernt hatte und nicht mehr in Frankreich lebte. Niemand hat je nach ihr gesucht.«

Mit einem tiefen Seufzer fuhr Cadena fort: »Danach habe ich zweiundzwanzig Jahre keinen Fuß mehr auf Nissos gesetzt. Aber ich musste immer daran denken. Ich musste immer an *sie* denken. Zuerst rechnete ich ständig damit, dass jemand die Leiche entdecken würde; dass herauskäme, wer sie war und mit wem sie auf Nissos gewesen war; dass sie nach mir suchen, mich finden und verhaften würden. Und doch, Jahre vergingen, und das Glück war auf meiner Seite. Und das Geheimnis wurde ein Teil meines Lebens. Ich schloss es in einer Kiste ein, stellte es in eine Ecke und verbannte es aus meinem Alltag.

Irgendwann fiel mir in der Metro ein Plakat ins Auge, das für Ferien in Griechenland warb, und ich beschloss, nach Nissos zurückzukehren. Fragen Sie mich nicht, warum. Die Insel hat mich von dem Moment, als ich das ersten Mal Fuß auf sie setzte, vollkommen in ihren Bann gezogen. Nicht umsonst heißt es, entweder lässt einen ihre Energie, ihre Atmosphäre nicht mehr los, oder sie verstößt einen für immer. Mich hat Nissos an sich gebunden. Nicht nur durch seine spezielle Energie, sondern auch durch meine Tat. Durch das Geheimnis, das wir teilen.

Im Lauf der Jahre habe ich mit meinem Verlag so viel Geld verdient, dass ich hier Land kaufen konnte. Ich fand ein Grundstück mit einem verfallenen Haus darauf, und ein Jahr später war es fertig renoviert. Nissos hatte sich verändert. Es war nicht mehr die arme, schwer erreichbare Fischerinsel von 1965. Aber selbst damals, vor dreißig Jahren, hatte es noch nichts mit der Insel zu tun, die es heute ist. Es war immer noch sehr ruhig und beschaulich. Ein echter Rückzugsort, fernab von den Exzessen, die sich in den letzten zehn Jahren auf den griechischen Inseln häufen.

Und auch ich hatte mich verändert. Ich war nicht mehr der schlanke junge Mann mit dem langen braunen Haar, der auf dem Foto zu sehen ist. Ich ging auf die Fünfzig zu, und mein Haar war inzwischen kurz und grau. Ich hatte zugenommen, von meiner früheren sportlichen Figur war nichts mehr zu erkennen. Die wenigen Einheimischen, mit denen ich bei meinem ersten Aufenthalt auf der Insel zu tun gehabt hatte, waren mit Sicherheit längst tot. Und selbst wenn ich einem von ihnen begegnet wäre, hätte er mich bestimmt nicht mehr erkannt. Trotzdem lebte ich auf der Insel immer sehr zurückgezogen. Ich kam nur hierher, um zu lesen und mich zu erholen. Ich schloss keine Bekanntschaften, nahm keine Einladungen an. Als Entschuldigung schob ich immer meine Arbeit vor.

Doch die Insel ist klein. In meinem ersten Sommer auf Nissos lief ich in der Gasse vor meinem Haus David Milandi über den Weg. Ich konnte natürlich nicht wissen, dass sie auch zu seinem Haus führt. Er hat mir einen guten Morgen gewünscht, mich aber nicht erkannt. Vermutlich hat er mein Gesicht unter meinem Strohhut und hinter der Sonnenbrille gar nicht richtig gesehen. Aber ich konnte mich sofort an ihn erinnern. Er hatte sich nicht verändert. Obwohl über fünfundzwanzig Jahre vergangen waren, hatte er immer noch dieses schmale dunkle Gesicht. Ich erinnerte mich an ihn, weil Dom damals mit ihm geflirtet hat. Von da an habe ich mich total eingemauert. Ich mied die Strände, den Hauptplatz, die Restaurants. Alle hielten mich für einen Eigenbrötler. Obwohl Dominiques Leiche noch nicht gefunden worden war und sich sicher niemand an mich erinnert hätte, wollte ich kein Risiko eingehen. Ich mied Milandi wie der Teufel das Weihwasser, wie Archondia vermutlich sagen würde.«

»Und als er dann dieses Jahr nicht auf die Insel kam …«, unterbrach der Kommissar seinen Redefluss.

Cadena nickte. »Weil er dieses Jahr nicht hier war, habe ich zum ersten Mal neue Bekanntschaften geschlossen. Es gab niemanden mehr, der mich erkennen konnte. Die Leute, mit denen Lucy zu tun hatte, waren ausschließlich Fremde oder Personen, die zu jung waren, um mich damals gesehen haben zu können. Also hatte ich jetzt, mit fast achtzig und in Abwesenheit von David Milandi, keine Bedenken mehr.«

»Wenn nur diese alten Fotos nicht gewesen wären …«, flocht der Kommissar ein.

Ohne darauf einzugehen, fuhr Cadena fort: »Als ich im Juli 1992 bei meiner Ankunft auf der Insel erfuhr, dass ein Skelett entdeckt worden war, war das natürlich ein Schock. Sie hatten *sie* gefunden. Die ganze Insel stand Kopf, und alle fragten sich, wer die tote Frau aus dem Brunnen war und wie sie dorthin gelangt war. Mein erster Gedanke war natürlich, die nächste Fähre zu nehmen und wieder abzureisen. Doch aus irgendeinem Grund bin ich geblieben.

Nach fast dreißig Jahren wäre es schließlich schwer, einen Zusammenhang zwischen mir und der Toten herzustellen. Also habe ich einfach aufmerksam die Ermittlungen verfolgt. Ich hatte Archondia schon im Jahr davor angestellt, um im Winter das Haus zu lüften und sich im Sommer um alles zu kümmern, wenn ich hier war. Sie kochte und ging einkaufen, sodass ich das Haus nur verließ, um schwimmen oder wandern zu gehen. Von ihr erfuhr ich alles, was so passierte. Sie erzählte mir, dass die Besitzer des Landes, auf dem der Brunnen stand, in Verdacht gerieten, von den Laboruntersuchungen in Athen, denen zufolge sich der Mord irgendwann in den sechziger oder siebziger Jahren ereignet hatte, vom ganzen Klatsch und den vielen Gerüchten, die kursierten, und dass es der Polizei nicht gelungen war, die Tote zu identifizieren.

Tage vergingen. Dann Monate, Jahre, und der Fall blieb ungelöst. Er wurde zu einer Art moderner Sage, die aber bald von neuem Klatsch und aktuelleren Geschichten abgelöst wurde. Und wenig später geriet sie ganz in Vergessenheit. Ich war immer noch hier, unbehelligt und unantastbar. Niemand hatte mich damals gesehen, und ich konnte nicht mit einem Mord in Verbindung gebracht werden, der begangen worden war, bevor ich *offiziell* das erste Mal auf die Insel kam. Niemand wusste, dass ich einmal zehn Tage auf Nissos verbracht hatte und dass ich …«

Er ließ den Satz unvollendet stehen und griff nach dem Wasserglas.

»Niemand ahnte etwas«, sagte Markou, als das Glas Cadenas trockene, faltige Lippen berührte. »Bis zu dieser Fotoausstellung.«

Winterschlaf

Die Ausstellungseröffnung war auf 18:30 Uhr angesetzt. Das hieß, vor halb acht würde niemand kommen. Lucy wollte, dass wir früh hingehen, weil sie später noch eine Verabredung hatte. Wahrscheinlich mit dem italienischen Paar, mit dem sie sich oft traf.«

Nachdem Cadena das Manuskript gelesen hatte, wusste er über alles Bescheid. Aus diesem Grund hatte er auch den Laptop nach der Tat nicht zerstört, obwohl er dank des Schlüssels unter dem Blumentopf Zugang zum Haus hatte. Aus demselben Grund hatte er auch nicht den ganzen Text gelöscht, sondern sogar dabei geholfen, ihn zu finden. So wurde der Verdacht nicht nur auf all jene gelenkt, die in dem Romanfragment erwähnt wurden, sondern der Polizei auch noch gleich ein Motiv mitgeliefert.

»Wir sind tatsächlich um halb sieben in die Galerie gegangen. Und wie erwartet, waren wir die einzigen Besucher. Da ich diesen Sommer von David Milandi nichts zu befürchten hatte, bin ich ab und zu ausgegangen. Ich hätte mir die Ausstellung auch allein angesehen, wenn Lucy nicht darauf bestanden hätte hinzugehen. Irgendetwas ließ mir an diesem Tag jedenfalls keine Ruhe, nennen Sie es meinetwegen eine Ahnung. Im Nachhinein betrachtet, wäre es sicher besser gewesen, allein hinzugehen.

Beim Betreten der Galerie schrie mich das Foto in der Mitte der rechten Wand regelrecht an. Selbst auf die Entfernung hin brauchte ich keine Sekunde, um zu begreifen, was – und vor allem *wer* – darauf zu sehen war. Und dass ich nicht allein abgebildet war. Dominique stand direkt neben mir. Es war, als würde mir der Boden unter den Füßen weggezogen. Aber ich brauchte nicht lange, um den Schock zu verwinden. Ich war nur ein paar Sekunden wie versteinert. Wirklich nicht lange, aber doch lange genug, dass es Lucy merkte. Sie wollte wissen, was ich plötzlich hätte, und schaute ebenfalls auf das Foto.

Ich behauptete, dass mir nur kurz schwindlig geworden sei. Sie fragte, ob ich mich setzen wollte, blickte aber weiter das Foto an. Als sie darauf zuging, zog ich sie zurück und bat sie um ein Glas Wasser. Sie entfernte sich, und ich trat näher an das Foto, was meine Panik nur noch verstärkte.

Über fünfzig Jahre lang hatte Nissos mein Geheimnis gehütet und jetzt verraten, was uns so lange verbunden hatte. Nissos hatte beschlossen, meine längst vergessene Anwesenheit im Jahr 1965 zu enthüllen. Und selbst wenn das nicht zwingend mit dem Mord in Verbindung gebracht würde – ich wusste, dass der Fall längst zu den Akten gelegt worden war –, würde es Fragen nach sich ziehen. Und Fragen wecken Verdacht. Das durfte ich nicht riskieren.

Als Lucy mit dem Wasser zurückkam, hatte ich mich längst von dem Foto entfernt. Ich versuchte fast krampfhaft, sie für die Aufnahmen an der gegenüberliegenden Wand zu interessieren, und äußerte mich in den höchsten Tönen über das Licht, den Blickwinkel, die Sujets. Ich drängte sie, ein paar zu kaufen.

Während sie sich weiter die Bilder ansah, ging ich zum Besitzer der Galerie und sagte ihm, dass ich vier Fotos kaufen wollte: das mit mir und die daneben. Ich bestand darauf, sie sofort mitzunehmen, und bezahlte bar. Ich gab ihm sogar noch Geld für ein zusätzliches Foto. Er war begeistert und steckte es ein. Als er die Bilder abhängte, kam Lucy dazu.

Ich rief, dass ich ihr etwas in der Nähe des Eingangs zeigen wollte, aber sie tat so, als hörte sie mich nicht. Mein Gesichtsausdruck und meine Stimme müssen mich verraten haben. Lucy kannte mich viel zu gut.

Sie stellte sich neben den Galeriebesitzer, als er gerade das Foto von der Prozession abnahm, auf dem ich zu sehen war. Sie folgte ihm mit dem Blick, während er in die Knie ging und es auf den Boden legte. Jedenfalls hatte sie genügend Zeit, um das Bild genau anzusehen. Und dann wanderte ihr Blick zum Begleittext, der noch an der Wand hing. Sie stand mit dem Rücken zu mir, deshalb konnte ich ihr Gesicht nicht sehen. Ich hoffte, sie würde mich nicht erkennen, denn mir war klar, dass meine Reaktion ihre Neugier und ihr Interesse an dem Foto erst geweckt hatte. Wenn ich kühlen Kopf bewahrt oder einen heftigen Schwindel vorgeschützt hätte, wenn wir sofort nach Hause gegangen wären und ich später angerufen hätte, um das Foto zu kaufen – wenn, wenn, wenn …

Als der Galerist die Fotos in seinem Büro einpackte, sah mich Lucy mit einem fragenden, leicht verschlagenen Lächeln an. Sie hatte mich auf dem Foto erkannt. Ich ließ ihr keine Zeit für lange Fragen, sondern sagte, ich fühlte mich nicht gut und wolle nach Hause. Aber sie bestand darauf, mich zu begleiten. Sie bot mir an, die Fotos zu tragen, aber ich wollte sie unter keinen Umständen aus den Händen geben.

Zu Hause schloss ich mich in meinem Zimmer ein, nahm das Foto aus seinem Rahmen und starrte es lange an. Ich sah die verstrichenen Jahre, roch den Weihrauch der Prozession, berührte Doms Gesicht, streichelte ihr Haar und hörte die feierlichen religiösen Gesänge, die abrupt von ihren Beschimpfungen und einem unterdrückten Schrei abgelöst wurden, als sie von dem Stein am Kopf getroffen wurde. Meine Tränen fielen auf das Foto, dann zerriss ich es in tausend Fetzen und verbrannte es in meinem Waschbecken.

Aber das alles konnte nichts daran ändern, dass die Vergangenheit mich eingeholt hatte. Ich wusste, dass Lucy nicht nur eine scharfe Beobachterin war, sondern auch sehr hartnäckig. Mir war klar, dass sie die Sache nicht einfach auf sich beruhen ließe. Und am nächsten Morgen versuchte sie mir im Spaß zu entlocken, was am Tag zuvor mit mir losgewesen sei.

Sie wollte wissen, ob ich eine ›wilde Jugend‹ gehabt hätte, ob ich ein Hippie gewesen und von Insel zu Insel gezogen und dabei mit dem Gesetz in Konflikt geraten wäre. Sie fand das Ganze eher witzig, während ich total aufgewühlt war. Das hätte die letzte Gelegenheit sein können, den Dingen eine andere Wendung zu geben. Hätte ich das Ganze wie sie auf die leichte Schulter genommen und meine Witze darüber gemacht, hätte ich ihr meine Jugendsünden gestanden und erzählt, dass ich verhaftet und von der Insel verjagt worden war, weil ich ein paar Früchte geklaut oder einen Joint geraucht hatte … Hätte ich die Episode mit einem Lachen abgetan und sie gebeten, niemandem etwas davon zu erzählen, hätte sie vielleicht gar nicht angefangen nachzubohren.

Aber stattdessen fuhr ich sie wütend an: ›Jetzt lass endlich deine blöden Fragen! Was soll dieser Quatsch? Ich habe dir doch gesagt, dass ich nicht darüber reden will!‹ Damit erklärte ich das Thema für beendet. Sie sah mich schockiert an. Später spiegelten sich noch andere Gemütszustände in ihrem Gesicht: Neugier, als Archondia die drei verbliebenen Fotos ins Wohnzimmer brachte und sie bemerkte, dass das vierte fehlte. Dann Fassungslosigkeit, als sie die Tür hinter sich schloss, um zum Hafen zu gehen. Und schließlich Frustration und Besorgnis, als sie zurückkam. Ich weiß immer noch nicht, wie sie das mit Dominique herausgefunden hat. Ein so lange zurückliegender Fall, für den sich niemand mehr interessierte. Wahrscheinlich war es ihre Hartnäckigkeit, ihre Fähigkeit, die richtigen Fragen zu stellen …«

»Sie war in der Polizeistation«, unterbrach ihn Markou. »Sie hat sich bei Katzikis erkundigt, ob es früher Probleme mit jungen Touristen gab. Unter anderem wollte sie wissen, ob jemand mal wegen irgendeines Fehlverhaltens von der Insel verwiesen wurde. Aber so eine Form der Bestrafung gab es damals gar nicht. Doch Katzikis erzählte ihr von dem Mord: dass die Polizei keine Ahnung hatte, wer das Opfer und wer der Täter war, und dass deswegen niemand festgenommen worden war.«

Cadena nickte. »Ah, jetzt verstehe ich. Als sie an dem Abend zurückkam, eröffnete sie mir, dass sie ausziehen wollte. Sie hatte bereits eine neue Unterkunft gefunden. Als Archondia darauf meinte, sie könnte unmöglich etwas Besseres finden als mein Haus, erwiderte sie mit einem aufgesetzten Lächeln, dass sie einen Platz bräuchte, wo sie ungestört schreiben könnte. Ich habe ihr keine weiteren Fragen gestellt und mich nicht weiter zu der Sache geäußert. Ich habe sie nicht zurückgehalten. Als ich ihr am nächsten Morgen anbot, ihr mit dem Gepäck zu helfen, wich sie vor mir zurück und sagte, ich solle ihr bloß nicht nahe kommen.

Und das nach allem, was ich für sie getan habe. Nachdem ich sie Sommer für Sommer bei mir aufgenommen habe. Sie hat mich zurückgestoßen. Für einen Fehler in meiner Vergangenheit. Für etwas, das jemand anders vor fünfzig Jahren getan hat, jemand, der ich nicht mehr war.«

Von wegen, dachte Markou. Cadenas Haar mochte weiß geworden sein, sein Gesicht runder und sein Körper nicht mehr so fit, aber diese stechenden blauen Augen waren noch immer dieselben. Die Brutalität, die im Foto durchschimmerte und in seinen Worten mitschwang, war noch immer deutlich zu spüren. Und sie hatte zur Ermordung zweier weiterer Menschen geführt.

Nein. Arnaud Cadena war kein anderer geworden. Er hatte sich nicht verändert. Er hatte lediglich einen langen Winterschlaf gehalten, bevor er wieder aufgewacht war.

Die Ermordung von Lucy Davis

Die Fähre, die mit der Präzision einer Balletttänzerin manövrierte, würde in Kürze anlegen. Hinter der Absperrung am Pier warteten bereits die Passagiere mit ihren Rucksäcken und Koffern, um an Bord zu gehen.

Markou hatte beschlossen, ein paar Tage länger zu bleiben, um doch noch Erholung zu finden. Er hoffte, sein Urlaub würde nicht durch eine weitere Leiche ruiniert. Denn in Athen warteten bei seiner Rückkehr sicher schon einige auf ihn.

Seine Gedanken wanderten zur Abstellkammer von Mariama Milandis Haus, zu Lucy Davis' Leiche, die dort im Wasser gelegen hatte.

»Ich wollte ihr nichts tun …« Cadena sprach den Satz nicht zu Ende. »Nachdem sie bei mir ausgezogen war, rief ich sie jeden Tag an, aber sie ging nicht ans Telefon. Sie ging mir aus dem Weg. Sie kam nicht einmal, wenn Archondia sie zum Mittagessen einlud. Sie sagte dann immer, sie hätte bereits etwas anderes vor oder sie hätte einen wichtigen Termin – einen wichtigen Termin … auf Nissos! – oder dass die Muse sie geküsst hätte, weshalb sie sich ganz aufs Schreiben konzentrieren wollte. Ich musste sie unbedingt sehen. Ich wollte ihr alles erklären. Hätte sie mir dazu nur Gelegenheit gegeben, hätte sie das Ganze bestimmt verstanden. Alles wäre wieder geworden wie früher.«

Cadena nahm ein Taschentuch aus seiner Hemdtasche und wischte sich den Schweiß von der Stirn. »Ich bin ein paarmal zu ihrem neuen Haus gelaufen und habe dort auf sie gewartet.«

Also war der alte Mann, der ohne fremde Hilfe nicht mehr gehen und stehen konnte, die reinste Farce.

»Zweimal habe ich sie abgepasst, als sie nach Hause kam. Aber sie war nicht allein, sondern in Begleitung der Italiener. Ich versteckte mich hinter einem Ölbaum und ging unverrichteter Dinge wieder nach Hause. Doch am letzten Tag beschloss ich, früher zum Pirate's Beach zu gehen – um die Zeit, wenn sie normalerweise zum Strand aufbrach. Ich wartete eine Weile, bis ich merkte, dass sie gar nicht mehr zu Hause war. Deshalb bin ich reingegangen.«

»Der Hausschlüssel lag schließlich unter dem Topf mit dem Basilikum«, sagte Markou.

Cadena nickte. »Ja, das hat sie sich von Archondia abgeschaut. Ich ging nach drinnen und schaltete ihren Laptop ein. Wo ihr Manuskript abgespeichert war, wusste ich. Sie hatte es mir gezeigt, als sie im Juli mit dem Entwurf des ersten Kapitels fertig war. Und selbst wenn sie es woanders versteckt hätte, hätte ich es gefunden. Ich hatte ihr schließlich gezeigt, wie man es macht, eine Methode von Schriftstellern, bei der …«

»… man seinen Text versteckt, indem man ihn nicht versteckt, wie in Poes Erzählung ›Der entwendete Brief‹«, bemerkte Markou. Während ihn Katzikis erstaunt ansah, nickte der junge Kadett hinter ihm genauso wissend wie Cadena.

»Ich habe das Manuskript gefunden und …«

In sein müdes Gesicht schlich sich eine Mischung aus Wut und Enttäuschung. »… wurde darin zweimal erwähnt: der Mörder aus den sechziger Jahren, der an den Tatort zurückkehrt, und das ›Negativ‹. Sie hat nach einem Beweis gesucht. Sie wollte das Negativ finden. Das Negativ, das ich zusammen mit dem Foto verbrannt hatte. Ich wusste, dass es keine anderen Abzüge gab. Der Galeriebesitzer hatte mir versichert, dass alle Exponate Einzelstücke waren.

Da stand ich also in ihrem Manuskript, diesem Geschreibsel, genau wie alle anderen, nichts als Marionetten in ihren Händen. Ich, der sie auf die Insel gebracht und wie eine Tochter bei sich aufgenommen hat, ihr ein Bett und Essen zur Verfügung gestellt hat – aber vor allem habe ich ihr spirituelle Nahrung gegeben, die so viel kostbarer und schwerer zu bekommen ist als materielle. Mir verschwamm alles vor den Augen. Ich weiß nicht mehr, ob es Tränen der Wut oder Traurigkeit waren. Und dann habe ich etwas Dummes, fast Kindisches getan. Ich habe das Kapitel gelöscht. Ich wusste damals schon, dass es vollkommen sinnlos war. Mir war klar, dass sie es bemerken und daraus schließen würde, dass ich in ihrem Haus war. Ich wusste, sie würde sich darüber ärgern. Und natürlich wusste ich auch, dass sie das Ganze jederzeit noch mal schreiben konnte. Aber in diesem Moment kam mir nichts anderes in den Sinn. Und deshalb habe ich es gelöscht.«

»Davis hat ihren letzten Nachmittag mit Henrietta Banks am Strand verbracht«, erinnerte sich Markou. Er hatte also recht gehabt mit seinem Verdacht, dass nicht sie den Text geändert hatte. Wie Cadena richtig bemerkt hatte, hätte sie alles neu schreiben können. Außerdem hatte sie die zwei Zeilen an ihre Freundin gemailt, wodurch sie wie ein Gespenst den Weg zurück gefunden hatten, ohne dass Cadena es mitbekam.

Der Kommissar sah in Cadenas Vorgehen vielmehr eine Warnung, wenn nicht sogar eine offene Drohung. Er hatte *gewollt*, dass Lucy Davis wusste, dass er in ihr Haus eingedrungen war. Dass sie sich auf *seiner* Insel in *seine* Angelegenheiten einmischte. Mit den zwei gelöschten Zeilen hatte er ihr eine unmissverständliche Botschaft übermittelt. Schreib das nicht, sonst …

»Ich habe sie den ganzen Nachmittag zu erreichen versucht. Aber sie ist weiter nicht ans Telefon gegangen. Als ich auf der Party eintraf, war sie noch nicht da. Ich wusste nicht, ob sie inzwischen wusste, dass ich in ihrem Haus war. Ich wollte unbedingt mit ihr reden. Als sie schließlich erschien, war sie die gut gelaunte, immer lächelnde Lucy, die ich kannte und mochte. Die Lucy auf dem Foto in meinem Bücherregal. Sie begrüßte mich mit ihrer gewohnten Wärme, umarmte mich und sagte, dass wir sicher bald eine Gelegenheit finden würden, miteinander zu reden.

Aber natürlich war das alles nur Show für die anderen Gäste, um ihnen keinen Anlass zu liefern, irgendwelchen Klatsch über uns zu verbreiten. Die anderen sollten nicht merken, dass sich ihre Einstellung mir gegenüber verändert hatte. Alle dachten, sie wäre bei mir ausgezogen, um sich ganz aufs Schreiben zu konzentrieren. Oder um ihre nächtlichen Besucher ungestört zu empfangen.

Jedenfalls sprach sie den ganzen restlichen Abend kein Wort mit mir – nur ein gelegentliches Winken oder Lächeln, das jeder sehen konnte. Das Einzige, was an mich gerichtet war, sagte sie, während sie sich mit einer Gruppe Leute unterhielt. Etwas über Geheimnisse, die alle irgendwann an den Tag kommen, egal wie streng sie gehütet werden.«

Markou musste an das Foto von Lucy Davis, Levalois, Karas und Tsokas denken. Hinter Tsokas war Cadena zu sehen, der ihre Unterhaltung verfolgte. Davis' Aussage war für ihn bestimmt gewesen.

»Ich wollte unbedingt mit ihr reden. Deshalb folgte ich ihr nach unten, als sie ging. Sie wollte mich nicht anhören und meinte, wir hätten uns nichts mehr zu sagen. Ich zog sie in das nächstbeste Zimmer, von dem ich annahm, es wäre ein Schlafzimmer. Zu unser beider Leidwesen war es eine Abstellkammer. Ohne Licht zu machen und im Schutz der lauten Musik versuchte ich, ihr alles zu erklären. Aber sie wollte mir nicht zuhören. Wütend zischte sie mich an, dass ich nicht der sei, für den sie mich gehalten hatte, dass sie enttäuscht von mir sei und dass ich etwas Schreckliches getan hätte – ich weiß nicht, ob sie damit den Mord meinte oder dass ich in ihr Haus eingedrungen war –, dass ich ein Monster sei. Und dass sie nichts mehr mit mir zu tun haben wollte.

Außerdem schleuderte sie mir ins Gesicht, dass sie in ihrem Buch nichts über mich schreiben und den Satz, den ich gelöscht hatte, nicht wieder einfügen würde, nicht aus Respekt – ich verdiente keinen, fand sie –, sondern aus Mitleid. Sie machte mir in aller Deutlichkeit klar, dass sie nicht wollte, dass ich ihr noch einmal nahe käme. Andernfalls würde sie vergessen, dass wir einmal Freunde waren, und mein Leben zerstören. Sie würde mein wahres Gesicht enthüllen, das eines Mörders. Sie konnte gar nicht mehr aufhören, auf mich einzureden und mir Vorhaltungen zu machen, bis ich es einfach nicht mehr länger ertrug.«

Er hielt inne. »Mein Blick fiel auf einen Hammer. Durch das Fenster fiel ein wenig Licht in die Kammer. Ich glaube, sie sah noch, wie ich ihn anstarrte, aber sie kam nicht mehr dazu, mich aufzuhalten. Ich weiß nicht, was ich dann tat. Ich weiß es bis heute nicht. Ich war völlig außer mir, genau wie damals bei Dom. Noch bevor ich einen klaren Gedanken fassen konnte, landete der Hammer auf ihrem Kopf. Und ihr Blut auf meinen Händen. In meinem Gesicht. Auf meinem weißen Hemd.

Als ich mich wieder im Griff hatte, öffnete ich die Tür einen Spaltbreit und zog den Schlauch in die Kammer. Ich wusch mir Gesicht und Hände damit und ließ ihn dann auf den Boden fallen, ohne das Wasser abzustellen. Ich war immer noch total durcheinander.«

Cadena wählte seine Worte mit großem Bedacht, als er zu beweisen versuchte, dass er sich noch nicht unter Kontrolle gehabt hatte. Markou war jedoch davon überzeugt, dass der nicht abgestellte Gartenschlauch ein wohlüberlegter Schritt gewesen war. Cadena hatte sicherstellen wollen, dass Lucy Davis unter keinen Umständen überlebte und zugleich jegliche Spuren seiner Anwesenheit weggespült wurden. Die Gründlichkeit und Eiseskälte seines Vorgehens wurden noch dadurch bestätigt, dass er Davis' Handtasche geöffnet und ihren Inhalt an sich genommen hatte. Aber ganz besonders bewiesen es seine nächsten Schritte.

»Bevor ich die Abstellkammer verließ, versteckte ich den Hammer unter meiner Achselhöhle, Lucys Handy und ihr Notizbuch in meiner Hosentasche. Ich schlich in die Gasse hinaus und lief zu mir nach Hause. Weit war es ja nicht, aber ich hatte immer noch keinen Plan, was ich tun sollte. Zu Hause angekommen sah ich ein weißes Hemd an der Wäscheleine hängen. Und obwohl ich immer noch völlig aufgelöst war, wurde mir auf einmal klar, was ich tun musste. Ich zog mein blutiges Hemd aus und versteckte es zusammen mit dem Hammer und Lucys Sachen unter dem Müllsack in der Tonne, um später alles wieder herauszuholen. Dann schlüpfte ich in das saubere Hemd und ging zu Milandis Haus zurück. Mir war klar, es wäre besser, wenn ich auf der Party blieb. Unabhängig davon, ob die Leiche noch in derselben Nacht entdeckt wurde oder nicht, musste ich unbedingt bis zum Ende der Party bleiben.«

»Aber der Türke hat gemerkt …«

»Genau.« Cadena nickte und machte sich bereit, in das Wasser des Gaidoura Beach zu tauchen – in das Wasser, das den einzigen Zeugen seines Kleiderwechsels verschlungen hatte.

Zwei beinahe identische Hemden

Zwei weiße Hemden, beide an der genau gleichen Stelle mit den gleichen gleichfarbigen Initialen bestickt, *sind* zwei identische Hemden«, sagte Cadena. »Ich musste nicht lange überlegen. Das zum Trocknen aufgehängte Hemd und das blutbespritzte sahen genau gleich aus, einschließlich ihres leicht verknitterten Zustands. Deshalb dachte ich, dass das Glück und Nissos auf meiner Seite wären. Wie hätte ich denn ahnen sollen …?«

Das Hemd, von dem Archondia geglaubt hatte, die Nachbarskinder hätten es gestohlen, und das sie später im Wäschekorb fand, obwohl sie sicher war, es bereits gewaschen zu haben, war für Cadena die perfekte Tarnung gewesen. Weiß, ähnlich geschnitten wie das, das er schon trug, nur aus einem anderen Material. Das erste war aus Leinen, das zweite aus Popeline. Niemand außer dem Türken bemerkte den Unterschied. Nur ihm fiel auf, dass die Materialien das Licht anders reflektierten, anders gewebt waren und anders knitterten. Wenn man jedoch nicht wusste, worauf man achten musste, hätte man es nicht gemerkt.

»Auf der Party«, erzählte Cadena, »ist der türkische Designer – vielleicht war er betrunken oder high – gestolpert und hätte mir beinahe seinen Drink übergeschüttet. Er hat sich lachend entschuldigt und gemeint, dass Tequila schwer rausgeht, vor allem aus Leinensachen, die nur bei niedrigen Temperaturen gewaschen werden dürfen. Später, er hatte inzwischen eine Mordsfahne und wollte gerade gehen, fragte er mich mit einem Blick auf mein Hemd, ob alles in Ordnung wäre. Ob es mir gelungen wäre, den vielen Gläsern mit Tequila, Wodka, Cranberrysaft und Rotwein auszuweichen.«

Cadena machte wieder eine Pause, um einen Schluck Wasser zu trinken, bevor er nachäffend sagte: »›Immer diese ewig gleichen weißen Hemden … Baumwolle ist kein Leinen und keine Popeline. Auch wenn sie ähnlich aussieht. Und ein Leinenhemd ist nicht dasselbe wie eins aus zerknitterter, ungebügelter Popeline.‹ Das hat er draußen im Vorzimmer zu Henrietta gesagt. Als ich daraufhin vom Laptop aufschaute, trafen sich ganz flüchtig unsere Blicke. Doch das genügte, um mir klarzumachen, dass die Bemerkung mir gegolten hatte. Er wusste Bescheid. Der Junkie, der Drogendealer, der angebliche Modedesigner, *er* hatte es mitbekommen. *Ihm* war etwas aufgefallen, was sonst niemand bemerkt hatte. Etwas, auf das nicht einmal ich geachtet hatte.

Dann sah ich ihn in Ihr Büro gehen, und mir wurde ganz anders. Ich befürchtete das Schlimmste. Doch als Sie beide dann eine halbe Stunde später gemeinsam herauskamen, sah er mich nicht einmal an – und auch Sie nicht. Ich fragte mich schon, ob ich doch noch davonkäme. Ob mich Nissos wieder einmal beschützt hatte.

Und als er dann lautstark verkündete, dass er den Rest des Nachmittags am Gaidoura Beach verbringen wollte, fasste ich das sofort als Hinweis an mich auf. Mir wurde klar, dass ich keine Zeit verlieren durfte und dafür sorgen musste, dass Lucys Manuskript endlich auftauchte. Also fanden wir es wie durch ein Wunder, Sie und Maroulas hatten, was Sie suchten, und mir blieb genügend Zeit, um kurz nach Hause zu gehen und mich dann mit Ersen zu treffen. Archondia war bereits gegangen. Ich nahm den Fußweg durch die Metochi Kalogiron zum Strand. Da ich ihn bestens kenne, traf ich kurz vor Einbruch der Dunkelheit am Gaidoura Beach ein.«

Es war diese harmlose und unnötige Lüge gewesen, die in Markou einen Verdacht geweckt hatte, der schließlich zur Gewissheit geworden war. Auf die Frage, wo er in den paar Stunden gewesen sei, in die Ersens Tod der Schätzung nach fiel, hatte Cadena geantwortet, er sei mit Archondia zu Hause gewesen. Doch als Markou Cadenas Haushälterin am Tag zuvor auf dem Weg zu Milandi zufällig begegnet war, hatte sie ihm erzählt, dass sie *jeden Nachmittag* nach Hause ging und erst um halb zehn wieder zurückkam, um dem alten Herrn Abendessen zu machen. Demnach wäre Cadena nach Verlassen der Polizeistation in sein leeres Haus zurückgekehrt.

Es war eine vollkommen überflüssige Lüge. Hätte er gesagt, er wäre allein zu Hause und von dem Schock über die schrecklichen Ereignisse und der Suche nach dem Manuskript so erschöpft gewesen, dass er den ganzen Nachmittag im Bett gelegen hatte, hätte Markou seine Aussage nicht angezweifelt. Doch stattdessen hatte er mit dem Versuch, sich ein Alibi zu verschaffen, den Kommissar hellhörig gemacht.

»Ersen war bereits da, als ich hinkam«, fuhr Cadena fort. »Er wusste, dass ich kommen würde – mit derselben Gewissheit, mit der er auch den Unterschied zwischen den beiden Hemdstoffen erkannt hatte. Er nannte mich einen alten Sack, beschuldigte mich, Lucy umgebracht zu haben, und behauptete, es beweisen zu können. Dann begann er, mich auf das Übelste zu beschimpfen. Er geriet völlig außer sich! Keine Ahnung, was er alles genommen hatte. Er nannte mich einen alten Perversling, der sie nur umgebracht hätte, weil sie nicht auf meine Avancen eingegangen war. Er beschuldigte mich, junge Frauen in mein Haus einzuladen, sie dort festzuhalten und sie dort zu foltern und umzubringen. Er drohte mir, alles an die große Glocke zu hängen, außer … ich zahle ihm eine absurd hohe Summe. Genau, Erpressung. Mit Peanuts wollte er sich nicht abspeisen lassen. Er meinte, er bräuchte das Geld zwar nicht, aber es ginge ums Prinzip. Ich hätte einen Fehler gemacht, und dafür müsste ich bezahlen. ›Ein Menschenleben ist teuer‹, sagte er. Und dann verlangte er von mir, dass ich mein Haus auf ihn überschreibe. ›Wie lange hat so ein alter Knacker schon noch zu leben?‹, meinte er.

Ich weigerte mich. Darauf wurde er handgreiflich. Er packte mich an den Schultern und schüttelte mich. Wahrscheinlich dachte er, dass er wegen meines Alters leichtes Spiel mit mir hätte, dass er mich schlagen und misshandeln könnte und ich ihm nichts entgegenzusetzen hätte. Aber ich stieß ihn einfach von mir, worauf er das Gleichgewicht verlor und in die Bucht hinabstürzte.«

»Sehr praktisch«, bemerkte Markou sarkastisch.

Es war wieder das gleiche Muster: der ungerechtfertigte Angriff auf Cadena, der seelische, verbale und körperliche Missbrauch. Wieder behauptete er, gegen seinen Willen gehandelt zu haben, nur dass er im Fall von Dominique Gossier und Lucy Davis die Beherrschung verloren, bei Mehmet Ersen in Notwehr gehandelt hatte. Die Kopfverletzungen des Türken – ebenfalls in Einklang mit seinem mutmaßlichen Modus Operandi – würden bei der Obduktion sicher bald auf einen Sturz oder einen Angriff zurückgeführt werden.

Am Ende des Geständnisses verharrten alle in betretenem Schweigen.

Markou, der auf den Hafen hinausschaute, sah, wie die Taue der Fähre an den Kai geworfen wurden. Die Polizeieskorte würde jeden Moment von Bord gehen. Er wandte sich Maroulas zu und nickte. Während zwei Hafenarbeiter die Leinen um die Poller schlangen, legte der Kadett Cadena Handschellen an. Der alte Mann ließ ihn widerstandslos gewähren. Er schaute aus dem Fenster stumm auf den sich verdunkelnden Himmel hinaus.

Der Kommissar sah wieder zum Hafen, wo gerade die Lichter angingen. Sie fielen auf Alessandra Ardolini, die einen Koffer hinter sich herzog und sich anstellte, um an Bord gehen zu können. Ihr Mann Fausto folgte ihr mit seinem Gepäck. Er stellte sich hinter ihr in die Schlange und legte ihr behutsam die Hand auf die Schulter. Kurz drehte sie sich zu ihm um, dann beobachtete sie, wie die Ladeklappe der Fähre aufging. Ein paar Meter von ihnen entfernt, etwas abseits der wartenden Passagiere, redete Pierre de Saint-simon wild gestikulierend auf Jacques ein. Wahrscheinlich unterhielten sie sich über den Ausgang der Ermittlungen, während sie auf neue Mieter warteten. Cadenas Festnahme hatte sich bereits auf der ganzen Insel herumgesprochen.

Mariama Milandi, die die kleine Sophie an der Hand hielt, war unter denen, die ganz nahe an der Fähre standen. Sie konnte es kaum erwarten, von der Insel zu kommen. Die Valentino-Hülle ihres Hochzeitskleids war in der Krankenstation geblieben. Sie hatte sie nicht zurückhaben wollen. Ioannis/Jannis lehnte an einem Kofferkuli und wartete darauf, ihr Gepäck an Bord zu bringen.

Als die ersten Passagiere das Schiff verließen, bemerkte Markou ein rotes Etwas, das in den Hafen gestürmt kam. Henrietta Banks, in rotem Kaftan und dazu passendem Hut, winkte dem Hafenmeister zu, der sie mit einer galanten Verbeugung passieren ließ, um sich dann einem neben ihm stehenden Mann zuzuwenden und auf Höhe seiner Schläfe mit dem Finger zu kreisen.

Verrückt vielleicht schon, dachte Markou, und ihm kam der Tod von Henriettas reichem Lebensgefährten in den Sinn. Aber eine Mörderin?

Dann ließ er den Blick vom Hafen zum Gehsteig gegenüber der Polizeiwache wandern. Dort, auf einer Bank neben einem Oleanderstrauch, saß Archondia. Ihr Kopf war auf ihre Brust hinabgesunken, ihre Hände waren im Schoß verschränkt. Wollte sie ihrem Herrn Lebwohl sagen oder ihn mit den für Lucys Mörder gedachten Flüchen überhäufen?

»Für uns gibt es dann erst einmal nichts mehr zu tun«, bemerkte Polizeichef Katzikis seufzend.

Für Markou das Zeichen, die Jalousien herunterzulassen und Nissos und seine Bewohner, Protagonisten eines Romans, der nie veröffentlicht würde, hinter der Fensterscheibe auszusperren.

Der Schlüssel

Wenige Stunden vor Lucy Davis' Tod

Mit dem Schlüssel in der Hand stand Lucy reglos da. Sie wusste nicht, was sie damit machen sollte. Ihn wieder unter den Topf mit dem Basilikum legen? Offensichtlich kannte er das Versteck – wie auch nicht? Sie hatte die Idee von seiner Haushälterin. Er hatte die ganze Woche versucht, sie zu erreichen. Um ihr was zu sagen? Um zu versuchen, ihr alles zu erklären? Sie wollte weder wissen, *warum* noch *wie* er die Frau auf dem Foto umgebracht hatte. Selbst wenn es ein Unfall gewesen war, selbst wenn er eine Million Gründe gehabt hatte, wollte sie es nicht wissen.

Wilde Wut überkam sie. Sie entriegelte die Tür noch mal, stieß sie auf und machte die Außenbeleuchtung an, bevor sie die Haustür wieder abschloss. Sie würde das Licht an lassen. In dieser einsamen Gegend wäre es von Weitem zu sehen und würde ihr bei ihrer Rückkehr wie ein Leuchtturm ein Gefühl von Sicherheit vermitteln. Nicht, dass sie meinte, in Gefahr zu sein.

Andererseits war er nicht davor zurückgeschreckt, in ihr Haus einzudringen, als sie weg war. Sie ballte eine Faust um den Schlüssel. Und nicht nur das, er hatte ihren Laptop durchsucht, die Zeilen, die ihm Sorgen machten, gelöscht und den Papierkorb geleert. War er wirklich so dumm? Oder so verzweifelt? Konnte er vor Angst nicht mehr klar denken? War ihm denn nicht klar, dass sie alles noch einmal schreiben konnte?

Sie drehte den Kopf abrupt zu den Olivenbäumen hinter ihr. Sie bildete sich ein, etwas gehört zu haben.

Sie blickte sich eine Weile um. Aber es war niemand zu sehen.

Jetzt mal nicht gleich den Teufel an die Wand, redete sie sich gut zu.

Sie öffnete ihre Handtasche und legte den Schlüssel zu ihrem Handy, dem Notizbuch, ein paar 20-Euro-Scheinen und einer Packung Kaugummi. Denselben Schlüssel, den Cadena ein paar Stunden nach Lucys Ermordung wieder unter den Topf mit dem Basilikum legen sollte, nachdem er sich vergewissert hatte, dass Lucy die gelöschten Zeilen nicht neu geschrieben hatte.

Danksagung

Ganz besonders möchte ich mich bei Daniel Kampa und seinem Team im Kampa Verlag bedanken, dass sie sich für die Veröffentlichung meines griechischen Sommer-Whodunit entschieden haben. Möge die deutsche Fassung des Buchs auf seiner Reise von günstigen Winden begleitet werden! Einschließen möchte ich hier auch meinen Agenten Michael Wenzel für die erfolgreiche Zusammenarbeit.

Nicht minder gilt das für meine Freunde – insbesondere Niloufar, Michalis, Philippe und Gildas, die ihre Sommerparadiese in Athen und auf den griechischen Inseln, die mich zu diesem Abenteuer inspirierten, mit mir geteilt haben – auch wenn sie zum Glück keine Leichen auf ihren Terrassen entdeckten. Zumindest bisher noch nicht …

Vanessa und Vivi, vielen Dank für eure hilfreichen Anregungen und dass ihr das Manuskript als Erste gelesen habt.

Zu besonderem Dank bin ich Seiner Königlichen Hoheit Michel de Grèce verpflichtet, der mich vor wenigen Jahren auf diesen neuen Karriereweg gebracht hat!

Und wie immer möchte ich dir, Camille, für deine wunderbare und unerschöpfliche Unterstützung danken!

Das größte Dankeschön gilt jedoch, keineswegs zuletzt, Ihnen, den Lesern. Sie reichen mir die Schlüssel, um die Türen der Phantasie und der Literatur aufzuschließen. Ohne Sie wäre das alles nicht möglich gewesen.

OKTOPUS VERLAG

Julia Bruns
Schwarze Zitronen
Ein Amalfi-Krimi
Kriminalroman

Ein Krimi, so schön wie Ferien an der Amalfiküste – als sie noch ein Geheimtipp war.

Amalfi 1951: Claretta Lépore braucht dringend Arbeit. Ihr Mann Emilio ist im Krieg gefallen, und sie muss ihre vier Söhne allein durchbringen. Ausgerechnet der Capitano der Carabinieri stellt sie schließlich als Sekretärin ein – dabei hat sie nicht einmal gelernt, eine Schreibmaschine zu bedienen. Wo auch, als Fischerstochter aus einem kleinen Dorf? Aber Claretta ist so klug wie keck, und Capitano Spadaro ist schon froh, wenn sie das Büro putzt und seine Hemden bügelt. Was das mit den Aufgaben einer Sekretärin zu tun hat, weiß Claretta nicht, aber sie macht sich munter an die Arbeit. Und ehe sie sichs versieht, steckt sie mitten in ihrem ersten Fall: In einem abgelegenen Bauernhaus wurden zwei Leichen gefunden: Milchbäuerin Carmela Maria De Rosa und ihr Mann Tommaso wurden erstochen – ausgerechnet mit einem Kruzifix. Claretta fällt fast vom Glauben ab, als Spadaro ihr das Protokoll diktiert. Nach Feierabend macht sie sich am Tatort selbst ein Bild – und stößt auf einige Ungereimtheiten, die dem Capitano bei der Aufklärung des Falls nützlich sein könnten.

OKTOPUS VERLAG

Gilbert Adair

Oh Dear!

Miss Mount und der Mord im Herrenhaus

Kriminalroman

Aus dem Englischen von Jochen Schimmang

Weihnachten 1935. Ein verschneites Herrenhaus am Rande von Dartmoor in der englischen Grafschaft Devon. Freunde des Hauses haben sich bei Colonel Roger ffolkes (sic!) zum Festessen versammelt – oben, im Dachgeschoss, liegt die Leiche von Raymond Gentry, einem Klatschkolumnisten und Erpresser. In seinem Herz steckt eine Kugel. Aber die Tür zum Dachzimmer war von innen verschlossen, das einzige Fenster ist mit dicken Eisenstangen vergittert, und vom Täter oder seiner Waffe fehlt jede Spur. Glücklicherweise (wenngleich nicht für den Mörder) ist einer der Gäste an diesem Abend die fabelhafte Evadne Mount, erfolgreiche Autorin zahlloser klassischer Krimis, ihre Spezialität: *locked-room mysteries*. Wer also sollte geeigneter sein, den seltsamen Mordfall aufzuklären? Der unsympathische Scotland-Yard-Inspektor Trubshaw mit Schnauzbart und Pfeife? Ziemlich unwahrscheinlich.

»Very British, very funny, very good.«

Stern

OKTOPUS VERLAG

Josephine Tey
Nur der Mond war Zeuge

Kriminalroman
Aus dem Englischen von Manfred Allié

Eine ungeheure Anschuldigung gegen zwei Frauen, und als einzige Zeugin ein junges Mädchen, dem alle glauben. Aber sind die Beweise wirklich eindeutig?

Milford ist ein idyllisches Provinznest in England, in dem nie etwas passiert. In der einzigen Anwaltskanzlei vor Ort führt der junge Robert Blair in 41. Generation die Geschäfte. Seine einzige Abwechslung sind die Kekse, die täglich zur *tea time* gereicht werden – bis eines Abends das Telefon klingelt. Marion Sharpe und ihre Mutter, die ein abgelegenes Herrenhaus bewohnen, haben Besuch von Scotland Yard. Ein junges Mädchen behauptet, von den beiden entführt und in ihr Haus verschleppt worden zu sein. Einen Monat lang wurde die 15-Jährige dort festgehalten, sagt sie, und musste als Haushälterin arbeiten, ehe ihr schließlich die Flucht gelang. Ein unerhörte Behauptung, eine Unverschämtheit! Allerdings: Das Mädchen kann jedes Detail im Innern des Hauses beschreiben. Der Anwalt, der sonst nur Testamente aufsetzt (für eine schrullige alte Dame jede zweite Woche ein neues), steht vor einer großen Herausforderung: Er soll die Unschuld der Frauen beweisen.

OKTOPUS VERLAG

Eberhard Michaely

Frau Helbing und der tote Fagottist

Kriminalroman

So charmant und resolut wurde noch
kein Mörder dingfest gemacht.

Ein allergischer Schock durch drei Wespenstiche? Frau Helbing ist sich sicher, dass ihr freundlicher Nachbar, der namhafte Fagottist Henning von Pohl, einem Verbrechen zum Opfer gefallen ist. Die pensionierte Fleischereifachverkäuferin mag zwar von klassischer Musik ebenso wenig verstehen wie von moderner Technik, aber mit Mordfällen kennt sie sich aus: Seit dem Tod ihres Mannes Hermann, mit dem sie vierzig Jahre lang eine Metzgerei im Hamburger Grindelviertel geführt hat, liest sie in ihrer Freizeit am liebsten Kriminalromane. Leider hält nicht nur ihre exzentrische Freundin Heide ihren Verdacht für ein Hirngespinst, sondern auch die hochnäsige Kommissarin Schneider. Nur der Schneider Herr Aydin hat ein offenes Ohr für Frau Helbing und ermutigt sie, ihrem Instinkt zu folgen. Allerdings birgt so ein Kriminalfall im echten Leben auch einige Gefahren …

»Frau Helbing hat durchaus das Potential eine
Miss-Marple-Hommage mit Ausbeinmesser zu werden.«
Cathrin Brackmann / WDR